닿을 수 없는 나라

닿을 수 없는 나라

조동선 소설집

차례

닻을 내리다   7

벚꽃 속으로 숨다   31

닿을 수 없는 나라   59

녹낭   143

분기선 앞에서   173

까마귀 떼울음   255

해설 | 자이니치在日, 디아스포라의 초상·김나정   285
수록 작품 발표 지면   302
작가의 말   303

닻을 내리다

닻을 내리다

　콤비 상의의 남자가 눈에 띈 것은 삿포로행 대한항공 KE007편 기내에서였다. 지정 좌석에 앉아 시트 벨트를 매고 한숨 돌리고 나서 반대편 창가로 시선을 던졌을 때 틀림없는 그가 앉아 있었다. 나는 엉겁결에 몸을 일으켰지만 시트 벨트에 묶여 일어서질 못했다. 탑승이 막 시작되어서인지 승객은 띄엄띄엄 자리했고 옆자리도 비어 있는 데다 가운데 줄 좌석도 죄다 비어 있었다. 그러니까 내 좌석에서 반대편 창가에 앉은 그 남자와의 사이에는 내 시선을 가로막는 사람은 없었다.
　나는 자세를 고쳐앉아 호흡을 가다듬었다. 잘못 본 게 아닌가 다시 한번 그 남자를 쳐다보았다. 남자는 이젠 고개를 숙여 책을 들여다보고 있었다. 검정테 안경을 쓴 남자의 짧게 자른 머리칼은 조명을 받아 푸르스름한 잿빛으로 빛났다. 그가 즐겨 입던 콤비 상의와 똑같았다. 다시 가슴이 벌렁거리면서 호흡이 가빠졌다. 나는 무의식 중에 두 손을 깍지 끼었다. 그가 저기에 앉아 있다. 틀림없는 그다. 하지만 그럴 리가 없다. 결코 있을 수 없는 일이었다. 두근거리는 가슴을 가다듬으려고 안간힘을 다했다. 그런데도 진정되지 않아 눈을 감았다.

그는 지난 달 말에 사망했다. 그가 병원에서 운명할 때 나는 그의 침대 발치에서 지켜보았다. 병원 영안실에서 입관할 때의 이상하리만치 평온한 그의 얼굴을 들여다보기까지 했다. 그가 죽기 일 주일 전 남긴 유언대로 화장한 뼛가루를 다도해 앞바다에 뿌려주었다. 그때의 달라붙듯한 촉감이 되살아났다. 그러니까 죽은 그가 이 비행기에 탑승할 리가 없다. 마음을 가라앉히고 눈을 뜨자 그 남자와 나 사이에 놓인 좌석엔 뒤늦게 탑승한 승객들이 자리하고 있어서 시야가 가려졌다. 나는 상체를 앞으로 내밀어 그 남자 쪽으로 시선을 모았다. 그 남자는 조각처럼 같은 자세인 채로 책을 보고 있었다.

죽은 자도 잠을 잘까. 터무니없는 생각 끝에 그의 잠든 표정을 떠올려보았다. 그는 깨어 있을 때는 이따금 다른 사람처럼 미간에 깊은 주름을 각인했다. 고뇌로 찌그러진 늙은이의 표정일 때가 많았지만 잠들어 있을 때의 표정은 순진무구함 그 자체였다.

"잠자는 얼굴과 죽은 얼굴은 닮을까요?"

내가 윤 선배의 죽은 얼굴을 접하고 나서 그에게 물을 적이 있었다.

"글쎄⋯."

뜬금없는 나의 물음에 의아한 눈빛으로 애매하게 대답했다.

"깨어 있을 때 당신의 그 심각한 표정이 잠잘 땐 평온한 얼굴이 되는지 알 수가 없어요."

"그걸 내가 어떻게 알아. 어쨌거나 잠자는 얼굴이나 죽은 얼굴에까지 걱정할 필요가 있겠어."

"윤 선배님처럼 처참한 표정을 하고 죽고 싶지 않아서 그래요."

"희경이 그런 얼굴이라면 내가 숨기고 아무에게도 보여주지 않을 거야."

이런 대화를 나눈 것이 그와 동거한 지 2년째였을까, 벌써 10년 전의 일이었다. 그때는 내가 출판업에 막 뛰어들어 회사의 기반을 다져 가던 시기로 삼십 초반이었고, 그가 나보다 열 살 연상이었다.

윤 선배는 내가 출판사를 설립하는 데 은인이라고 해도 과언이 아닌 사람이었다. 대학 졸업 후 나는 그녀가 경영하는 출판사에 입사해 출판의 노하우를 전수받았다. 그녀는 후발 문학 전문 출판사이면서도 담론 부재시대의 틈새를 공략하여 일정한 공간을 확보해 문학 출판계의 여장부로 불렸다. 그러한 그녀를 옆에서 지켜보며 출판업의 생리를 터득한 내가 환경문제를 중점적으로 다룰 출판사를 차릴 수 있었던 것도 그녀가 적극적으로 밀어주었기에 가능했다. 내가 설립한 출판사는 환경문제가 세기말의 화두로 떠오르는 흐름을 타 발행한 책마다 일정 독자의 호응을 얻어내 출판사를 꾸려나갈 수 있을 만큼의 판매 부수를 올렸다.

내가 환경문제에 관심을 갖게 된 데는 그와의 만남에서 비롯되었다. 그와의 첫 만남은 대학 3학년 때 수강한, 그때만 해도 생소하기만 한 그의 환경경제학 강의에서였다. 그는 환경경제학이란 환경친화적 재화의 생산과 그 소비에 관한 정치 경제적 질서를 연구하는 학문임을 역설한 다음, 문학적 담론이라고 할 수 있는 폭력의 메타포로서 인간이 자연에 가하는 폭력이 지구상에서 어떻게 자행되고 있는

가를 어색한 우리말 발음이긴 했지만 도전적인 어투로 강의를 진행했다.

환경파괴는 인간의 끝 모를 탐욕에서 시작되며 물질 위주의 삶의 양식은 내가 살기 위해 환경을 파괴하는 어리석은 짓을 저지르게 되고, 결과적으로 삶의 질을 파괴하여 생명을 죽이는 것이며, 나아가 인류를 영원히 죽이는 결과를 초래한다고 강조하곤 주어진 자연환경과 조상으로부터 물려받은 문화환경을 개발이라는 명분 아래 파괴하고 난 뒤 훗날 복원하는 데는 막대한 자금을 요하게 되지만, 보전에 드는 비용은 복원에 드는 비용보다도 훨씬 경제적이라며 따라서 장기적인 안목에서 보전에 힘써야 한다는 거였다. 그런 다음 정부라는 데는 가시적인 개발에만 힘쓸 뿐 보전에는 무관심할 수밖에 없기 때문에 보전은 시민운동의 일환으로 추진되어질 때 그 가능성이 커짐을 강조했다. 등산과 여행이 취미였던 나는 그의 강의에 자신도 모르게 빨려들어갔다.

사제지간이었던 그와의 관계가 연인 사이로 이어지게 된 것은 내가 독립해서 출판사를 막 차렸을 무렵으로 계간지 『자연과 인간』의 편집위원의 한 사람으로 그를 초빙해 오면서부터였다. 그 무렵의 나는 남편과, 그는 아내와 별거 중이었기에 자연스럽게 가까워질 수 있었다.

그즈음 윤 선배는 유방암으로 두 개의 유방을 차례로 도려내어 입퇴원을 되풀이하다 끝내는 생을 마감했다. 그녀는 한쪽 유방을 잃을 무렵부터 많은 분재를 사들여 돌보는데 열중하기 시작했다. 40평인 아파트의 거실과 베란다를 온통 분재로 채워 정성스레 돌보았다.
"왜 갑자기 분재를 좋아하게 되셨어요?"
일 주일에 한번 꼴로 윤 선배 집으로 병문안을 다닌 내가 하루는 질려서 묻자 그녀는 한 분재에다 눈길을 주고는 내뱉었다.
"분재는 배신하지 않거든. 자신의 몸뚱이조차 배신하는 인간에 비하면 분재는 정직하거든."
그녀가 30대 후반이었을 때 독일에서 개최한 출판박람회 참관으로 집을 비운 사이 회사원이었던 남편이 직장의 부하 여직원을 임신시키고, 둘이서 출분했을 때의 지나치다 싶을 정도의 이성을 잃은 모습은 지금도 주위에서 이야깃거리가 되어 있었다. 그녀의 죽음을 지켜본 나는 죽은 얼굴이 너무나 처참해서 그만 고개를 돌려버렸었다.
건강했을 때의 그녀는 포동포동하고 살결이 매끈한 데다 희었다. 그녀는 미인이라고까지는 할 수 없지만 둥근 얼굴에 웃는 모습이 보기 좋았다. 남자들이 좋아할 얼굴이라고 할까, 스캔들이 끊이지 않게 들려왔다. 그렇게 살결이 고왔던 데 비해 그녀의 죽은 얼굴은 거무튀튀했고 납덩이 같은 색깔이었다. 게다가 짙은 눈썹 사이에 험악함이 얼어붙어 있었다. 당장이라도 불길 같은 분노로 이글거리는 눈을 뜨고 불끈 쏘아볼 것만 같았다.
그때까지 나는 여러 사람의 죽은 얼굴과 마주쳤을 텐데 각별히 인상에 남지 않았음을 비로소 깨달았다. 그때만 해도 진정 마음으로 죽은 얼굴과 이별을 고하는 경우를 만나보지 못했다. 부모님은 아직 정정하셨고 주위 친척들 중에서 죽은 얼굴을 본 기억도 없었다. 그런데 죽은 얼굴이 아름답다라는 터무니없는 생각이 언제부턴가 내 머리에 배어들어 있었다.

나는 기도하는 마음으로 고개를 돌려 쭈뼛쭈뼛한 자세로 그녀의 얼굴을 다시 들여다보았다. 그녀는 험악한 표정을 그대로 고집하고 있었다. 죽은 얼굴엔 생전의 표정 같은 것은 어디에도 없었다. 흉측스럽다고 할 만큼 추한 표정이었다. 나는 윤 선배의 죽은 얼굴을 접한 뒤로는 죽은 자의 얼굴에 병적으로 집착했다. 나는 그녀의 장례식에 참석하고 난 뒤 옷을 갈아입기 위해 아파트로 돌아오자 상경한다는 말이 없던 그가 책을 보며 기다리고 있었다. 나는 원피스의 지퍼를 내려달라고 그에게 등을 맡기곤 윤 선배의 죽은 얼굴에 대해 말하자 그가 매정하게 대답했다.

"그건 그 사람의 마음이 뒤틀려서 그럴 거야."

"뭐라고요? 어째서 윤 선배 마음이 뒤틀렸다고 생각하는 거죠?"

"왜냐하면 분재에 집착하는 그녀야말로 자연의 섭리를 거스르는 행위자잖아. 게다가 나를 험담했거든. 헤어지라고."

"네? 그런 말을요?"

"벌써 잊어버렸어. 저 남자는 주위 사람에게 슬픔을 안겨줄 인물이다, 그러니까 헤어지라고 당신에게 말했잖아."

나는 그 자리에 퍼질러 앉아 웃음을 터뜨렸다.

그와 내가 인사동의 한 식당에서 식사를 하고 있을 때 우연히 그녀와 맞닥뜨렸다. 어쩔 수 없이 그녀에게 그를 대학교수 최철규라고 소개했다. 고개를 갸웃거린 윤 선배는 인사를 엉뚱한 말로 대신했다.

"대학교수? 최철환 교수완 잘 아는 사인데."

"전 최철급니다."

사뭇 화가 나 있을 때의 팽팽한 목소리여서 나는 아연 긴장했다. 최철환 교수는 문학평론으로 두각을 나타낸 모 여대 국문과 부교수였다.

"전공은요?"

"경제학입니다."

"아, 그러세요. 하지만 사회과학도 분위기는 아닌데."

초면의 인사치고는 실례였을 법도 한데 그와 윤 선배는 서로의 얼굴을 외면하고 히죽이 웃고 있었다.

그 뒤 그녀를 만났을 때 내게 딱 잘라 말했다.

"천성적으로 정에 약한 사람이야. 치명상을 입기 전에 그 사람하고는 그만둬."

그녀의 말을 나는 상경해온 그에게 웃으면서 그대로 전해주었다. 그가 여태 그 말에 앙심을 품고 잊지 않고 있었다는 게 의외였다.

"험담하지는 않았어요. 천성적으로 정에 약한 사람이라고 말했을 뿐이에요."

"그게 그 말이지."

"그 비판은 역시 적중했잖아요."

남의 말을 귀담아듣는 그의 태도에 길들여진 나는 자신의 과거를 낱낱이 그에게 내주었다. 그런 나는 막상 그의 내력에 대해 아는 것이라곤 재일교포로 부모와 헤어져 단신 영주귀국했다는 것, 정보부와 안기부에 각각 한번씩 연행되어가 치도곤을 당했다는 것, 교수 재임용 탈락으로 부산의 신설 대학으로 자리를 옮겨간 것, 가족들이 미국으로 이민을 갔다는 것, 그게 전부였다.

그가 위암으로 병상에 누워 있던 지난 여름 문병을 갔을 때였다. TV에서 방영하는 남북 이산가족이 상봉하는 장면을 나와 같이 보던 그가 혼잣말처럼 중얼거렸다.

"여기까지 오는 데에 오랜 세월이 걸렸군. 하지만 이제 시작일 뿐이야."

그는 눈물을 글썽거리기까지 했다. 그리곤 그가 처음으로 자신의 내력에 대해 차분한 어조로 내게 말해주었다.

그에게는 니가타에서 자진 입북함으로써 마지막이 되어버린 누이가 있었다. 일본으로부터 영주귀국한 그에게 그 시절은 그런 누이가 있다는 것 자체가 금기였다. 귀국한 뒤로는 누이에 소식은 끊긴 거나 다름없었다. 그도 굳이 알려고 하지 않았다. 오히려 숨겼다. 한데 학술세미나에 참석차 오랜만에 일본을 방문한 그가 짬을 내어 숙부를 찾아뵈었을 때 자진 입북한 누이의 근황과 주소를 알아낼 수 있었다.

그런 그에게 그해 대통령 담화문에 의한 남북 이산가족 자유왕래 추진계획은 이번만은, 하는 기대를 걸게 했다. 하지만 자신의 처지가 과연 이산가족의 범주에 끼일 수 있는지 스스로 생각해도 의심스러웠다. 그렇다면 월남가족이 아닌, 자진입북을 한 누이를 만나기 위해 북한주민 접촉신청을 한다는 것은 무모한 결정이라고 해야 옳았다. 그가 귀국한 지 10년이 넘었지만 대북한 문제에 관한 한 당국의 발표가 그대로 이루어진 적이 없었다고 했다. 결과는 되레 뒤집혀서 나타났다.

그는 차츰 당국의 발표를 의심의 눈초리로 바라보게 되었고 그러한 의구심은 그대로 들어맞았다. 담화문에 대한 믿음이 자꾸 흔들리는 것은 어쩔 수 없었다. 필요에 따라 담화문은 얼마든지 표변할 소지가 있었다. 그렇다면 당국은 언제 다시 공안정국으로 몰고 갈지 알 수 없는 일이었다. 그런데도 그는 담화문이 주는 명분에 매달리고 싶었다. 그는 자신이 지나온 삶이 한마디로 보신에 급급한 세월이었다고 생각했다. 그 깨달음은 몹시 회한스러운 것이었기 때문에 차제에 북녘에 있는 누이의 존재를 밝혀두고 싶었다. 훗날 누이 때문에 불리한 조치가 자신에게 내려진다 해도 이 땅에 정착하기 위해서는 감수해야 할 몫이었다.

그때만 해도 절친한 동료 교수들은 그에게 아무래도 시기상조라며 말렸다. 북한주민 접촉신청을 할 것인가 말 것인가를 윤 선배의 출판사에 근무하는 나를 찾아와 상의까지 한 그였다. 그때 나는 젊은 혈기였을까, '유화정책이랄까, 화해정국은 제가 보기엔 그리 오래갈 것 같지 않아요. 그런 점에서 주위 분들이 시기상조라는 조언은 옳다고 봅니다. 특히나 가족들의 입장에서 북한주민 접촉신청을 반대하는 것은 당연한 것 아닐까요. 그런 점에선 신청을 포기하시는 게 현명한 판단이겠지요. 그렇지만 저는 교수님께 신청을 하라고 말씀드리고 싶어요. 그 이유는 당위성이죠. 또한 앞으로 닥칠지 모를 불행한 사태도 받아들인다는 각오로 임해야겠지요'라는 권고의 말을 건넸었다. 내 의견이 그가 내린 결단에 어떤 영향을 미쳤는지 그로부터 들은 바는 없지만 결과 앞에 나는 두고두고 그에게 상처를 안겨주었다는 생각으로 괴로웠다.

　니가타에서 북송선을 탄 누이가 있다는 사실을 처음 들은 그의 아내와 처가에서는 그의 북한주민 접촉신청을 극구 반대했다. 누구보다도 장인의 서슬이 대단했다. 그렇지 않아도 사위가 유신 때 학회지에 발표한 논문이 빌미가 되어 수사기관에 연행당한 뒤 교수 재임용 탈락이라는 고배를 마시고 어렵사리 부산의 신설 대학의 부교수 자리를 확보한 그를 못마땅하던 터에 이번에는 연좌제에 연루될 수 있다는 데에 은행 이사인 장인으로서는 그럴 만도 했다. 그가 교수 재임용에 탈락된 것은 잠시 민주화의 봄을 맞이할 당시 학회지에 발표한 '저임금이 경제성장에 어떻게 기여하는가'라는 논문이 논란이 돼서였다.

　안보와 경제성장을 지상목표로 삼았던 신군부세력으로서는 노사 간의 갈등이 심해지고 있는 마당에 저임금의 메커니즘은 터부시하고 있는 테마이기도 했다. 논문의 요지는 개발도상국이 경제성장을 이루기 위해서는 상당 기간 동안 저임금 상태가 지속되어야만 성장에 필요한 자본축적이 이루어진다는 관변 경제학적 논리를 통계자료에 의한 심층분석을 통해 입증해보려고 한 시론에 불과했다. 그러나 당국으로서는 저임금의 본질을 부각시키는 논문으로 간주하고 문제시했다. 그러나 막상 표면상의 탈락 이유는 무능하다는 데에 있었다. 당국의 속셈은 논문을 빌미 삼으면 학문 탄압의 인상을 줄까봐 덮어씌운 거였다. 무능으로 대학교수 자리에서 쫓겨났다는 소문은 아내와 장인에게 돌이킬 수 없는 실망을 안겨주었다. 그들에게는 무능으로 인한 재임용 탈락이 전부였지 탈락의 진위가 무엇인지를 짚어내려고 하지 않았다.

그는 진의보다는 현상에 급급해하는 그들과의 사이에 좁힐 수 없는 거리감을 절감했다. 더구나 장인은 재일교포 출신인 사위의 논문이 사회주의 이론에 바탕을 두고 있는 건 아닌가 하고 의심까지 했었다. 그는 조국에서의 생활에 더 이상 희망을 걸 수가 없었다. 그는 조국을 떠나야겠다는 생각을 하루에도 몇 번이고 되풀이했다. 그가 아내에게 이민을 제안했을 때 야멸찬 반대에 부딪히곤 한동안 안절부절못했다. 오히려 약사인 아내는 아파트단지 내 상가를 세내어 보란 듯이 약국을 개설하는 기민성을 보여주기까지 했다.

그는 자신이 만용을 부리고 있지나 않은지 거듭 자문 끝에 끝내 북한주민 접촉신청을 하고 말았다. 아내와 처가의 반대를 무릅쓰고 감행한 신청은 또 한번의 연행으로 이어졌다. 그것은 첫 번째 연행 때 니가타에서 자진 입북한 누이의 신원을 고의적으로 은폐했다는 것이 문제가 되었다. 두 번째의 연행은 그의 아내로 하여금 두 아이의 장래를 구실로 미국행을 서두르게 했다. 담화문만을 믿고 북한주민 접촉신청을 한 것은 결과적으로 돌이킬 수 없는 실수였다.

아내와 두 아이의 출국을 배웅하기 위해 상경했던 그가 가족들을 떠나보낸 뒤 허탈한 나머지 내게 전화를 걸어왔었다.

"모두 떠나버렸어."

그 한마디만으로도 사태의 심각성을 이해했다. 그를 위로해주고 싶었다. 바로 부산으로 내려가겠다고 하는 그에게 인사동 찻집에서 만나자고 매달렸다. 찻집에서 만난 그는 눈이 떼꾼하다 못해 마치 넋을 놓은 사람처럼, 내몰린 자의 모습 그대로였다.

"나도 같이 떠나고 싶었어. 하지만 난 떠날 수가 없어. 그러면 나는 영영 이 땅에서 패배한 자가 되니까."

나는 그의 가슴 속에 패인 상처를 건드리지 않으려고 아무 말도 하지 않았다. 값싼 위로를 해주지 않는 것도 또한 그를 위한 것이라고 생각했다. 그날 나는 그를 아파트로 데려와 밤을 함께했다.

그 시절의 그는 이 땅에서의 삶의 끈을 놓아버린 사람이었다. 갈수록 자신을 고독 속에 가두어 자학해댔다. 그런 그가 이따금 자신의 유년기를 채색했던 홋카이도의 웅숭 깊은 자연을, 그곳에서의 삶을 입에 올렸다. 나는 그곳에 집착하는 그를 심정적으로 이해할 수 있었다.

그와의 동거 아닌 동거 생활에 들어간 지 5년이 넘었을 즈음부터 그는 주량이 늘어나고 과음하는 횟수가 잦아지면서 나와의 섹스를 회피했다. 그가 주말에 상경하는 횟수가 줄어들었고 대신 전화로 연락을 주고받았다. 가뜩이나 그와의 관계가 섹스를 배제하게 되자 그런 체함이나 조심스러움이 필요 없어지고 그래서 다투는 일이 잦아져 걸핏하면 수화기를 내동댕이치곤 했다. 싸움의 원인은 대부분 하잘것없는 사소한 말의 충돌로부터 시작되었다. 어느 쪽이든 상대와는 관계없는 불쾌한 감정을 참아내고 있을 때 곧잘 일어났다. 마음에 없는 대답이나 건성으로 하는 말에 어느 한쪽이 나무라는 데서 발화하는 것이었다. 우리 두 사람 사이를 비밀로 하고 있을 때의 습관으로 여태껏 내가 그에게 먼저 전화를 건 적은 거의 없었다. 그가 일방적으로 걸어오는 전화여서 꼭 전해야 할 이야깃거리도 사실 없었다.

"식사는 제대로 했어?"

"막 끝냈어요."

"뭘 먹었지?"

"된장찌개와 김치."

"혼자 산다고 맨날 그런 것만 먹다간 영양실조가 된다고."

"그런 당신은요?"

그런 하찮은 것으로 시작되는 말싸움은 결국엔 환경문제라든가 이념문제로까지 비화하곤 했다. 나는 사회주의권이 무너져 내렸을 때 '역사의 증언'을 들먹이며 사회주의 실험이 실패로 끝났기 때문에 자본주의 이외의 대안은 이제 없다고 하자 그는 자본주의가 최종 승리를 하고 있는 게 아니라 처음으로 진정한 위기를 겪고 있다고 하면서 사회주의의 존재가 자본주의 세계에 대한 일종의 안정판이었는데 사회주의권의 붕괴로 자본주의는 균형추를 상실했다며 오히려 위기에 직면했음을 역설했다.

하루는 나의 장례식을 책임질 사람은 자기밖에 없다며 소리지르다 지쳐 그가 먼저 수화기를 내려놓을 때까지 입씨름은 계속되었다. 그러다가 이내 전화를 다시 걸어왔다.

"생각해보라구, 내 전화가 전혀 걸려오지 않는 날이 있다고 가정하면 걱정도 걱정이지만 심심해서 견디지 못할걸. 화가 나서 소리를 지르거나 전화기 앞에서 포복절도하는 일이 전혀 없다면 말이야."

"당신은 항상 내 장례식은 책임지겠다, 게다가 죽은 얼굴이 보기 흉하면 사람들한테 감춰주겠다,고 하셨잖아요. 하지만 당신이 저보다 먼저 돌아가실 건데."

"그러니까 당신은 단세포적이야. 당신이 죽어서 더는 내가 전화를 걸지 못하는 날이 오리라고는 상상도 해보지 않았냐고?"

"그런 일은 일어나지 않아요."

"죽는 데는 순서가 없어."

"… 그런 불길한 말은 그만둬요."

어쩌면 내가 그보다 먼저 세상을 뜰지 모른다는 생각을 진지하게 하게 된 것도 그때부터였다.

그날 심야에 걸려온 그의 전화 목소리는 어느 때와 달리 낮았다. 오랜 세월 셀 수 없을 정도의 전화 덕분에 서로가 첫마디를 듣기만 해도 건강상태라든가 속마음까지도 꿰뚫어볼 정도가 되어 있었다.

"무슨 일이 있지요?"

"침착하게 들어. 위암이래. 수술을 빨리 할수록 좋다는군."

"… 위암이라고 의사가 선고했어요?"

"대학병원 담당 의사는 환자에게 병명을 숨기지 않는 선고주의자라고 하더군."

"이곳 종합병원에서 다시 한번 진찰을 받아보는 게 어때요? 그러고 나서 수술을 받는 게."

"이곳 대학 부속병원으로 충분하다고. 오진일 리가 없어. 설명을 듣고 수긍했거든."

목소리는 차츰 여느 때의 활기참으로 되돌아가 있었다. 위암 통고를 받은 후부터 나에게 전화하기까지 그가 받은 충격과 동요를 헤아리기에 충분했다. 목소리가 커지면 커질수록 목소리 저 너머로부터 그의 고뇌와 절망이 전달되어왔다.

"하필 내가 위암에 걸리지?"

그는 죽음 속에 자신을 끼워넣고 싶어하지 않았다.

"누가 걸리고 싶어서 걸리나요."

"아무튼 난 이대로 죽을 수 없으니까 걱정하지 마."

내가 해줘야 할 말을 그는 스스로에게 말하곤 서둘러 전화를 끊었다. 수화기를 내려놓은 나는 그의 감정의 여울이 가슴으로 전해져오는 것을 느꼈다. 걷잡을 수 없는 불안이 나를 사로잡기 시작했다. 그가 머지않아 죽을 것이라는 예감 때문에 더욱 그랬다. 가슴이 미어졌다.

2년 전 아버지를 위암으로 잃은 나로선 위암의 참혹함과 비정함을 뼛속 깊이 체험했었다. 아버지에게는 마지막까지 병명을 알리지 않고 거짓말로 일관했기 때문에 견디기 어려움도 충분히 맛본 셈이었다. 발견이 늦어지는 바람에 수술 시기를 이미 놓친 상태에서 아버지는 수술을 했다. 수술 후 의사의 예언대로 딱 3개월 만에 돌아가셨다. 그 3개월 동안 하루도 거르지 않고 밤의 병상을 지키는 나에게 그가 '환자도 환자지만 자신의 몸도 돌봐야 하지 않아'라고 나를 더 염려하여 화를 냈다. 그런데도 그는 일부러 상경해서는 아버지를 자주

문병해주었다. 그와 나와의 기묘한 관계는 나의 아버지까지 끌어들였다. 아들이 없는 아버지는 그를 누구보다도 미더워했고 마지막까지 그에게 의지했다.

"돌아가실 때까지 숨기고 희망을 갖게 해드리는 수밖에, 괴롭지만…."

"사람들은 암에 걸리면 통고받고 싶을까요?"

"난 내가 암에 걸리면 알고 있는 게 좋다고 생각해. 하지만 나도 가족 중에 누군가 암에 걸리면 감출 거야."

"제가 암에 걸리면요?"

"감춰도 알아차릴걸. 지금까지 무엇 하나 숨기질 못했잖아."

그가 장례식에 참석하기 위해 상경해서는 아버지의 임종을 지켜본 나에게 물었다.

"아버지의 표정은 어땠어?"

"그게 살아계실 적엔 뵌 적이 없을 정도로 깨끗했어요. 죽은 아버지의 얼굴이 전혀 무섭지가 않더라고요."

"아버님은 마음이 올바른 분이시니까."

"주름이라든가 반점이 깨끗하게 지워졌더라고요. 팔십을 바라보는 분이라고는 도무지 믿을 수가 없었어요."

"운명이란 너무 잔혹하잖아. 나이에 비해 정정하셨는데…."

슬퍼해야 할 나는 그의 동정 어린 말에 그만 피식, 웃기까지 했다.

그는 52세의 생일을 맞이하기 나흘 전에 운명했다. 병마와 싸우는 8개월 동안에 암은 간장으로 옮겨갔고 또 폐로 번져 마지막은 뇌까지 잠식했다. 그때 나는 매 주말을 이용해 부산의 그의 병실을 찾았다. 그러고도 주중에는 안심이 되지 않아 주치의에게 전화를 걸어 병세를 묻는 것을 게을리하지 않았다. 그는 타인에게는 몸만큼 소중한 게 없다는 말을 건넸지만 스스로에게는 소중하다는 말을 한번도 입에 올리질 않았다.

심야에 걸려온 전화를 주저주저 받은 나는 가냘프기는 했지만 그의 틀림없는 목소리를 듣고 가슴을 쓸어내렸다.

"이제 죽을 거야, 나는."

"무슨 소리예요. 절대로 죽지 않겠다고 며칠 전에도 말했잖아요. 그렇게 여기저기 잘라내도 금방 회복했는걸요. 생명력이 남보다 강인하다니까 당신은 일어날 수 있어요."

"죽을 사람이라고 생각하고 될 수 있는 한 마음 느긋하게 처신해주면 좋겠어."

억양이 없는 말이 이미 다른 세계로부터의 목소리처럼 허허롭게 들려왔다.

"내일 아침 첫 비행기로 내려갈게요. 내일 아침에 봐요."

"오래 있을 예정으로 와주면 고맙겠군, 이번에는."

투병 초기 마치 예언하듯 말한 대로의 모습의 그는 침대에 조용히 누워 있었다. 배와 가슴도 수술 자국이 선명한 데다 인공항문을 밀어넣은 몸에 흰 붕대가 감겨져 있었다. 그런 그의 얼굴을 보자 나는 가슴이 메어와 차마 마주볼 수가 없었다.

"코는 고사하고 배와 폐에 튜브를 찔러넣어도 나는 아무렇지도 않

아. 살기 위해선 무엇이든 할 거야."

 의식은 분명했고 생명을 단념하지 않은 증거로 처방약을 한번도 거르지 않고 복용하고 있었다.

 약의 힘을 빌러 잠자고 있는 그의 얼굴을 하염없이 바라보았다. 그러고 보면 나는 그의 잠자는 얼굴을 들여다본 지가 언제였던가 할 정도로 오랜만이었다.

 절도 있는 거동, 활기찬 목소리, 도전적인 말씨 때문에 나이보다 젊게 보인 그가 지금은 나이에 어울리는 얼굴로 자고 있었다. 몸의 통증에 어울리지 않게 잠든 얼굴은 살아내고야 말겠다는 의지와는 달리 삶을 포기한 사람처럼 무저항의 표정이었다. 침대 밑으로 흘러내린 손을 올려놓으려고 하자 그가 내 손을 꼭 쥐었다. 꿈속의 그가 그러쥐고 있는 건지 아니면 깨어 있는 그가 쥐고 있는 건지 알 수가 없었다. 그가 하는 대로 가만히 있자 그가 스르르 손목의 힘을 빼고는 나를 향해 등을 돌려 벽 쪽으로 뒤채였다. 시트에 휘말린 카데타를 원상태로 돌려놓으면서 나는 밀려나오는 눈물을 참아내느라 안간힘을 다했다.

 그가 투병 생활에 들어간 8개월 동안 나는 여행은 고사하고 업무용 출장도 마다했다. 그가 언제 죽어도 이상할 것 없다고 주치의로부터 통고받았기 때문이었다. 무슨 일이 있어도 꼭 다녀오지 않으면 안 될 도쿄 국제도서전에는 아침 첫 비행기로 건너가 일을 보곤 그날 밤 마지막 비행기로 귀국하는 당일치기 곡예까지도 서슴지 않았다.

 주치의는 3개월 시한부인 그의 생명이 8개월째 접어들자 기적이라고밖에 달리 뭐라고 말할 수 없다고 했다.

그의 투병 기간인 8개월 동안 내 주위에는 죽음의 그림자가 떠나지 않았다. 신문을 통해서 알게 되었지만 한때 시아버지였던 김 교수의 죽음이 그랬다. 나는 윤 선배 밑에서 일을 할 당시 소설가와 결혼했었다. 그의 소설은 관념소설로 일반독자가 다가가기에는 난해했다. 다만 평단의 몇몇 평론가가 그의 작품의 전위성에 높은 점수를 주었지만 독자들에게는 외면당했다. 그와의 결혼 생활은 3년 남짓으로 끝났다. 그의 바람기 때문이기도 했지만 내 마음이 최철규에게 이미 기울어 있었기 때문이었다.

둘 사이에 아이가 없었던 것도 이혼에 쉽게 합의할 수 있었다. 다만 이혼하는 데 모 사립대학 영문과 교수였던 시아버지에게는 차마 얼굴을 들 수 없었다. 딸을 대하듯 자상한 분이었다. 풍문으로 그분의 동향을 듣고 있던 나는 아직은 정정하시다고 들었던 터라 큰 충격을 받았다. 그런 줄 알았으면 문병을 갔어야 했다. 사인은 폐암, 향년 73세, 헤비스모커였던 분다운 죽음이었다. 나는 그분의 죽은 얼굴을 보지 못했다. 그래서인지 그분의 죽음이 현실감을 띠고 가슴에 와닿지 않았다. 물론 그분의 영결식에는 참석했었다.

환자와 유사한 병으로 명을 달리한 사람의 이야기를 한다는 것은 온당치 못하다고 생각했지만 내가 받은 충격과 당황을 받아들여 공감해줄 수 있는 사람은 이 세상에 그밖에는 없다고 믿었기 때문에 김 교수의 죽음을 나는 투병 중인 그에게 담담한 어조로 알렸다.

"김 교수님이 돌아가셨어요."

"알아. 신문에서 봤어. 모두가 죽는군."

그의 연민은 죽은 자를 향한 것이 아니라 나를 향해 말하고 있음을 깨달았다. 나는 비어져 나오는 눈물을 감추기 위해 창가로 다가가 밖을 내다보았다. 날씨마저 잔뜩 찌푸려 있어서 그새 비라도 내릴 것 같았다. 모두가 죽는다. 물론 그도 포함해서였다.

"칠십삼 세라…, 그 나이라면 죽어도 원통하진 않지."

등 뒤에서 그가 단정짓듯 말하곤 덧붙였다.

"지금 이대로 죽을 순 없어. 환경경제학개론 원고만이라도 탈고해야 하니까."

한데 나는 그의 죽음을 누구에게 하소연하고 누구하고 이야기를 나누어야 할지 정말이지 난감했다. 결국 나는 한 인생의 죽음 앞에 속수무책으로 바라보고만 있었다.

그즈음 나는 일본 홋카이도에 4년 전부터 일본인과 결혼해 살고 있는 친구로부터 이메일을 받았다. 그녀의 남편은 삿포로의 한 대학에서 한국사를 강의하는 소장 역사학자였다. 그녀의 남편이 한국에 유학와 있는 동안 도서관 출입이 잦았고, 그래서 대학도서관 사서로 일했던 친구는 남편의 자료를 챙겨주는 사이 사랑으로 발전했다. 하지만 부모의 반대에 부딪혔고 그럼에도 친구는 결혼을 감행했다.

이메일에는 세계적인 생태학자와 환경학자들이 홋카이도의 쿠시로 습원釧路湿原을 답사하는 한편 습지의 경제적 가치에 대한 심포지엄이 열릴 예정이므로, 그 분야 출판에 종사하는 나에게 많은 도움이 될 거라며 가능하면 참석해보는 것도 도움이 되리라는 조언이었다.

나는 태고의 자연이 숨쉬는 쿠시로 습원을 꼭 탐방하고 싶다고 친구에게 이메일을 띄웠다.

그를 병상에 두고 꼭 가겠다는 답장을 낸 데는 이제 그의 체력이 한 달을 넘기지 못하리라고 생각했기 때문이었다. 생전의 그도 홋카이도의 쿠시로 습원을 곧잘 입에 올렸다. 게다가 그가 26,000헥타르나 되는 쿠시로 습원이야말로 지구상의 몇 남지 않은 빙하기의 동식물이 서식하는 광대한 습원이라고 여러 차례 얘기해주었기 때문에 이번 기회에 꼭 가보고 싶기도 했다.

나는 미국에 있는 그의 부인 앞으로 그가 생명이 다해가고 있음을 알려주었다. 그러나 부인은 끝내 귀국하지 않았다. 그의 마지막을 나는 주치의와 함께 지켜보았다. 상처투성이의 죽음이었다. 죽은 그의 얼굴은 믿을 수 없을 만큼 기품이 있었다. 마치 눈을 감은 채 조용한 목소리로 '나는 자고 있어'라고 말하는 듯했다. 그런 그를 향해 나는 마지막이 될 말을 건넸다.

"당신의 얼굴은 품위가 있어요. 부러울 정도로. 당신은 다정한 분이셨어요. 그런데 왜 그렇게 경계인의 삶을 고집했는지 아직도 모르겠어요. 살아서 이 땅을 떠나지 못했던 당신에겐 미안하지만 다음 달 홋카이도의 쿠시로 습원에 다녀오려고 해요."

동료 교수와 제자 그리고 몇 안 되는 친구들의 참석으로 이루어진 장례식은 조촐한 데다 을씨년스럽기까지 했다. 화장터에서 그의 관이 화구로 들이밀어지는 순간 터무니없이 나는 그의 감은 눈에서 불쑥 흐르는 한 방울의 투명한 눈물을 상상했다. 너무 놀란 나는 소리를 지를 뻔했다. 울컥, 걷잡을 수 없는 슬픔이 솟구쳤다. 나는 부들부들 떨면서 화구 문이 닫히는 것을 처연히 바라보았다.

이륙한 비행기가 수평 비행에 들어가자 시트 벨트 표시등이 꺼졌다. 나는 시트 벨트를 풀면서도 줄곧 그 남자를 향해 시선을 모으고 있었다. 그 남자도 시트 벨트를 풀고는 자리에서 일어났다. 그제서야 나는 똑바로 그 남자의 얼굴을 바라볼 수 있었다. 그 남자는 그보다는 한 터울 젊어보였다. 그렇게 확인하고 나자 나는 오히려 그와 함께 삿포로를 향해 가고 있음을 전신으로 느꼈다.

그토록 떠나고 싶어했던 이 땅을 그는 살아서 떠나지 않았다. 그는 죽은 뒤에야 비로소 이 땅에 안착할 수 있었다.

벚꽃 속으로 숨다

벚꽃 속으로 숨다

오미야大宮행 전동차가 속도를 줄이며 플랫폼으로 들어와 멈췄다. 전동차의 자동문이 열리자 승객들이 떼 지어 내렸고 줄 서 있던 사람들이 타기 시작했다. 줄 맨 뒤에 서 있던 내가 타자마자 문이 닫히고 이내 전동차는 출발했다. 나는 사람들 사이를 비집고 안쪽으로 들어갔다. 입구보다 한가운데는 몸을 자유롭게 움직일 수 있을 만큼 덜 붐볐다. 나는 가방을 선반 위에 올려놓고 꺼내든 리포트 초안을 훑어보기 시작했다. 다음 주에 있을 세미나에 발표해야 할 실험보고서였다. 한 쪽 한 쪽 꼼꼼히 살핀 끝에 마지막 쪽을 막 넘길 차례였다.

"얘, 톰 크루즈와 니콜 키드먼이 이혼한대."

앳된 목소리의 우리말이었다.

"알아, 엊저녁 석간신문 해외토픽에 난 거 나도 봤어."

상대도 우리말이긴 마찬가지였다. 나는 움찔했다. 억양만 다르지 않았다면 언뜻 서울의 지하철 안인가 착각할 정도였다. 나는 그들이 누구인지 보지 않고도 짐작이 갔다. 하교 시간이 몇 시인데 이 늦은 시간에 귀가를 할까. 나는 주위를 조심스레 둘러보았다. 입구 쪽에 치마저고리를 입은 여학생 두 명이 눈에 띄었다. 치마저고리의 여학생과 헐리우드 스타는 너무나 생경스러워 도시 어울리지 않았다. 괜스레 얼굴이 화끈거렸다. 마치 내가 '조센징'이라는 걸 들킨 기분이었다.

방금 정차했던 역이 키타주죠北十條역이었지 싶다. 그 역에서 조선중고급학교까지는 도보로 불과 십여 분 거리였다. 제 또래인 세일러복을 입은 어느 여학생들처럼 둘은 연예인 이야기 따위를 끊일 새 없이 우리말로 재잘거렸다. 주위 사람들을 전혀 의식하지 않는 태도가 당돌하기만 했다. 모두가 조용히 있는 전동차 안에서 드러내놓고 우리말을 하다니, 저러다가 낭패나 당하지 않을지, 지레 걱정이 앞섰다.

북한의 일본인납치사건이 불거지면서 치마저고리를 입은 조선중고급학교 여학생들이 잇달아 수난을 당한 이후론 그들의 교복에 일본인들의 시선이 모아질 수밖에 없었다. 이곳에 영주하는 처지에서 어린 여학생들에게 입힐 교복을 굳이 '조센징' 티를 내게 하는 치마저고리로 정해야만 했을까. 그렇잖아도 위화감을 돋우게 마련인데, 경직된 이념이 혐오스러웠다. 나는 그들의 피해를 자업자득이라고 여겼다.

사촌인 정웅이 다니는 민단계 한국학원은 남학생 교복은 물론이고 여학생 교복도 일본 학생들과 같은 디자인이어서 외관상으로는 식별이 어려웠다. 치마저고리를 보면 얼른 외면해버리는 버릇이 체질화되다시피한 나는 이번에도 그들로부터 얼른 피하고 싶었다. 전철 안 그 많은 익명 속에서 그들과 마주친들 나와는 상관없는데도 그랬다. 뒤 차량으로 옮겨가면서 고소를 삼켰지만 이내 자신의 행동에 부아가 치밀었다. 나는 왜 저들처럼 많은 일본인들 앞에서 떳떳하게 '한국인'임을 드러낼 수 없을까, 하는 자괴심 때문이었다.

내가 치마저고리의 여학생을 전철 안에서 처음 목격한 것은 지난해 가을, 그러니까 이곳에 도착한 지 이틀 만이었다. 오미야에 사는 숙부댁에 임시거처를 정한 내가 입학 허가를 받은 대학에 박사과정 수속을 밟기 위해 전철을 탔을 때였다. 바로 앞에 검정색 치마저고리를 입은 여학생 너덧 명이 서 있었다. 검정 일색이 주는 섬뜩함에 나는 잠깐 진저리를 쳤다. 교복이라곤 입어본 적이 없는 내게 검정색 치마저고리가 마치 상복을 연상케 해서 더욱 그랬다. 게다가 헐렁해 보이는 치마저고리가 붐비는 전철 안에서 거치적거리지나 않을지, 괜한 걱정까지 했다.

그날은 그들을 피하지 못한 채 붙박인 듯 서 있었다. 그들이 한 역에서 다 내리고 난 뒤 나는 비로소 그들이 조선중고급학교 학생임을 생각해냈다. 조총련 사람들과는 절대로 어울리지 말라고 아버지가 당부했던 말에 나는 사로잡히고 말았다. 그들과의 맞닥뜨림은 그날뿐만이 아니라 다음날도 이어졌다.

삼 일째 아침 나는 정웅과 함께 집을 나서게 되었다. 그때 그는 신주쿠 와카마쓰초新宿若松町에 있는 한국학원 고등부 3학년에 재학 중이어서 아키하바라秋葉原역 까지는 동행이었다. 이른 시간도 시간이었지만 오미야역은 시발역이라 둘은 쉽게 자리에 앉을 수 있었다. 서너 역을 지나쳤을 때 치마저고리를 입은 여학생이 차 안으로 들어왔다. 삼 일째 계속 마주치는 것이 우연 같지가 않아 나를 불안케 했다. 나는 팔꿈치로 정웅을 툭툭 치곤 턱으로 방향을 가리켰다. 졸고 있었는지 영문을 모른 정웅이 움찔 놀라며 내 얼굴을 들여다보았다.

"이 넓은 도쿄에서 삼 일째 쟤네들과 마주치는 게 아무래도 이상해. 게다가 왠지 낯설고 쑥스럽단 말이야."

나는 사뭇 목소리를 낮추어 일본말로 정웅에게 말했다. 하긴 그가 우리말을 거의 할 줄 모르기 때문에 일본말로 말할 수밖에 없었다. 그는 한국학원에 다녔지만 일본어 교과서로 수업을 받았기 때문에 '한국어' 시간에 배운 실력으로는 읽기가 고작이었다. 그러니까 우리 글을 쓰고, 이해하고, 말하는 데는 그의 우리말 실력은 턱없이 모자랐다.

"형, 여태 그걸 몰랐어? 쟤네들 학교가 키타주조역에서 가깝잖아."

그러고 보니 그 역 플랫폼에는 치마저고리의 소녀들이 유난히 눈에 띄었다. 숙부댁에서 T대 대학원을 통학하려면 키타주조역을 지나쳐야만 했다. 그렇다면 앞으로도 수없이 그들과 맞닥뜨려야 한다는 생각을 하니 곤혹감마저 들었다. 빠른 시일 내에 숙부댁을 나와 대학 기숙사로 옮겨가든지 그것이 여의치 못하면 대학 근처에 하숙을 얻든지 해야만 그들로부터 멀어질 수 있었다.

"형, 근데 다 같은 우리나라 사람인데 뭐가 낯설고 쑥스럽지?"

그는 짐짓 아무렇지도 않다는 듯 큰소리로 나를 향해 말했다.

"좀 작은 소리로 말해."

나는 정웅에게 기어들어가는 목소리로 부탁했다. 얼굴이 홧홧거렸다.

"우리말만 할 수 있다면 난 형하고 우리말로 대화를 나누고 싶다고."

어림없는 소리였다. 전철 안에서 우리말로 대화를 나누다니. 침묵만 하고 있으면 아무도 나를 조센징으로 알아차릴 사람은 없었다. 나는 밖에서 같은 처지인 우리나라 유학생과 만날 때도 우리말 쓰기를 의도적으로 자제했다. 일본인들의 조센징에 대한 곱지 않은 시선을 아버지로부터 익히 들었던 터라 더욱 그랬다. 전동차를 갈아타기 위해 아키하바라역에서 헤어질 때까지 정웅은 줄곧 '조센징' 티를 부러 내려고 했고, 나는 짐짓 외면해버리는 쪽으로 자세를 곧추세웠다. 그 뒤로 나는 그들과 제발 마주치지 않기를 바랐다.

오미야역에 내렸을 때는 이미 9시 30분이 넘어 있었다. 엊저녁 늦게 숙부로부터 전화로 오늘이 할머니 제삿날임을 일러주며 8시까지 집에 들르라는 다짐까지 받았던 터였다. 광장 택시 승차장에는 사람들의 줄이 길게 이어져 있었다. 숙부댁까지는 빠른 걸음으로 이십 분 거리였다. 나는 걷기로 작정하고 지름길인 뒷길로 서둘렀다.

현관문을 열어준 정웅이 나를 향해 왜 이렇게 늦었냐고 불평부터 늘어놓았다. 나는 군소리 없이 그에게 사과했다.

지난해 가을 이곳에 온 뒤 처음 맞는 할아버지 제삿날도 그랬다. 나는 꼼짝없이 숙부에게 붙잡혀 젯상차리기를 거들었지만 막상 제사 집사는 한 번도 해본 적이 없어서 정웅이 그 역을 맡아야 했다.

"장손인 네가 제사의례를 몰라서야 되겠니."

실망을 감추지 못한 숙부의 어조였다. 그렇지만 나는 숙부의 그 말에 개의치 않기로 했다. 이곳에서 조부모 제사를 지내는 것도 놀라웠지만 제사의례가 집에서 보아왔던 그런 간소화한 것이 아니라 예부터 내려오는 전통 그대로여서 번거롭기가 이루 말할 수 없었다. 아버지는 제사의례를 지내는 잠깐 동안만 나를 참석시켰을 뿐 끝까지 남아 있도록 강요한 적은 없었다. 게다가 제사의례에 대한 절차도 굳이 내게 가르치려 들지 않았다. 아버지가 나의 공부에 방해가 되지 않도록 배려한 때문이었다. 나 역시 그러한 제사의례가 고리타분하다고 느꼈기 때문에 공부라는 명분에 매달려 그런 자리를 피했다. 한데 숙부는 달랐다. 까다로운 절차를 그는 한 치의 흔들림도 없이 치러내는 완벽주의자였다.

나는 정웅의 뒤를 따라 이층 방으로 올라갔다. 일본에 도착해 학교 기숙사에 입주하기 전까지 달 반 남짓 정웅과 같이 쓰던 8첩 다다미방이었다. 나는 가방을 내려놓고 아래층으로 내려가 화장실부터 찾았다. 손을 씻은 다음 안방으로 들어갔다. 올 만한 친척은 모두 와 있었다. 나는 머리부터 조아렸다.

"늦었구나."

숙부의 한마디에는 힐난의 기색이 역력했다.

"오늘 중으로 끝내야 할 실험결과가 늦는 바람에 늦었습니다."

"열한 시에 제사를 올릴 거다. 그러니 관수를 미리 해두어라."

숙부는 당연히 내게 집사를 맡으라는 투로 말했다. 한 시간이 채 남아 있지 않았다. 그때까지 안방에서 어른들과 마주해 있기가 아무래도 거북했다. 나는 안방을 나와 부엌에 얼굴을 내밀어 숙모와 고모에게 인사를 드리고는 급한 대로 제사 절차를 정웅에게 물어볼 요량으로 이층으로 올라갔다.

정웅은 책상 앞에 앉아 있기는 했지만 헤드폰을 머리에 끼고 음악에 열중하고 있었다. 한때 그와 같이 기거하면서 내가 겪은 곤혹은 이만저만이 아니었다. 그의 관심은 영화와 모든 장르의 음악과 추리소설에 모아졌다. 다방면으로 향한 그의 호기심 때문에 그의 주의력은 산만할 수밖에 없었다. 그와 함께 방을 써야 했던 나에게는 이따금 그가 내 집중력에 방해가 되곤 했다.

이를테면 내가 리포트 작성에 매달리고 있을 때 느닷없이 형, 레게 뮤직이 뭔지 알아? 하고 질문을 던지는 식이었다. 내가 멍한 표정으로 바라보면 그는 거침없이 본고장 카리브해 연안에서 억눌린 흑인 의식을 반영하여 태동한 음악으로 자메이카 흑인 특유의 민속적인 리듬에 미국으로부터 전해진 리듬앤블루스가 어울러 만들어진 것이라고 알아듣기 쉽게 설명해주곤 했다.

그는 클래식 음악에 대한 이해도 수준급이었고 세계 음악계에 대한 동향도 모르는 게 없었다. 하긴 그가 매월 정기적으로 보는 음악 잡지만도 서너 개는 될 듯싶었다. 오케스트라의 지휘자만 해도 로스앤젤레스 필하모니의 음악감독인 에사페카 살로넨이야말로 앞으로 가장 기대되는 젊은 지휘자라는 식이었다.

그는 최근 번역되어 베스트셀러가 된 프레데릭 포사이스의『신의 주먹』이라는 추리소설조차도 이란의 핵개발에 대해 강대국들의 일방적인 제재논리를 답습하고 있다는 식으로, 독서에 어두운 나를 비웃기라도 하듯 서슴없이 비판했다.

그런 그도 공부에는 열의가 없었다. 숙부 역시 그렇다고 그를 별로 꾸짖지도 않았다. 공부 이외의 것에 일체 관심을 두지 않았던 나의 대학 입시 수험생 시절과는 달라도 너무 딴판이었다. 그래도 올 봄 그나마 삼류 대학인 N대 미학과에 입학했다는 것이 대견하다면 대견하달까. 나로선 그 미학과란 데가 무엇을 공부하는 과인지 도통 감을 잡을 수 없었다.

지금도 그는 헤드폰을 귀에서 떼어내고 한다는 소리가 오토 클렘페러는 대단해, 브루크너 심포니의 연주는 누구도 따라올 수 없는 철학적 깊이가 있어, 카라얀의 탐미적이고 감각적인 연주와는 비교가 안 돼, 라고 했다. 음악의 문외한인 나도 카라얀은 알고 있었다. 그의 브로마이드 패널을 서울에 있을 때 커피숍 같은 곳에서 가끔 본 적이 있어서였다.

카라얀을 몰랐다는 것만으로도 내가 2년 가까이 사귀던 여대생으로부터 조소를 당한 적이 있기까지 했으니까. 그녀는 중산층 가정의 막내딸로 말에 거침이 없었고 행동이 무척 발랄했다. 내가 전공 분야에만 매달린 것과는 달리 그녀가 펼쳐 보이는 세계는 다양했다. 그런 그녀와 보조를 맞추기가 힘들었다. 어떻게 보면 정웅과 비슷한 데가 있는 여자였다. 게다가 한 번 만나본 그녀의 어머니도 나를 별로 탐탁지 않게 여겼다. 그래서 나는 아쉬움은 남았지만 그녀 곁을 자진해서 떠났다.

나는 다급했기 때문에 정웅에게 제사 절차에 대한 설명을 부탁했다. 그가 메모지에 적어가며 그 순서를 가르쳐주었지만 막상 젯상 앞으로 나가서 집사 노릇을 할 수 있을는지는 아무래도 자신이 없었다. 나는 메모지를 반으로 접어 호주머니에 찔러넣었다.

"형, 내일 토요일인데 시간 있지? 아타카 컬렉션 보러 우에노上野 국립박물관에 같이 가자."

느닷없는 정웅의 제안에 나는 되물었다.

"아타카 컬렉션이 뭔데?"

"아타카라는 사람이 조선 고미술품과 도자기를 오랫동안 수집해온 것을, 아니 수탈해온 것이라고 바꾸어 말해야겠지만, 죽을 때 기증한 건데 아마 한국에도 없는 국보급이 많이 포함되어 있지."

이제 와서 조선 고미술품 감상이라니. 온갖 것에 호기심을 나타내는 녀석이었다. 나는 별로 보고 싶은 생각이 내키지 않아 선뜻 대답하지 않았다. 다음 주 세미나에 발표할 리포트 최종 점검을 위해 연구실로 나가는 게 나로선 더 급했다. 토요일은 강의가 없지만 연구실로 나가면 어김없이 조교들이 나와 실험에 열중해 있을 터라 그들의 의견을 우선 들어볼 기회가 주어질 것이었다.

"형, 아직 우에노 국립박물관엘 가보지 못했지?"

그는 망설이는 나를 꿰뚫어보듯 말했다. 사실 나는 이곳에 온 지 6개월이 넘었지만 그곳에 가보지 못했다. 아니, 가볼 생각조차 하지 않았다. 곰팡내나는 유물들을 바라보는 것보다는 기업연구소를 견학하는 것이 내 전공에는 도움이 되었다. 그래서 기회가 닿을 때마다 연구소 순방을 게을리하지 않았다.

"연구실 순례면 모를까. 국립박물관에는 흥미가 없는데."

"형이야말로 하나는 알고 둘은 모르는군. 일본의 오늘의 하이테크가 서양 모방으로만 이루어냈다고 생각하는 모양인데 그건 천만의 말씀. 오히려 그들의 전통 속에서 싹텄다고 하는 게 옳을걸. 이들이 실질을 숭상, 맡은 일에 최선을 다하는 장인정신은 무사도에서 연유하고 있다고 봐야 하지 않을까. 후기 조선조의 타락한 선비정신과는 다르지."

나를 비웃는 듯하는 그의 표정은 전에 없이 냉랭했다. 한 대 세게 얻어맞은 기분이었다. 하지만 나는 그의 논리적인 비약에 도저히 동의할 수 없었다. 글쎄, 네가 우리의 고고한 선비정신을 제대로 알기라도 해서 하는 말인가. 오기가 불끈 치밀었다. 시건방진 녀석의 콧대를 꺾어주고픈 생각이 불끈했다. 하지만 우리나라 고미술품에 대해 내가 알고 있는 수준은 고작 교과서 내용 정도였다. 딱히 대꾸할 말이 궁했다. 그가 다시 일을 떼어 채근했다.

"형, 그럼 내일 두 시 우에노역 북쪽 출구 어때?"

녀석의 반말이 오늘 따라 귀에 거슬렸다. 여덟 살이나 위인 내게 경어를 쓰는 법이 없었다. 하긴 정웅만이 그런 것은 아니었다. 나보다 나이가 아래인 젊은이들을 대하면서 영 못마땅한 것이 윗사람에게 어미를 생략해서 말하는 그들의 말투였다. 연구실 동기들도 그런 점은 마찬가지였다. 그들은 내가 일어를 배운 대로 공손하게 말하면 되레 괴이쩍어했다.

"좋아, 두 시 정각에 우에노역 북쪽 출구에서 만나자구."

나는 정웅에게 다짐을 하고 나서 시계를 들여다보았다. 십 분 전 열한 시였다. 제사를 올릴 시간이었다. 정웅을 앞세워 일층으로 내려갔다. 방으로 들어가자 숙부가 나를 향해 입을 열었다.

"정수가 집사를 맡도록 해라."

나는 선뜻 대답을 못한 채 머뭇거렸다. 지난 번 할아버지 제사 때 끝까지 지켜보았지만 대수롭지 않게 생각하는 평소의 버릇 때문에 눈여겨보지를 않았다. 그렇다고 메모를 들여다보면서 집사를 할 수도 없는 노릇이었다. 고모부와 당숙까지 빤히 처다보는 앞에서 순서를 모른다고 말하기가 여간 난감한 게 아니었다.

"그럼 정웅이가 해보렴."

내 머뭇거림에 눈치를 챘는지 고모부가 체면을 살려주었다. 숙부가 쯧쯧 혀를 찼다. 고비를 넘겼지만 마음 한쪽을 비집고 들어온 수치심으로 얼굴이 화끈거렸다. 정웅은 주저할 것도 없이 젯상 앞으로 나가서 먼저 절을 하고는 젯상 옆으로 옮겨 제사 의례를 순서에 따라 진행시켜 나갔다. 그의 진행 솜씨는 능청스럽기까지 했다. 이십여 분 만에 제의를 끝낸 정웅은 나를 향해 한쪽 눈을 찡긋해보였다. 숙부가 끝내 내게 한마디 하는 것을 잊지 않았다.

"올 가을 할아버지 제사 때는 정수 네가 집사를 할 수 있게 꼭 익혀두어라."

숙모와 고모가 들어와 젯상을 치우고 음식상을 차려왔다. 어른들은 술잔을 기울이며 두어 시간은 이런저런 얘기를 나누고 나서야 일어설 터였다.

 지난해 이곳에 온 지 얼마 되지 않아 올렸던 할아버지 제사 때도 그랬다. 그런데 내가 놀란 것은 그들이 대화를 나누다 언성이 높아지는 사달을 일으킨 데 있었다. 원인은 고모부였다. 그때도 이곳 매스컴의 단골 메뉴가 되다시피 한 북한의 핵폐기문제와 일본인 납치문제에 대해 숙부와 당숙이 고모부를 향해 파행적인 정치행태를 비아냥댄 데서 비롯되었다. 그때 나는 어떻게 처신해야 좋을지 몰라 어른들이 벌이는 언쟁을 말석에 앉아 지켜보기만 해야 했다. 친척들이 돌아가고 난 뒤 나는 숙부에게 이해할 수 없다는 투로 대들었다.

 "아무리 친척이래도 어떻게 조총련과 같이 자리를 할 수 있습니까?"

 "조총련계라고 해서 친척끼리 서로 왕래를 마다할 수 있겠니."

 숙부는 항의하는 내가 되레 이해할 수 없다는 듯 한심하다는 표정을 지었다.

 "생각해보십시오. 고모부는 조총련계가 아닙니까?"

 "너에게 말해둘 필요가 있을 것 같구나. 물론 고모부는 네 입장에서 보면 악명 높은 조총련계다. 헌데 이곳 교포들은 민단 아니면 조총련, 그렇지 않으면 어느 쪽도 아닌 부류로 나뉘어져 있지. 핵심 간부들이야 다르겠지만 일반 회원들은 모두가 어떻게 보면 편의상 가입하고 있는 경우가 대부분이다. 그런 우리가 뭐 대단한 적이라고 같은 도시에 살면서 동기간에 내왕을 끊어야겠니."

 하긴 공산당도 합법적인 곳이니까. 머쓱해진 나는 그만 머리를 긁

적거렸다. 조국의 대치상황이 이곳 교민들에게 얼마나 절박하게 비칠는지, 그걸 가늠할 아무런 잣대도 나는 갖고 있지 못했다. 조총련에 대해 과민반응을 일으킬 수밖에 없는 나로서는 아무리 일상생활에서의 교류라손 치더라도 숙부가 고모부와의 잦은 교류는 삼가주었으면 싶었다.

이념에 관한 한 나는 심한 결벽증을 지니고 있다. 그것은 아버지 때문이었다. 아버지는 교포 2세로 태어나 대학을 나온 뒤 본국의 D그룹 무역회사에 입사하고는 젊은 혈기로 영주귀국을 한, 어떻게 보면 현실인식이 안이한 로맨티스트였다. 대학을 졸업할 당시의 아버지는 일본 사회에서의 한계를 절감했고 그래서 비록 군사정권에 의해 경제개발에 박차를 가하는 조국이었지만 당신에게는 신천지로 다가왔나보았다.

귀국 뒤의 아버지는 지금은 그룹의 간판 기업으로 성장한 회사의 공장시설 도입을 위한 차관업무 실무를 맡아 그 나름대로 회사를 위해 뛰었다. 그런 아버지가 섬유제품 수출담당 과장으로 승진한 그해 낯선 사람들에 의해 연행된 지 나흘 만에 초췌한 얼굴로 귀가했고 그 뒤로는 무척 소심한 성격으로 변해버렸다. 사상적인 의구심 때문에 당국에 연행되었으리라는 생각을 그때만 해도 우리 가족은 생각하지 못했다.

아버지가 다시 연행된 것은 첫 연행으로부터 7년 뒤였다. 그해는 미증유의 정치적인 소용돌이로 해서 모두가 침묵하던 시절이었다. 첫 연행 때보다 우리 가족이 받은 충격이 덜하기는 했지만 불안과 초조는 말이 아니었다. 뜻밖에도 이틀 만에 풀려난 아버지는 가타부타 말이 없었다. 우리 가족 사이에도 이심전심으로 그 연행에 대해서는 물어보는 것조차 암묵적인 합의 속에 금기였다.

당시 섬유수출부 부장이었던 아버지는 두 번의 연행으로 사내 입지가 거북했던지 사표를 던지고 말았다. 그리곤 일 년 가까이 집안에만 죽치고 있던 아버지가 어느 날 아무 말 없이 가출해버렸다. 중학생이었던 나와 초등학생이었던 누이동생을 떠맡은 어머니는 종로통에 위치한 대형 약국에 관리 약사로 취직, 집안 살림을 꾸려나가야만 했다.

그런 무책임한 아버지가 우리 앞에 다시 모습을 드러낸 것은 가출한 지 3년 만이었다. 횅한 눈, 피폐해진 모습은 예전의 아버지가 아니었다. 그런 아버지를 어머니는 아무 말 없이 받아들였다. 집을 비웠던 3년 동안 아버지에게 무슨 일이 있었는지 물어보는 것조차 삼갔다. 아버지는 한동안 일본인 동창들에게 편지 쓰는 일로 소일했다.

집으로 되돌아온 아버지가 오랜 동면 끝에 다시 기지개를 켠 것은 그로부터 1년 뒤였다. 호텔에 투숙 중인 일본인 동창을 만나기 위한 잦은 외출 끝에 일본의 유수 선박기기 회사 한국 대리점 계약을 맺고 무교동의 10평 남짓한 사무실에 오퍼상을 차렸다. 아버지는 선박기기 판매를 위해 부산, 거제, 울산 등지의 조선회사로 곧잘 출장을 다녔다.

그 당시 고등학생이었던 내가 보기에도 아버지는 예전의 모습을 거의 회복한 듯했다. 대학에 갓 들어갔을 때였다. 어머니에게 한마다 말도 없이 증발해버린 아버지와 그때 왜 헤어지지 않았느냐고 묻자 '너희들만 없었으면 헤어졌지'라는 예상했던 답변이 나왔지만 어머니의 눈빛만은 너무나 섬뜩해서 그랬었구나, 라고 생각했다. 나는 대학에 들어가고 나서야 그때 아버지의 연행이 사상적인 것과 무관하지 않으리라는 생각을 하게 되었다.

내가 유학을 떠나던 바로 전날 저녁, 가족이 모두 모여 저녁 식사를 하는 자리에서였다.

"내가 다녔던 대학에는 교포 학생모임이 민단계와 조총련계로 갈라져 있었다. 물론 나는 민단계 모임에 정식 가입했지만 조총련 독서서클에도 관계했다. 그때만 해도 나는 남한이나 북한이나 다 내 조국이라는 소박한 생각에서였다. 순전히 공부를 위한 모임이었지 다른 불순한 의도가 있었던 것은 결코 아니었다. 한데 그런 전력이 영주귀국한 내게 족쇄가 될 줄은 미처 생각하지 못했다."

우리 가족이 알고 싶어했던 금기에 대해 아버지가 처음으로 토로한 셈이었다. 그리고 아버지는 덧붙여 내게 주의를 주었다.

"네가 다닐 대학에도 교포학생들이 민단계와 조총련계로 따로 모임을 갖고 있을 게다. 그들이 너에게 가입을 권유하더라도 단호하게 거절하고 오로지 연구에만 몰두하도록 하여라."

아버지의 주의는 내가 유학을 마치고 귀국했을 때의 안녕을 염려한, 즉 어떠한 경우에도 빌미 잡힐 일에 끼어들지 말라는 명령이나 다름없었다.

숙부댁에 기거한 지 일 주일, 고모와 고모부가 나의 유학을 축하해주기 위해 찾아왔을 때였다. 이런저런 얘기 끝에 고모부가 덧붙인 말에 나는 아연실색했다.

"기왕 일본에 유학왔으니깐 말인데, 공화국에 대해 옳은 인식을 가져줬으면 한다."

느닷없이 공화국이라니, 어느 나라를 두고 하는 말인지 나는 말귀를 알아듣지 못해 대답 대신 되물었다.

"공화국이라뇨?"

고모부는 나의 물음에 실망한 눈치였다.

"조선민주주의 인민공화국이지."

나는 더 이상 상대해서는 안 된다는 생각에 입을 다물고 말았다.

"최 서방, 이제 막 유학온 조카에게 할 말이 따로 있지. 그게 무슨 소린가."

숙부가 고모부를 질책했다.

고모부가 조총련계라니. 그렇다면 고모도 응당 그럴 터였다. 아버지는 고모와 고모부가 조총련계임을 알고나 있을까. 귀띔해주지 않은 걸로 보면 몰랐을 성싶기도 했다. 어쩌면 알고 있었으면서도 입 다물고 있었는지도 몰랐다. 그때 나는 일본으로 유학온 것을 정말 후회했다. 아버지의 연행이 뜻했던 바가 은연중 나의 사고에 전이되어 영향을 미치고 있다는 것을 뒤늦게 깨달은 거나 다름없어서였다.

나는 어른들과의 합석을 적당한 구실을 대어 피하고 싶었다. 게다가 고모부가 말을 걸어올까봐 여간 조심스러운 게 아니었다. 음식을 드는 동안은 별 탈 없이 조용히 지나갔다. 나는 다음 주에 제출해야 할 리포트 작성을 마저 마쳐야 한다는 이유를 대고 자리에서 일어났다. 정웅도 이때다 싶었는지 따라 일어섰다.

리포트 초안을 한 차례 훑어보는 동안에도 아래층으로부터 웃음소리와 새된 언성이 간간이 들렸다. 초안을 검토하고 나자 자정 한 시였다.

사실 내게는 고모부의 존재가 매우 거슬렸다. 이념에 경직된 반응을 보이는 나와는 달리 숙부와 당숙이 그것에 별반 구애받지 않는 것도 또한 마뜩잖았다. 숙부는 역전 유흥가에다 파친코점을 운영하면서 민단계와 조총련계 신용조합 두 군데를 다 거래했다. 그들은 생활이 우선이었다. 그것을 위해서라면 소속도 방편에 불과했다. 지금도 그들은 의좋게 대작을 하다가도 걸핏하면 반목으로 각자 소속된 단체의 입장에서 언성을 높여 다투다가 결론 없이 귀가를 서두를 터였다.

한참 동안 헤드폰을 머리에 끼고 FM방송에 몰입해 있던 정웅이 투덜댔다.

"언제까지 저러고 있을 작정이지? 만나기만 하면 소모적인 말다툼이라니까. 난 먼저 잘게."

내가 다행스럽게 생각한 것은 정웅이 정치적인 이슈에는 전혀 관심을 내보이지 않는 거였다.

"그래. 난 다들 가시는 걸 보고 나서 잘게."

정웅은 요를 깔아 눕고는 빛을 차단하기 위한 안대를 하고 이내 조용해졌다. 지난 제사 때도 그들은 자정 두 시가 넘어서 귀가했었다.

아버지는 할머니와 할아버지 제사를 저녁 아홉 시면 올렸다. 서울에는 가깝게 지내는 친척도 거의 없다시피 해서 제례의 격식에 얽매일 필요가 없기는 했다. 고모부 내외와 당숙 내외가 자리를 털고 일어나 귀가한 시간은 역시 자정 두 시가 넘어서였다. 나는 정웅 옆에 자리를 펴고 누웠다. 하지만 보고서의 미흡한 부분을 보완할 궁리로 잠을 설치고 말았다.

학기 초라 그런지 토요일은 강의가 없는 날인데도 실험실에는 동료들이 거지반 나와 있었다. 주임교수와 팀장인 조교수의 모습은 보이지 않았다. 나는 생약학교실에 적을 두고 생물합성물질의 합성에 관한 연구를 주된 테마로 삼고 있었다. 내가 속한 생약학교실은 주임교수 밑에 생약수리의 과학적 해명반과 생물합성물질의 합성반으로 짜여졌고 팀장은 각각 조교수가 맡았다. 내가 속한 팀에는 석박사과정의 여섯 명과 기업체로부터 파견된 연수생 한 명 그리고 외국 유학생인 나, 이렇게 모두 여덟 명이었다.

매주 교대로 실험 세미나와 문헌 세미나에 두세 명의 학생들이 준비를 하여 발표하고 토론하는 형식으로 연구가 진행되었다. 순번에 따라 준비해서 발표해야 하므로 자기 차례가 되면 일 주일은 대단한 긴장 속에서 보내게 된다. 다음 주 수요일은 내 차례였다. 첫 번째 발표 때는 일어의 미숙함도 있었지만 허술한 실험결과와 논리전개 때문에 주임교수로부터 호되게 질타를 당했었다. 그래서 나는 이번 발표에서는 첫 발표 때의 불명예를 꼭 만회해보리라는 각오였다.

나는 초등학교 때부터 파브르와 파스퇴르에 관심이 많았다. 그들에 관한 것이라면 책을 사모으는 것은 물론 신문과 잡지 등에 실려 있는 기사까지도 스크랩을 하는 열성을 부렸다. 그래서 대학에서의 나의 전공은 쉽게 미생물학으로 정해졌다. 상대나 법대 진학을 원했던 어머니는 나의 진로를 못마땅해했지만 아버지는 나의 결정에 매우 만족해했다. 사실 나는 아버지가 반대하리라 예상했던 터라 순순히 승낙해주는 것이 의아할 정도였다.

내가 대학에 들어가고 나서 어렴풋이 깨달은 거였지만 법대나 상대에 진학해 대학생활을 보내는 동안 현실에 너무 개입해 앞날을 그르치지나 않을까 우려한 때문이 아닌가 하고 아버지의 의중을 추측해보았을 정도였으니까. 하긴 내 스스로도 미시적 세계에 탐닉하다 보니 현실세계와는 일정한 거리두기가 자연스럽게 이루어진 셈이었다.

군 입대와 제대를 거쳐 대학을 졸업, 석사과정을 마치고 유학을 결심했을 때 은사인 지도교수는 자신의 모교인 일본의 T대를 추천해주었다 미국 유학이 내가 바라는 바였지만 지도교수의 배려를 거역할 처지가 못되었다. 학위 취득 후 귀국했을 때를 고려해서라도 그의 권유에 따를 수밖에 없었다.

"미국 대학을 택했으면 좋겠다만…."

아버지 역시 마음이 내키지 않는 기색이었다. 한데 응당 반대하리라 여겼던 어머니가 일본 유학을 환영하고 나섰다. 어머니는 저간의 동정을 조금은 알고 있어서 미생물학 분야는 일본 수준도 미국에 못지않다며 적극 거들고 나섰다. 그리고 어머니의 속셈은 일본에 유학을 보내면 아들 뒷바라지하기가 한결 쉬워진다는 것을 기대하는 눈치였다. 어머니 위세에 눌린 아버지는 더 이상 반대를 하지 않았다. 정작 내가 도쿄로 유학온 뒤론 어머니는 두 달에 한번 꼴로 다녀가곤 했다. 숙부는 어머니의 잦은 왕래를 사뭇 못마땅해했다. 지난 3월 어머니가 도쿄에 들렀을 때였다.

"형수님, 정수가 어련히 알아서 할 텐데요. 너무 어린아이 취급하는 것 아닙니까. 이래서야 이게 어디 유학입니까."

"아주버님도, 저게 공부만 알고 덩치만 컸지 어린애라고요."

숙부의 핀잔에도 불구하고 나는 어머니의 뒷바라지에 안주할 수 있어 한결 마음이 놓였다.

나는 세 시간 반 넘게 실험에 몰두했다. 이윽고 실험결과를 점검하고 나서 담배 한 개비를 피워물었다. 두어 모금 빨다가 나는 아차 싶었다. 시계를 들여다보니 1시 30분이 막 넘어가고 있었다. 실험에 몰두한 때문이기도 했지만 정웅과의 약속을 심드렁하게 생각했던 게 사실이었다. 그래서 정신을 놓고 있었는지도 몰랐다. 바로 오차노미즈お茶の水역으로 서둘러 가 전철을 타고 우에노역까지 가는데 삼십 분으로는 약속 시간에 대기가 빠듯했다. 나는 가운을 벗어던지고 연구실을 황망히 빠져나와 역을 향해 서둘렀다. 약속 시간에 대어가기조차 빠듯한데도 정웅보다 먼저 약속 장소에 도착하고 싶었다.

우에노역에 내렸을 때 플랫폼의 시계는 2시 10분을 가리키고 있었다. 나는 잰걸음으로 북쪽 출구가 있는 계단을 올라가 집찰구를 빠져나갔다. 역전은 주말의 인파로 북적댔다. 나는 햇빛에 눈이 부셔 미간을 좁히고 주위를 둘러보았다.
"형, 여기!"
어김없는 정웅의 목소리였다. 그의 표정엔 힐난의 기색이 보였다.
"마저 마쳐야 할 실험을 끝내느라고 늦었다. 미안."
정웅 쪽으로 다가가며 양해를 구했다.
"형이 약속을 펑크내나 했지."
정웅이 볼멘소리를 내뱉고는 앞서 걷기 시작했다. 머쓱해진 나는 기분이 상했지만 그의 뒤를 따랐다. 주말 오후라 공원으로 향하는 사람들이 줄을 잇고 있었다. 문화회관과 서양미술관 앞을 지나자 한결 눈앞이 환해졌다. 사위가 벚꽃으로 덧칠해놓은 듯했다. 정웅은 거침없이 앞으로 나아갔다.
분수대 앞 광장 너머 북쪽 방향에 박물관이 보였다. 그런데 이 많은 사람들 틈에서 치마저고리의 여학생들 모습이 자주 눈에 띄었다. 맞닥뜨리고 싶지 않은 그들의 모습에 나는 적잖이 곤혹스러웠다. 그러나 정웅은 그들에게 눈길 한번 주는 법이 없었다. 박물관 앞에는 '조선고미술품 아타카컬렉션 전시회장'이라는 플래카드가 걸려 있었다. 정웅이 입장권 판매 창구 앞으로 다가갔다. 나는 잽싸게 그를 제지했다.
"오늘 입장권과 식사는 내가 낼게."
입장권을 사들고 전시회장 안으로 들어갔다. 그곳에서도 역시 치마저고리의 여학생이 여럿 보였다. 나는 그들에게 얽매이는 자신이 한심해서 더는 의식하지 않기로 마음을 다잡았다. 어느새 샀는지 정웅이 카탈로그를 손에 들고 한 점 한 점 전시물과 대조해가며 관람해 나갔다. 전시물은 대개가 이조백자였다. 나는 그것들을 건성으로 바라보며 그의 뒤를 따랐다.

나는 박물관에 가본 적이 없었다. 아니 딱 한번 있기는 했다. 중학교 때였지 않나 싶다. 역사 실습으로 학년 모두가 단체관람했을 때였다. 나는 반 친구 여러 명과 어울려 장난치느라 전시물 관람에는 관심조차 기울이지 않았다. 지금 생각해보면 관내를 한 바퀴 도는 동안 무엇을 보았는지 전혀 기억이 없다. 대여섯 점을 감상할 때까지 나는 별반 흥미를 느끼지 못해 정웅의 뒤를 서성거렸다. 끝내는 그의 느긋한 보조에 맞추어 감상하기가 여간 지겨운 게 아니었다.

"난 먼저 보고 나가 밖에서 기다릴게."

나는 성급하게 말했다.

"그럼 이따 밖에서 만나."

그러나 그는 나의 그런 태도에 전혀 개의치 않는다는 듯 선선히 응하고는 다시 계속해서 카탈로그를 읽고 전시물을 유심히 들여다보았다. 나는 평상시의 보행보다 약간 빠른 걸음으로 휑하니 전시장을 훑어보곤 밖으로 나왔다. 막혔던 숨통이 트였다.

휘이익, 바람이 불자 벚꽃이 흩날렸다. 분분히 흩날리는 꽃잎은 마치 분홍나비의 군무였다. 나는 박물관 울타리에 즐비하게 서 있는 벚나무로 다가갔다. 그 밑에 선 채 정웅이 나오기를 기다렸다. 무료한 시간이었다. 치마저고리의 소녀들이 드문드문 지나쳐가는 것을 바라보기가 여간 눈에 거슬리는 게 아니었다. 애써 외면하려고 저만치 분수대 쪽으로 시선을 돌렸다. 그렇게 어기대는 자신이 어처구니없었지만 어쨌든 맞닥뜨리고 싶지 않았다.

학교가 파했으면 집에 돌아가 옷을 갈아입고 나올 수도 있을 텐데. 굳이 시선을 끄는, 그것도 가뜩이나 모멸의 대상이 되기 쉬운 치마저고리를 고집하는 소녀들이 안타까웠다. 그 고집의 정체를 알 수 없어 두렵기까지 했다. 어쩌면 백색과 흑색이 풍기는 수도승과도 같은 모습은 접근키 어려운 땅 위의 섬이었다. 아무튼 얼굴만 봐서는 내가 일본인과 구별이 되지 않는 것이 다행이었다. 외국인등록증 따위의 신분증을 제시해야 하는 자리 말고는 일인들 속에서 '조센징'임을 드러내지 않아도 되었다. 그래서 이곳에 유학온 당초의 후회가 없어지면서 어느새 안락함에 길들여진 나였다.

나는 되도록 광장 쪽으로 시선을 모았다. 정웅이 밖으로 나온 것은 그러기를 사십여 분이 지난 뒤였다. 전시장에서의 감흥 때문인지 표정이 들떠 있었다. 나의 기다림 따위에는 미안해하는 기색이 전혀 없었다.

"우리 조상들이 남겨준 유물들을 보노라면 우리 민족은 훌륭한 문화민족이라는 생각이 들어. 한데 우리 후세들은 조상들의 훌륭한 기질을 이어받지도 못했고 그 유물들을 지켜내지도 못했다는 것이 정말 가슴 아파."

정웅의 말마따나 정말 그랬다. 나는 그의 지사적인 말투가 우스웠지만 그 지적에는 어느 정도 공감이 갔다.

"과학도인 형 생각은 어떨지 모르지만 전통을 소중히 여기지 않는 곳에 과연 과학이 올바로 뿌리를 내릴 수 있을까?"

 전시장에서 별반 흥미를 느끼지 못해 보는 둥 마는 둥 하고 나와 버린 나를 두고 하는 소리 같아 꺼림칙했다. 하지만 첨단과학은 오히려 전통을 거부하는 데서 시작되는 게 아닐까. 전통문화란 새로운 사고의 첨단과학 앞에선 장애물에 지나지 않는다는 것이 나의 생각이었다.

 "첨단과학이 우리 전통문화와 무슨 상관관계가 있지?"

 그의 물음에 동조할 수 없어 나는 대답 대신 되물었다.

 "형은 여태 과학제일주의의 래디칼한 생각을 갖고 있으니 더 이상 말해봤자 소용없겠군."

 이죽거리듯 하는 그의 말에 화가 치밀었지만 나는 대꾸하지 않았다. 더 이상 언쟁을 벌여봤자 평행선을 그을 수밖에 없을 테니까. 내가 대답을 하지 않자 그가 다시 입을 뗐다.

 "형, 박물관 전체를 돌아볼 생각은 없겠지?"

 격의 없다고나 할까. 숫제 나를 무시하는 투였다.

 "다음 기회로 하지. 역전으로 가서 식사부터 하자구."

 점심을 거른 탓에 몹시 배가 고파 내겐 요기가 우선이었다.

 우리는 박물관 정문을 나와 공원을 가로질러 역전으로 향했다. 공원에는 들어올 때보다 나들이나온 사람들이 눈에 띄게 늘어나 있었다. 벚나무 밑에는 사람들이 어김없이 자리를 깔고 앉아 있어서 빈 곳은 한 군데도 없었다. 그런데 떠들썩한 분위기가 전혀 느껴지지 않는 것이 기이하기만 했다. 흥취라곤 전혀 느껴지지 않았다. 그들은 조용히 하기로 작정한 사람들 같았다. 행락객답지 않은 그들의 형태가 낯설었다. 오직 벚꽃만이 존재를 과시했다. 내게는 상춘객이 벚꽃을 위한 들러리로 밖에 보이지 않았다.

역전에 다다른 우리는 음식점 두어 군데를 기웃거렸다. 그때였다. 역전 쪽 군중 속에서 도와주세요! 하는 소녀의 목소리가 울렸다. 정웅과 나는 식당 안으로 들어가려다가 역전 쪽을 돌아다보았다. 치마저고리의 여학생이었다. 머리를 짧게 깎은 건장한 청년이 소녀의 옷고름을 붙잡고 지분거리는 게 보였다. 순식간에 사람들이 모여들었다. 팽팽한 긴장감이 둘러선 사람들을 사로잡고 있었다. 도와달라고 소리치는 소녀를 구경꾼들은 그저 바라만 볼 뿐이었다. 감히 도와주려고 나서는 사람이 없었다. 목격하고 싶지 않은 광경이었다. 나는 얼른 자리를 피하고 싶었다. 게다가 까닭 모를 불길한 예감마저 들었다.

"배고프다. 빨리 들어가자."

"형, 저걸 못본 체할 순 없잖아."

저지할 새도 없이 정웅은 에워싼 사람들을 헤치고 사내 앞으로 다가가 그의 손을 떨쳐냈다. 그러자 사내는 이 자식 너 뭐야, 하며 정웅의 뺨을 냅다 갈겼다. 예기치 않은 일격에 정웅이 비틀거렸다. 그러나 이내 중심을 잡은 그가 사내의 팔을 다시 꽉 부여잡았다. 그러자 사내가 정웅의 정강이를 걷어찼다. 팔을 놓친 정웅이 다시 사내의 가슴을 향해 뛰어들었다. 그리곤 사내의 혁대를 붙잡고 소리쳤다.

"형, 경찰에 신고해줘!"

얼굴이 벌게진 정웅이 소리를 질렀다. 나는 이 상황으로부터 빨리 피하고 싶다는 생각과 다른 한편으로는 그를 도와줘야 한다는 상반된 감정에 사로잡혀 이러지도 저러지도 못했다.

"형, 어디에 있어. 경찰서에 신고해. 빨리!"

정웅이 다시 소리쳤다. 하지만 나는 그의 외침을 외면했다. 나는 슬금슬금 구경꾼들 뒤로 물러섰다. 정웅이 나를 찾아 주위를 두리번거리며 경찰서에 신고해달라고 계속 소리쳤다. 나는 경찰서에 신고 따윈 하고 싶지가 않았다. 유학생인 주제에 경찰서에 증인으로 오가라 하는 사태를 피하고 싶어서였다.

기껏해야 조총련 여학생 일이 아닌가. 게다가 가뜩이나 관심의 대상인 그들과의 연관으로 내 거동이 표면화라도 되면 눈에 띄게 마련이라 더욱 그랬다. 지나치게 의식하는 게 아닌가 하는 생각이 들기는 했지만 나로서는 어쩔 수 없었다. 이런 사건에 연루되었다가 귀국 뒤에 괜한 빌미를 잡힐 수도 있을 테니까. 그렇지만 마음은 영 편치가 않았다.

"이 새끼. 너도 조센징이군."

사내가 다시 정웅의 뺨을 후려쳤다. 정웅이 질세라 사내의 멱살을 움켜쥐고 흔들어댔지만 사내와의 드잡이에는 역부족이었다. 정웅이 다시 사내의 혁대를 꽉 붙잡고 놓치지 않으려고 안간힘을 다했다. 정웅이 위기를 어떻게 수습할지 나는 조바심으로 바라볼 수밖에 없었다.

"순경이 와요!"

한 여인이 외쳤다. 그 순간 사내는 정웅의 손을 뿌리치고 후다닥 공원 쪽으로 냅다 뛰어가 벚꽃 속으로 사라졌다. 한데 순경은 보이지 않았다. 누군가가 일부러 소리친 모양이었다. 사내를 놓친 정웅이 분노로 씩씩거렸다. 이윽고 그가 땅바닥에 주저앉아 울고 있는 소녀를 일으켜 세웠다. 저고리의 옷고름이 풀려 있었다. 소녀는 얼굴을 제대로 들지도 못한 채 눈물을 흘리며 저고리를 여몄다. 그 많은 눈동자에 에워싸여 치마저고리가 나의 의식 속에서 갈가리 찢겨져나갔다. 그런데도 나는 그들의 아픔을 나의 아픔으로 느낄 수 없었다. 나는 문득 우리의 광복 50년과 저들의 전후 50년의 위상이 고작 이 정도밖에는 안 되는 것일까, 회의에 사로잡혔다.

모여들었던 사람들이 흩어지기 시작할 즈음, 순경이 느릿한 걸음으로 나타났다. 순경이 소녀와 정웅에게 경위를 묻고는 남쪽 개찰구 파출소로 가서 정식으로 신고해줄 것을 요청했다. 그것은 어쩌면 요식행위로 끝날 게 뻔했다. 순경이 앞서고 그 뒤를 둘이 따라갔다. 나는 약간의 거리를 두고 그들 뒤를 쫓아갔다.

앞서가던 정웅이 문득 생각이 난 듯 뒤돌아 냉소적인 눈빛으로 나를 노려보았다. 나는 멈칫하는 기분이 되어 그만 자리에 서고 말았다. 그를 똑바로 쳐다보기가 겸연쩍었다. 정웅이 몸을 돌려 다시 걷기 시작했다. 열패감으로 얼굴이 확 달아올랐다. 그의 구원요청에 호응했어야만 했다는 때늦은 자책 때문에 더욱 그랬다. 그런데도 한편으로는 이 사건과 무관하기를 바라는 마음만은 여전했다. 그런 내가 그들 뒤를 계속 따라가고 있다는 게 스스로도 한심했다.

닿을 수 없는 나라

닿을 수 없는 나라

해명海鳴을 들은 듯싶자 또다시 가슴이 답답해지며 어깻죽지가 시큰거리기 시작했다. 바이어에게 알릴 선적안내 전송문안을 쓰다 말고 수웅은 바다울음에 끌리듯 창가로 다가갔다. 내항을 가로막는 영도 섬이 눈앞에 여전히 버티고 있었다. 항도는 한겨울의 짧은 해를 삼키고 어스름 속으로 차츰 가라앉았다. 저만치 아래쪽 여객부두에서 오후 내내 모습을 보였던 카페리호도 시모노세키下關를 향해 출항한 뒤였다. 욕망을 쫓아 달릴 내향의 열기는 영도 섬에 막혀 그 출구를 열지 못하고 주저앉을 것만 같았다.

하물전용부두 쪽에는 정박 중인 외항선들이 성급하게 켠 선등 불빛에 의해 낮과는 전혀 다른 모습으로 새롭게 되살아나고 있었다. 바람이 밀려들고 있는지 마스트에 매달린 깃발이 연신 펄럭거렸.

그는 창가에 붙박힌 듯 선 채 내항을 내려다보았다. 어느 정도 이곳 생활에 익숙해질 만한 시간이 흘렀는데도 여전히 물고 늘어지는 해명은 처음이나 마찬가지로, 아니 시간이 흐를수록 더 심해지면서 속수무책일 수밖에 없는 고통으로 다가왔다. 문득 귓전을 스치고 지나는 바다울음을 들은 듯싶으면 10년 전의 악몽이 되살아나며 토해낼 수 없는 비명이 돌덩이가 되어 가슴을 짓눌렀다. 요즈음 들어 부쩍 잦아진 그 증상은 결행을 눈앞에 두고 있는 수웅을 더욱 초조하게 만들었다. 이제 그것들로부터 벗어날 날도 며칠 남지 않았다는 생각을 위안처럼 되새겼다. 그러자 아주 오래된 사진과도 같이, 색이 바래져 희미해진 기억 속에 까마득히 묻혀 있던 아내와 딸의 얼굴이 떠올랐다. 그는 그 모든 것으로부터 벗어나려는 듯 세차게 머리를 흔들었다.

바람에 창밖이 웅웅댔다. 수웅은 남항의 활피조개 수출선적이 아무래도 마음에 걸려서 여직원에게 오사카의 거래선 앞으로 선적안내 팩시밀리 전송을 부탁하고 사무실을 나섰다. 폭풍주의보가 내릴 것을 우려해 현해3호가 예정시간대로 출항해버리는 날에는 연체 상태인 수출금융 상환계획이 차질을 빚게 되고, 그렇게 되면 그 여파가 몰고 올 상황이란 생각만으로도 아찔한 것이어서 마냥 사무실에 앉아 선적 결과를 기다릴 수 없었다.

충무동 로터리를 돌아 송도 아랫길로 접어들자 희미한 가로등 불빛을 받고 서 있는 수산센터가 보였다. 휑뎅그렁하게 비어 있는 경매장 안은 경매가 이루어지는 새벽의 활기를 찾아볼 수 없을 만큼 을씨년스러웠다. 수산센터의 철책담장이 끝나는 지점과 냉장창고의 샛길로 핸들을 튼 그는 서서히 차를 남항 선창가에 진입시켰다. 폭풍주의보가 내려질 것 같은 날씨 탓일까. 어느 때보다도 정박 중인 어선이 많았다.

부두에 묶인 선망어선에서 흘러나온 불빛들이 굽도리치는 파도를 타고 춤을 추듯 일렁거리고 있어서 항만의 밤은 현란스러웠다. 되쏘이는 불빛에 현기증을 느낀 그는 본능적으로 눈을 감았다. 양손의 엄지로 관자놀이께를 누르며 정신을 가다듬은 후 눈을 뜨자 저만치 방파제 안쪽에 묶여 밀려드는 파도에 따라 기우뚱거리는 수출 냉동운반선 두 척이 보였다. 하역인부들이 부두와 배를 잇는 널판지로 된 임시잔교 위를 곡예라도 하듯 오르내리며 하물을 싣고 있었다.

차에서 내리자 날선 바람이 낚아챌 것 같은 기세로 얼굴을 할퀴어댔다. 바람에 섞여 비릿한 바다내음에 속이 메스꺼워졌다. 언제 어디서나 그를 잡고 놓아주지 않는 답답증에 몸서리쳤다. 그는 웅크린 어깨를 펴고 심호흡하며 길쭉하게 뻗어 있는 선창가를 따라 냉동운반선 쪽으로 다가갔다. 활피조개로 가득 찬 깡통들이 선창 곳곳에 어른 키만큼 높게 쌓인 채 배에 실려지기를 기다리고 있는 게 눈에 띄었다. 이곳을 들를 때마다 눈에 띄는 풍경이었지만 그것들이 찾아갈, 새로운 세계로의 자유로운 이동을 생각하면 슬그머니 부러운 마음이 되는 것을 어쩔 수 없었다. 군데군데 페인트가 벗겨지고 녹이 슨 냉동운반선은 잠시도 가만 있지 못하고 너울거렸다. 100톤 남짓한 선체는 10년 넘게 격랑의 바다를 넘나든 이력이 믿기지 않을 정도로 왜소해보였다. 그러나 남항을 벗어나면 한 마리의 미끈한 물고기로 표변하여 거친 파도를 가르고, 때로는 폭풍우에 휘말려 요동치면서도 바다 건너 이국의 항구를 향해 17노트의 속도로 항진해갈 것이었다.

아주 가까이에서 뱃고동 소리가 울렸다. 다가오고 있는 폭풍을 피해 기항하려는 배가 내뱉는 울음소리였다. 새로운 출발을 앞두고 이제는 사방이 벽으로 둘러싸인 현실로부터의 탈출을 노리는 피곤한 중년이 된 자신을 내려다보는 쓸쓸함이란 그 무엇으로도 표현키 어려웠다. 그는 출항하는 뱃고동 소리를 들을 때마다 가슴 조이며 자신의 계획이 성공하리라는 상념에 빠지곤 했다. 일 주일 앞으로 다가올 결행을 떠올리자 팽팽한 긴장감으로 어깨에 저절로 힘이 들어갔다.

선적을 기다리고 있는 깡통은 줄잡아 2,000개는 족히 돼보였다. 이미 실린 것과 앞으로 도착할 것까지 합하면 오늘 선적분도 5,000개가 넘을 듯했다. 지난 여름부터 활피조개의 물량이 갑자기 늘어나 일본에서 필요로 하는 하루 적정량인 2,000개를 웃돌게 되면서 일본의 각 어시장 경락가가 내림세로 돌자 그 여파는 바다를 건너와 수출단가는 물론이거니와 산지값마저도 떨어뜨렸다. 활피조개 수출업자들은 6개월째 채산을 맞추지 못해 적자수출에 허덕였다. 군소 수출업체 두어 군데가 손을 들기는 했지만 새로 뛰어든 업자도 생겨서 수출물량을 적정수준에서 조절하기란 어려웠다.

더구나 산지는 산지대로 당국의 정책만을 믿은 어민들이 활피조개 양식을 늘리면서 남해안 일대가 붐을 이룬 데다가 객지의 물주까지 몰려 과잉생산 상태로 접어든 지 오래였다. 산지에서는 수협을 통해 내수판매의 수량을 늘리려고 갖은 노력을 기울이는 모양이었지만 그것이 수출단가를 올려주지는 못했다. 자연히 수출업자는 수출업자대로, 어민들은 어민대로 출하량 조정을 위한 회합을 수차례 거듭할 수밖에 없었다. 그러나 각자 이해가 맞물려 회합은 새로운 활로를 찾는다기보다 서로를 비난하는 기회를 공식적으로 얻는 것에 불과했다. 수웅은 양측에서 열리는 회의에 참석할 때마다 자율조정과는 거리가 먼 선에서 자신의 이익만을 내세우려는 작태에 형언키 어려운 혐오감이랄까, 한심함에 쓴웃음을 지을 수밖에 없었다.

 방한복을 머리까지 뒤집어쓴 너댓 명의 인부들이 굼뜬 동작으로 깡통들을 배에 싣고 있는 주위 어디에도 하역회사에서 나온 김 과장의 모습은 보이지 않았다. 필시 임시 대개실에서 다른 회사의 하역직원들과 함께 기다리는 무료함을 가벼운 술추렴으로 때우고 있을 터였다.

 수웅은 간이대기실의 문을 밀치고 안으로 들어섰다. 낮은 촉광의 백열등 아래 부유하던 자욱한 담배연기가 그 순간을 놓치지 않고 밖으로 쏠려나갔다. 알루미늄 섀시로 만든 간이대기실은 선박회사나 하역회사의 직원과 하역인부들이 선적에서 출항이 끝날 때까지 대기하는 곳으로 집기래야 책상과 전화가 각각 하나씩 놓여 있을 뿐이었다. 낯익은 얼굴들 틈에서 소주잔을 기울이던 김 과장이 먼저 수웅을 발견하고 한 손을 들어보인 뒤 일어섰다.

 "전무님, 어서 오이소. 수도에서 보낸 두 차분 육백 개는 이미 도착해 배에 실었심니더."

 큰소리로 건네는 김 과장의 말을 들으며 수웅은 엊저녁 늦게 수도水島어촌계장인 강진규에게 전화 넣었던 것을 떠올렸다. 무리한 부탁이었음에도 활피조개 600깡통을 두말없이 일찍 보내준 강진규의 배려가 새삼 고마웠다.

 "폭풍주의보가 내릴 거라고 아홉 시에 출항시키겠다는 걸 열 시까지 연장시키느라 애를 묵었심니다. 충무에서 여덟 시에 출발한 차가 도착하려면 얼추 열한 시쯤 되겠지예. 여수에서는 몇 시쯤에 출발했답니꺼?"

아무래도 걱정스럽다는 투였다.

"일곱 시에 출발하겠다고 최 과장이 전화로 알려왔습니다만…."

광양만에 내려가 있는 최 과장의 보고대로 7시에 출발한다 해도 오늘 같은 날씨에서는 예정보다 늦어질 가능성이 컸다.

"여수 쪽은 아무 탈 없이 온다 해도 열한 시 도착이겠는데예. 어떻게든 열한 시까지는 배를 붙잡아보겠심니더마는 그 이상은 저로서도 책임질 수 없심니더."

김 과장의 말이 무엇을 뜻하는가는 어림할 수 있었다. 그는 시모노세키항의 통관시한을 염려하고 있었다. 내일이 토요일이므로 오전 10시까지는 시모노세키에 입항해야만 오후 1시가 시한인 통관이 가능할 터였다.

새벽에 활피조개 수매를 위해 현지로 떠나는 최 과장에게 수웅은 여하한 일이 있어도 광양만에서 1,000깡통 이상을 사모으도록 지시했었다. 연체 때문에 은행으로부터 상환독촉을 받고 있는 수출금융을 월말인 내일까지 갚으려면 선적을 해서 수출내고 대전으로 갚는 길밖에 없었다. 활피조개 1,000깡통이면 3.5톤짜리 보냉트럭에 과적을 한다 해도 세 대 분에 해당하는 물량이었다.

그러나 겨울철에는 양식산이 거의 바닥나기 때문에 수출물량을 전량 자연산 채취에 의존할 수밖에 없는 실정에서 원하는 만큼 사모

은다는 보장 또한 없었다. 자연산은 양식산과는 달리 채취작업을 끝내봐야 최종물량을 알 수 있었다. 수출업자가 희망하는 구매량보다 많은 양을 건져내는가 하면 어떤 때는 반대로 턱없이 모자라는 양밖에 건져내지 못하는 경우도 있고 해서 바이어와 약속한 물량을 수시로 변경해야 했다. 이러한 생물의 특수성 때문에 일본의 수입업자들은 자신들에게 유리한 위탁판매 거래를 강요했다.

결국 위탁판매는 일본 어시장의 경매담합 여하에 따라서 수입가격을 그들에게 유리하게끔 조작할 수 있는 길을 열어준 셈이었다. 충무에서 오는 한 대 분은 11시까지 도착이 가능하겠지만 여수에서 출발한 석 대 분은 아무리 과속으로 달린다 해도 11시를 넘기기 십상이었다. 하지만 우선 배를 잡아두기 위해서는 그때까지 도착할 것이라고 둘러댈 수밖에 없었다.

"늦어도 열한 시까지는 스페이스 부킹한 물량이 전량 도착할거요. 선적에 차질이 없도록 선장이나 책임지시오."

"어떻게든 열한 시까지는 배를 붙들어보지예."

조금 전의 태도와는 달리 김 과장은 선선히 응했다.

"전 볼일이 있어 나갔다가 열 시 반쯤 다시 들르겠습니다."

수웅은 김 과장의 호의에 답하는 마음으로 깍듯이 예의를 지켜 양해를 구했다. 좁은 공간에 가득 차 있는 니코틴의 역한 냄새를 피하기 위해서라도 대기실을 서둘러 빠져나가야 했다. 그는 오랜 수감생활로 인해 담배와 인연을 끊은 지 오래여서 어디를 가나 담배 냄새를 견디는 게 여간 고역이 아니었다.

바람은 여전히 기승을 부리고 있었다. 희미한 불빛 아래 옷섶을 헤집고드는 칼날 같은 바람을 맞고 서 있는 냉동운반선이 내항의 손아귀에서 빠져나갈 순간을 노리며 잔뜩 웅크린 채 요동치고 있는 게 눈에 띄었다. 깡통을 싣고 있던 인부들은 한 사람도 보이지 않았다. 그새 선창에 쌓였던 것들을 배에 다 실은 모양이었다. 수산센터 앞쪽에 촘촘하게 매인 어선에서 흘러나온 선등 불빛이 여러 가닥으로 기다랗게 너울거렸다. 암청색 겨울밤 하늘의 별들이 가깝게 내려와 있었다. 오랜 세월 쇠그물로 된 작은 창살 틈으로 어쩌다 보이는 별들은 너무 멀어 아스라이 보였었다. 그나마 볼 수 있다는 것만으로도 그에게는 구원이었다. 살아서 나갈 날에 대한 희망을 갖게 해주었다.

구치소와 검찰 사이를 오가기 3개월, 4차례의 심리공판을 거쳐 선고공판까지 3개월을 끈 끝에 15년 징역, 자격정지 15년의 선고를, 억울함과 비참함뿐인 인생의 가장 밑바닥으로의 전락을 거의 실신상태나 다름없는 착란 속에서 받아들였다. C교도소로 이감되어 1개월가량이 지나자 어느 정도 평정을 되찾으면서 어쩔 수 없다는 체념으로 눈앞에 놓인 현실을 받아들여야 했다. 그리고 어느새 수감생활에 길들여져 있는 자신을 발견했다.

연행 직후의 고문에 의한 육체적인 고통이나 심문 과정에서 겪었던 밀실의 공포는 그를 한낱 비겁자로 전락시키기에 충분했다. 구치소와 교도소는 정체를 알 수 없는 밀실보다 마음과 몸이 한결 편했다. 독방에서는 교도관의 눈을 피해 옆방과의 통방이 이루어질 수 있었지만 밀실은 오로지 혼자였다. 밀실 속에 고립되어 있다는 것이 그때만큼 무서웠던 적은 없었다. 밀실이라는 공간이 언제나 그의 가슴 속에 한 데처럼 남아 있었다. 지금 또다시 그와 똑같은 상황에 놓인다면 얼마나 버틸 수 있을지, 생각이 거기에 미치자 그는 엉겁결에 도리질을 하고 말았다. 그런 수모는 한번으로도 억울해 두 번 다시 생각조차 하기 싫었다.

자동차의 전조등 불빛이 그의 몸뚱어리를 한 차례 훑고 지나며 야적장 후미에 난폭하게 멈춰서자 하역인부들은 어디서 나타났는지 트럭 가득 실린 활피조개 깡통들을 향해 몰려들었다. 그들을 지켜보던 수웅은 옷깃을 세우며 다시 걸음을 떼어놓기 시작했다. 우뚝 솟아 있는 용두산공원의 타워전망대가 정면으로 눈에 들어왔다. 그 오른쪽으로는 영도다리 끝에 매달린 영도 섬이 남항을 가로막듯 여전히 버티고 서 있었다.

광복동 초입에 자리한 카페 '라메르'의 문을 밀치고 안으로 들어섰을 때 홀 안은 튀어오르는 피아노 소리와 때를 놓치지 않고 찾아드는 술꾼들로 넘쳐났다. 흰 색을 기조로 산뜻하게 장식된 실내는 떠들썩한 열기에 들떠 있었다. 적당한 조명과 기분 좋은 취기. 수웅은 카운터 끄트머리에 비집고 앉아 실내를 한 바퀴 휘둘러보며 종업원에게 손짓했다.

현해선박의 이 부장은 아직 오지 않은 모양이었다. 알맞게 차가워진 맥주를 단숨에 들이켜자 체증이 뚫리듯 답답함이 한결 풀렸다. 그는 다시 한번 종업원에게 손짓을 한 후 흐르는 피아노 소리에 귀를 기울였다. 귀에 익은 선율을 따라 자신도 모르게 흥얼거리던 그는 곡명을 생각해봤지만 기억이 나지 않았다. 10년이란 세월은 그토록 좋아했던 음악마저도 깡그리 망각 속에 잠재우기에 충분한 시간인 모양이었다. 하루아침에 곤두박질쳐 밑바닥에서 보낸 10년은 그의 삶 전체를 뒤죽박죽으로 만들어버렸다.

그는 대학교 졸업반이던 그해 겨울에 처음으로 조국을 찾아 현해탄을 건넜다. 동기생들이 내로라하는 일류회사에 취직되어갈 때 단지 '조센징'이라는 이유만으로 어느 곳에서도 받아주지 않는 상황에 직면하자 처음으로 진지하게 조국의 의미를 되새기게 되었다. 지도교수의 취직알선을 전제로 한 귀화 종용을 받고 갈등이 없었던 것은 아니지만 그렇게 취직을 한다 해도 여전히 패배감은 남을 것 같았다. 시작부터 그들에게 지고 싶지 않았다. 귀화를 해서 자기비하 속에 사느니 낯선 곳일망정 조국에서 떳떳하게 출발하는 게 나을 듯했다. 생각보다 쉽게 조국은 그를 받아주었다. 동양물산에 특채 형식으로 일자리를 구할 수 있었다.

가족이나 주위의 친지들은 그의 서울행을 말렸다. 일시귀국이라면 모르지만 영주귀국은 좀 더 재고를 해보는 게 어떻겠느냐, 일본에서 태어나 자라고 일본식의 교육을 받았는데 아무리 조국이라지만 적응하기가 힘들지 않겠느냐는 게 그들의 중론이었다. 그러나 그는 그런 것쯤 쉽게 극복하리라고 자신했다.

그는 졸업과 동시에 영주귀국하여 무역회사의 직원으로 자리를 잡았다. 그러나 활기에 차서 모든 일에 적극적이었던 세월은 8년 남짓으로 끝을 맺었다. 길다면 길고, 짧다면 짧다고 여기면 더없이 짧은, 그때는 모든 미래가 자신의 손안에 들어 있을 것 같던 시절이었다. 사회가 온통 유신이라는 소용돌이 속에서 혼미하는 듯했지만 그는 대무역회사의 엘리트 사원답게 수출업무에만 정열을 쏟은 시간이었다. 이제 막 우이동에 자신의 집을 마련한 때이기도 했다.

"여보, 과장 승진 축하해요."

연탄 검정이 묻은 손으로 매운 눈을 비볐는지 눈가에 검정을 묻힌 채 아내는 그의 목에 매달리며 기뻐했다.

그토록 자신만만하게 여겨 그를 영주귀국케 한 힘은 과연 무엇이었던가. 구태여 이유를 붙이자면 민족적 감상주의에 현혹되어서라고나 할까. 조국의 분단된 현실을 안일하게 인식했던 게 크나큰 착오였다. 그는 극과 극으로 나뉘어져 그 중 하나만을 선택해야 한다는 상황을 미처 생각지 못했었다.

수출상담을 위한 해외출장에서 마지막 기착지인 홍콩을 출발해 네 시간 반 만에 김포공항을 내렸을 때 그 덫은 기다리고 있었다. 그는 출장 내내 어려웠던 상담으로 긴장 속에 보냈다. 해외출장을 무사히 마치고 돌아왔다는 안도감과 함께 온몸을 쥐어짜는 피로를 느꼈다. 여권검열을 마치고 세관검사장으로 빠져나온 그는 짐을 찾아들고 내국인 세관검사대의 늘어진 줄에 서서 차례를 기다렸다. 그때 절도 있는 걸음걸이의 낯선 두 사람이 그에게 다가왔다. 순간 찬바람이 스치는 듯했다. 그들의 눈매에는 노획물을 노릴 때의 표독함 같은 것이 엿보였다.

"김수웅 씨죠? 여권을 잠깐 보여주실까요?"

그는 석연치 않은 기분으로 여권을 내밀었다.

"도착하길 기다렸소. 같이 갑시다."

그는 아무런 설명도 듣지 못한 채 그들에 의해 공항청사 밖으로 끌려나왔다. 마중 나온 아내나 동료들에게 말 한마디 건네지 못하고 지프에 실려 짐작도 할 수 없는 곳으로 끌려갔다. 생각지도 못한 복병에 의해 파멸로 몰린 셈이었다. 그 길로 곧장 죽음과도 흡사한 수감생활이 이어졌다. 그것은 마치 바다 깊숙이 가라앉아 언제 떠오를지 모를 난파선과도 같은 신세였다.

"어서 오세요. 현해선박의 이 부장님께서 전해달라는 말씀이 있었어요. 급한 일이 생겨서 그러니 열 시에 남항에서 뵙자더군요."

언제 다가왔는지 '라메르'의 마담이 낮은 목소리로 일러주었다. 이 시간에 남항에서 만나자고 하는 데는 필경 현해3호의 출항에 문제가 생겼다는 뜻이었다. 날씨 관계로 예정보다 출항을 서둘지도 모른다는 불안감과 조바심이 그의 마음을 다시 짓누르기 시작했다. 그는 서둘러 '라메르'를 나와 다시 남항으로 향했다. 밤이 깊어지면서 바람은 더욱 거세어졌다.

냉동운반선 한 척은 이미 출항했는지 부두에는 현해3호만이 눈에 띄었다. 그 앞으로 너덧 명의 사람들이 둥그렇게 둘러서서 이야기를 나누고 있었다. 뭔가 의견조정이 되지 않는 듯 말을 하고 있는 이 부장의 몸짓이 거칠게 느껴졌다. 수웅은 사무실을 나서기 전에 습관이 되다시피 한 해상일기예보 청취를 오늘 따라 거르고 나온 것이 찜찜

했다. 폭풍주의보라도 내린 상황이라면 이 부장을 붙들고 설득할 명분조차 그에게는 없었다.

그러나 무슨 일이 있더라도 여수에서 출발한 3대의 트럭이 도착할 때까지 현해3호를 붙들어두어야만 했다. 2,000개의 깡통이 선적되고 나서 폭풍주의보로 출항이 취소될지라도 선하증권은 발급받을 수 있을 테니까. 월말에다 토요일인 내일까지 선하증권을 발급받아 수출내고를 해야만 일 주일 넘게 연체되고 있는 수출금융을 상환할 수 있는 형편을 고려하면 활피조개 2,000깡통의 선적을 꼭 달성해야만 한다.

'연체가 하루 이틀도 아니고 일 주일이 넘게 상환을 끌고 있습니다. 내일까지 내고 대전으로 상환이 어려우시면 자체자금을 마련해서라도 꼭 상환해주셔야겠습니다. 그렇지 않으면 제 입장이 곤란해집니다. 머잖아 있을 감사에서 지적될 게 뻔하니까요.'

깍듯한 예의를 갖추었음에도 거래은행의 수출금융담당 차장의 얼굴빛은 냉담한 기운이 감돌 만큼 경직되어 있었다. 금융기채 때마다 사례조로 건네주는 봉투를 받을 때의 부드러운 표정과는 사뭇 달랐다. 그 표정을 떠올리자 수웅은 속이 메스꺼워졌다. 진실된 인간관계보다는 이해타산이 앞서는, 먹이사슬로 엮어진 조직사회의 생리에 좀체 적응하지 못하는 까닭도 오랜 폐쇄생활에서 오는 후유증일까.

그는 이야기에 방해가 되지 않을 만큼의 거리를 두고 걸음을 멈췄다.

"벌써 출항을 했어야 한다는 것쯤은 김 과장도 잘 아시면서 억지를 부립니까. 게다가 내일이 토요일이라 시모노세키에 열 시까진 도착해야 하주들이 통관을 끝낼 수 있지요. 아무리 속력을 올린 대도 아홉 시간 이상 걸리는데 열한 시에 출항해서는 그 시간 내에 도착하리라고 장담할 수 없지 않습니까. 게다가 폭풍주의보라도 내릴 것 같은 이런 날씨에는 파도가 심해 속력을 낼 수 없다는 것쯤 감안해야지요."

이 부장의 주장에는 반박할 여지가 없었다. 그러나 김 과장 또한 쉽게 물러설 수 없는 처지였다.

"지도 이 세계에서 한두 해 밥 먹은 게 아니고 그쯤은 알고 있지예. 그러니께 이렇게 사정하는 것 아닙니까. 막말로 해서 물량도 채우지 않은 배가 제시간에 시모노세키에 도착한다 해도 뭔 소용이라예. 지금이 열 시 반이니 열한 시까지만 출항을 늦춰주이소. 그때까진 전량 도착할낍니다."

거래처와의 이해관계상 더는 우길 수 없는지 결국 이 부장은 선장의 동의를 구하는 선까지 후퇴했다.

"선장님, 할 수 없지요. 우리가 하루 이틀 금양수산과 거래한 것도 아니고, 열한 시 출항을 마지노선으로 합시다."

"난 책임질 수 없소. 내일 도착이 늦어 통관이 안 되는 날에는 월요일로 늦춰질 테고, 활피조개 폐사율이 늘어도 우리에게 책임을 묻지 마이소."

현해3호의 선장은 만약의 상황을 상정해 그 책임의 한계를 지으려 했다. 선적을 마친 하물이 시모노세키항에 도착, 통관을 거쳐 일본

각 어시장의 경매에 이르기까지는 최단 30시간이 소요되었다. 활피조개가 그때까지 살아 있어야 제값을 받을 수 있는 것이다. 여러 차례의 실험결과로 활피조개는 여름철이라도 가사상태에서 48시간 동안은 견딘다는 통계가 나와 있었다. 지금 같은 겨울철이라면 4일 정도는 지탱하는 생명력이 있다고 봐도 무방했다. 그 이상이 지나면 폐사량이 급속히 늘어 상당량을 폐기처분해야겠지만 월요일로 통관이 지연된다고 해도 50시간 남짓 걸릴 것이므로 그 점은 그다지 염려하지 않아도 될 듯했다.

"김 전무님, 이리 좀 오십시오."

이 부장은 수웅을 그들 곁으로 불렀다.

"금양수산의 사정도 있고 해서 열한 시까지 출항을 늦추기로 하겠습니다. 단 금양수산에서 저희 회사 앞으로 각서를 내주시는 조건부입니다."

통관지연으로 야기되는 모든 문제의 책임소재를 명확히 해두겠다는 의중임이 분명했다. 각서는 형식적이라는 말꼬리를 붙였지만 문제가 발생했을 때에는 당연히 그 책임을 추궁할 터였다. 만일에 대비한 이 부장의 노련한 업무처리에 그와 김 과장이 말려들고만 꼴이 됐다. 수웅은 박 사장의 결재를 받지 않은 상태에서 확답을 하는 게 썩 내키지 않았다. 말로서 한몫보려드는 박 사장의 성격상 각서제출을 쉽게 추인하지 않을 게 분명했다. 각서를 써주고라도 선적을 마치고 나면 괜한 각서를 써주었다고 나무랄 테고, 각서 때문에 선적을 못했다고 하면 각서를 넣어서라도 마무리를 지었어야 옳지 않느냐며 따질 위인이었다. 그나마 늦은 귀가를 일삼는 박 사장에게 연락을 취할 방도마저 없었다. 하지만 지금 같은 상황에서는 각서제출의 조건부를 받아들이지 않고는 출항을 늦출 다른 방법이 없었다.

"알겠습니다. 내일 아침 각서를 내도록 하지요."

박 사장의 얼굴을 떠올리며 걱정이 앞섰지만 수웅은 그것을 뭉개버렸다. 그때 자동차 엔진음이 가까워지더니 전조등 불빛을 앞세운 트럭 한 대가 진입해왔다. 트럭이 채 멈추기도 전에 허둥지둥 다가간 김 과장이 쫓기듯 물었다.

"금양수산 물건잉기요?"

"맞심더. 말도 마이소. 충무에서 여덟 시에 출발한 게 이제라에. 어떤 일이 있어도 열 시 반까지 남항에 차를 대락하데예. 특공대 식으로 달릴 수밖에 없었다 아입니까. 김해고속도로에서 순찰차에 걸려 만 원 썼으니 그것은 부담해주서야겠는데예."

트럭기사의 말은 과장이 아닐 터였다. 정상적으로 달린다면 3시간 반이 소요되는 거리였다. 그것을 2시간 반에 주파하라는 주문 자체가 무리였다. 김 과장은 인수증에 사인을 하고 나서 송달료에다 만 원을 얹어 기사에게 건넸다. 하물을 부리기가 무섭게 트럭은 남항을 황황히 빠져나갔다.

초조한 마음으로 진입로 쪽만을 응시하는 가운데 초침은 거침없이 건너뛰었다. 벌써 대여선 번이나 들여다본 시계는 10시 50분에 육박하고 있었다. 여수에서 출발한 트럭이 지금 도착한다 해도 선적을 마치고 나면 11시 출항은 힘든 형국이었다. 여수에서 7시에 출발한 트력이 11시까지 도착하리라는 계산은 애초부터 무리였다. 남해고속도로를 과속으로 달려온다 해도 4시간이면 빠듯한 시간이었다. 게다가 오는 도중에 무슨 일이라도 생긴다면 그 결과는 보나마나였다.

동양물산 이상수 상무의 소개로 부산까지 내려와 금양수산에 입사한 후 1년 반 넘게 보내면서 가슴조인 날이 비단 오늘뿐만은 아니었다. 선적하기도 전에 선적예상 물량에 해당하는 선하증권을 미리 발급받아 은행에서 네고를 한 물품대전으로 상환기일이 다된 수출금융 집하자금을 상환해놓고 선 발급된 선하증권에 해당하는 하물을 선박회사와의 약속일자에 싣지 못해 그들을 난처하게 만든 것 또한 한두 번이 아니었다. 현해선박은 5척의 냉동운반선을 보유한 중소해운업체로서 연간 5백만달러가 넘는 수출물량을 전량 자사에만 선적을 의뢰하는 고마움 때문에 금양수산의 선적 전 선하증권 발급 요청을 거절치 못해왔다. 그러나 이번만은 그 요구를 완강하게 거절했다. 현해선박의 돌변에는 그럴 만한 이유가 있었다. 항만청이 관습화되다시피한 선하증권 사전발급이라는 불법을 뿌리뽑겠다고 으름장을 놓은 게 며칠 전이었다.

"당국의 으름장이사 형식적인 거 아닝교. 현해선박서 정 말을 안 듣거든 수매가 끝난 분량을 통고하는 것으로 비엘 선 발급을 부탁해보소. 어떻게든 연체된 금융을 상환해야할 거 아입니꺼. 내사 김 전무만 믿소."

한가하기 이를데없던 박 사장의 목소리가 귓전을 어지럽혔다. 생산 집하자금조로 수출금융이 기채될 적마다 그 중 상당액이 박 사장의 비자금으로 인출돼 나가 부동산으로 둔갑하는 것은 어제오늘의 일이 아니었다. 그런 식으로 비게 된 집하자금 때문에 운영자금이 빠듯해 산출량이 줄어드는 겨울철이면 수매과정에서부터 경쟁회사에게 번번이 뒤질 수밖에 없었다.

'전무님께서 하락카믄 해야겠지예.'

비철에 활피조개 1,000깡통의 수매를 지시하자 최 과장은 너무도 기가 차서 말문이 막히는지 그의 얼굴을 한참이나 쳐다보다가 일어섰다. 다른 때처럼 이유를 늘어놓거나 어렵다는 엄살이라도 부리지 않는 게 더 미안했다. 더 이상의 군소리 없이 두꺼운 파카를 껴입고 새벽의 미명 속에 현장으로 달려가는 최 과장이 그는 여간 고마운 게 아니었다.

계획대로라면 일 주일 후에는 이런 잡다한 일에서 영영 벗어나게 되리라. 그러나 그날까지는 자신이 할 수 있는 최선을 다할 뿐이었다.

현해3호의 선장이 선원들에게 각자 제 위치에 대기하라는 명령을 내렸다. 수웅은 다시 시계를 들여다보았다. 이미 시침은 11시를 넘어서고 있었다.

"아따, 십 분만 더 기다려주이소. 부탁입니데이."

김 과장이 마치 빌기라도 하듯 두 손을 비비며 이 부장에게 매달렸다. 선원 한 사람이 배에서 훌쩍 뛰어내려 돌핀에 동여매놓은 밧줄을 풀기 시작했다. 더 이상 배를 붙들어둔다는 것은 어림없는 상황이었다. 그렇다고 포기할 수도 없는 노릇이었다. 그의 눈은 계속 진입로 쪽을 응시하고 있었다. 초조한 마음은 금방이라도 보냉트럭의 불빛이 그의 눈을 쏘며 달려들 것 같았다. 막연한 상태에서 무언가를 기다려야 한다는 것처럼 끔찍한 고통도 없었다.

영문도 모르고 끌려간 낯선 방에 갇힌 채 그는 서너 시간 이상을 혼자서 전전긍긍해야 했다. 욕실까지 딸린 방 안에는 한쪽으로 침대가 있었고 한가운데 탁자를 사이에 둔 소파식 의자가 양쪽으로 각각 두 개씩 놓여 있어서 여느 여관쯤으로 생각되었으나 어딘지 짐작조차 할 수가 없었다. 차에 실리자마자 눈을 가렸다가 방안에 들어서면서 풀어준 사내들은 공항 세관대에서 수웅에게 본인 여부만 확인했을 뿐 말 한마디 않은 채 모든 것을 행동으로만 일관했었다. 기다리라든가 무슨 일이 있을 거라는 사전 안내도 없이 방안에 밀어넣고 나간 그들은 오랜 시간 동안 수웅을 혼자 내버려두고 들여다보지도 않았다.

유리창 밖마저 굵은 쇠창살로 막혀 있는, 외부와는 일체의 접촉도 거부하는 방안에서 기다리는 동안 그들의 정체며, 자신이 끌려와야 했을 까닭들을 생각해보았지만 짐작도 할 수 없었다. 영주귀국 이후의 행적들을 찬찬히 돌이켜보아도 책잡힐 만한 일이 없었다. 눈에 보이지 않는 무엇인가가 시시각각 자신을 조이고 있다는 느낌만이 강하게 그를 사로잡았을 뿐이었다. 그 느낌은 점차 두려움으로 바뀌었고 나중에는 공포로 거의 숨이 막힐 듯했다. 시간까지 완전히 정지된 듯한 착각에 빠져 있을 무렵 갑자기 문이 열리면서 그를 데려온 사내들이 아닌 다른 얼굴 둘이 들어왔다.

"자, 시작해봅시다."

도대체 무엇을 시작해보자는 것인가. 머리를 바짝 치켜 깎은 건장한 사내는 수웅이 앉아 있는 뒤쪽에 팔짱을 끼고 섰고, 야윈 얼굴에 안경알 너머의 눈빛이 신경질적인 사내가 준비운동이라도 하듯 두 손을 맞잡아 비틀며 수웅의 맞은편에 앉더니 질문을 시작했다.

"김수웅 씨, 당신이 왜 여기에 왔는지 짐작이 갑니까?"

그의 태도는 정중했으나 그렇다고 마음을 놓을 수 있을 만큼 너그럽지도 않은 말투였다. 탁자 위에 놓인 서류들을 뒤적거리던 그는 여전히 고개를 수그린 자세 그대로 눈만을 치뜨고 고개를 젓는 수웅을 빤히 지켜보다가 다시 시선을 떨어뜨렸다. 그리고 다소 위압적인 목소리로 입을 열었다.

"내 한 가지 일러둘 게 있는데, 묻는 말에는 분명하고 정확한 소리로 간단하게 대답토록 하시오."

그가 풍기는 냉랭한 분위기에 이끌려 수웅은 긴장된 상태로 묻는 말에 꼬박꼬박 답변했다. 본적 주소 이름 생년월일 학력 영주귀국일자 가족관계 등 묻는 대로 대답을 하는 가운데 수웅은 그가 이미 알고 있는 사항을 다시 확인하고 있을 뿐이라는 사실을 알았다. 아내의 나이를 묻길래 그저 알고 있는 대로 대답했는데 사내는 생년월일까지 정확하게 대며 만 나이를 따지고 들었던 것이다.

"대학에서 무엇을 전공했지?"

"경제학입니다."

"경제학이라…, 그럼 마르크스 경제학이겠구먼?"

"아, 아닙니다. 케인즈 경제학을 전공했습니다. 그러자면 자연히 마르크스 경제이론….”

"케인즈를 알기 위해 마르크스를 공부한다 그거로구먼? 그건 그렇고.”

수웅의 말꼬리를 잽싸게 낚아챈 그는 한껏 느물거리는 어조로 말머리를 돌리더니 다시 수웅의 얼굴을 빤히 쳐다보았다. 한참 동안 말을 끊은 채 지켜보는 시선에 수웅은 자신도 모르게 당황했다. 수웅의 변해가는 얼굴을 재미있다는 듯 살피던 사내는 기습적으로 말을 던졌다.

"당신 대학 다니며 조총련 장학금을 받은 사실 있지?”

"어, 없습니다. 다만 조선장학회의 장학금을 받은 사실은 있습니다.”

"조선장학회가 말하자면 조총련장학회 아니야?”

"아닙니다. 그것은 엄연히 다릅니다. 문교부에 문의해보면 다르다는 걸 알 수 있을 겁니다.”

뭔가 희미한 것이, 대답을 이어가며 수웅은 찰나적으로 머리를 스쳐가는, 꼭 집어낼 수는 없지만 예사롭지 않은 조짐을 감지했다. 조선장학회는 해방 전부터 소유해온 땅에 지은 고층 빌딩의 사무실 임대료를 기금으로 한, 민단과 조총련에서 각각 동 수의 심사위원을 파견해서 각 대학의 추천을 받은 재일교포 학생에게 학비를 보조해주는 장학재단이었다. 수웅은 대학 4년 동안 그 혜택을 받았다. 그는 그 장학금을 받기 전에 민단계 학생이 그 장학금을 받아도 좋은지의 허용 여부를 주일한국대사관에 파견 나와 있던 장학사에게 확인까지 했었다.

"당신의 일본에서의 모든 행적을 우리는 알고 있어. 삼학년 여름방학에 평양에 다녀왔지? 평양엔 뭣하러 갔어?"

순간 수웅은 모든 것을 알아차렸다. 어렴풋이 머릿속을 맴돌고 있던 희미한 예감이 구체적인 모습으로 그의 눈앞에 다가왔다. 그것은 어느 누가 가르쳐준 적은 없지만 8년 동안 분단된 조국에서 생활하면서 저절로 체득할 수 있었던 인식이었다. 그리고 이제 정면으로 그것을 직시해야 할 순간이 다가온 것이다. 그는 가파른 벼랑 끝에 위태롭게 서 있는 자신을 똑똑히 보고 있는 듯했다.

수웅은 그들이 들이미는 사실들을 완강히 부정했고, 그의 부인이 거듭될수록 그들이 독기도 치열해져갔다. 점차 강도를 더해가는 폭력 앞에 수웅은 필사적으로 저항했다. 그 과정에서 자신이 처해 있는 상황을 서서히 깨달아갔다. 그는 덫에 걸린 한 마리의 짐승이었다. 이미 짜여진 각본에 따라 마련된 무대 위에서 배역에 충실해야 하는 꼭두각시에 불과했다. 상상할 수도 없는, 갖가지 형태에 시달리면서 그가 얻은 게 있다면 육체에 가해지는 고통보다 무서운 것은 정신적 고문이라는 깨달음이었다.

창 하나 없는 밀실에 처넣어진 채 머릿속에서 펼쳐지고 있는 그림과 싸우는 일은 거의 그를 광란의 상태로 몰아갔다. 무엇보다 그들의 요구대로 시인을 하고 난 뒤 자신이 처해질 상황은 상상만으로도 끔찍했다. 그의 약점이 무엇이라는 것을 너무도 잘 알고 있는 그들은 사건이 일단락된 뒤의 처우를 미끼삼아 그를 회유했고, 육체적으로나 정신적으로 한계에 다다른 수웅에게서 원하는 먹이를 갈취했다.

"잠깐! 차가 도착합니더!"

김 과장의 외침에 수웅은 고통스런 기억 속에 침몰해 있던 자신을 가까스로 추슬렀다. 최 과장이 트럭 조수석에서 튕기듯 뛰어내렸다. 현해3호 선원들은 풀었던 밧줄을 다시 묶고 하물을 실을 채비를 서둘렀다. 모두가 합세해 깡통들을 실어날랐다. 입을 여는 사람은 아무도 없었다. 하역인부 하나가 너무 서두른 나머지 피조개 깡통을 바닥에 떨어뜨렸다. 금속성의 날카로운 파열음이 바람소리를 가르는 것과 동시에 쏟아진 활피조개들이 바닥에 널브러졌다. 그는 일순 자신의 결행이 실패로 끝나지 않을까 하는 조바심을 느꼈다. 활피조개들은 입을 벌린 채 붉은 속살을 드러내고 있었다. 희미한 불빛 아래서도 살아 선명하게 드러난 그 색깔은 끈질긴 생명력을 과시하는 듯해 섬뜩했다.

선적이 끝나기가 바쁘게 현해3호는 부두를 박차고 나갔다. 내항을 빠져나가느라 뿜어대는 뱃고동 소리가 늦은 밤의 부두를 뒤흔들었다. 이제 왜소한 몸체의 현해3호는 집어삼킬 듯 달려드는 현해탄의 높은 파도를 가르고 어둠 속을 헤치며 9시간, 아니 그보다 몇 시간이 더 걸릴지도 모르는 항해 끝에 시모노세키항에 피곤한 몸을 풀리라. 수웅은 이마에 배어난 땀을 닦으며 길게 숨을 내쉬었다. 마치 일주일 뒤로 다가온 계획의 예행연습이라도 한 듯한 긴장과 초조함을 털어냈다.

"최 과장, 정말로 수고했소. 김 과장과 함께 술이나 한잔하고 들어가지. 오늘 김 과장이 아니었더라면 마지막까지 배를 붙들어두기가 어려웠을 거요."

"전무님도 아시다시피 양식 피조개가 어획되는 초여름까지는 자연산 채취에 매달릴 수밖에 없는 상태인데 대금결제가 현장에서 이루어지지 않으면 물량확보는 갈수록 어려워집니다. 집하자금에 대한 근본적인 대책을 세워두지 않으면 수매 때마다 애를 먹습니다."

항상 그 나름대로 물러설 자리를 마련해놓는 조심성을 보이던 최 과장이 옹골차게 자신의 의견을 내뱉었다. 작달막한 키에 늘상 맞는 갯바람으로 그을린 얼굴을 똑바로 들고 수응을 건너다보는 그의 눈빛은 서글서글하던 평소와 달리 진지했다. 그의 말은 이미 엄살이 아니었다.

지난 여름까지만 해도 금양수산은 자금회전에 여유가 있었다. 박 사장이 수출금융의 일부를 빼돌려 진해만에 있는 작은 섬인 수도의 양식어장에 동업형식으로 투자했지만 수출이행에 별 어려움을 받진 않았다. 투자금액이 회수될 때까지, 종패구매에서 수출할 수 있는 성패로 자라는 데는 1년 반 남짓 걸렸으나 수출로 얻는 마진보다 훨씬 높은 수익을 올렸기 때문에 별 다른 이의가 있을 수 없었다.

그런데 박 사장은 그 수익을 전액 임야매입에 쏟아부었다. 무슨 생각에서인지 지난 봄부터 부동산에 손을 대기 시작하더니 수출신용장을 받는 대로 생산 집하자금을 기채해 그것까지 비자금으로 인출해갔다. 그 여파는 겨울로 접어들면서 수매자금의 압박뿐만 아니라 수출금융 상환일인 제 날짜에 갚지 못하는 상태로까지 내몰리게 되었다.

"최 과장의 고충을 내가 왜 모르겠나. 수일 내 근본적인 개선책을 마련토록 해보겠네."

어떤 대책이 있어서 한 말은 아니었다. 현장에서 어려움을 겪고 있는 최 과장에게 빈말이라도 위안이 될 수 있다면 그보다 더한 말도 해 줄 기분이었다. 최 과장과 김 과장이 조수석에 오르자 이내 트럭은 출발했다. 수웅은 트럭을 향해 손을 흔들어주고 이 부장에게 다가갔다.

"이 부장님, 다시 '라메르'로 갈까요?"

"아닙니다. 오늘은 너무 늦었으니 내일로 미루지요. 자세한 말씀은 그때…, 제가 내일 회사로 전화드리겠습니다."

선원수첩이 약속보다 자꾸 늦춰지며 날짜를 끄는 게 왠지 불안했다. 이 부장마저 떠나고 나자 남항부두는 텅 빈 그대로였다. 조금 전까지의 부산스러움은 흔적도 없었다. 아우성치는 바람만이 그를 날려버릴 듯이 달려들었다. 정박 중인 여러 척의 어선에서 흘러나온 불빛을 받으며 밀려든 파도가 부서져 흩어졌다가 다시 굽이를 이루며 모여들었다. 남항은 서서히 바다 밑으로 가라앉는 듯했고 여전히 귓속을 파고드는 해명에 묶인 듯 수웅은 그 자리에 우두커니 서 있었다.

하루는 늘상 요란하게 울려대는 전화 벨소리로부터 시작되었다. 자리에 앉자마자 울어대는 전화기를 수웅은 거칠게 낚아챘다. 니시무라로부터 걸려온 전화였다. 9시 현재 알아본 바로는 현해3호가 시모노세키항에 입항치 않았다는 것이었다. 틀림없이 10시까지는 입항할 테니 오늘 중으로 통관되도록 대리점에 미리 부탁이나 해두도록 당부하고 수웅은 수화기를 내려놓았다. 아무래도 어젯밤 날씨가 말썽거리를 몰고온 듯했다. 그는 서둘러 현해선박으로 전화를 걸었다. 이 부장은 아직 출근 전이었다. 다른 직원에게 물어보았으나 현해3호가 회항한 사실은 없었다. 그렇다면 최악의 사태는 일어나지 않으리라는 생각에서 현해3호가 기진맥진한 몸으로 시모노세키에 입항한 것을 알려올 때까지 기다려보기로 했다.

그는 우선 최 과장과 은행업무를 전담하고 있는 지 과장을 불러 소파 쪽으로 자리를 옮겨 앉았다.

"지 과장은 현해선박에 가서 선하증권을 발급받고 수출검사소에서 검사증을 받는 대로 은행으로 가 내고부터 서두르시오. 오늘 내고 금액은 전액 연체금융분과 상쇄되므로 우리 계좌에 들어올 돈은 없을 겁니다. 문제는 충무와 여수에서 하주들이 오늘 중으로 송금을 요구할 텐데…."

그는 말을 하다 말고 최 과장의 표정을 살폈다.

"어젯밤에도 말씀드렸습니다만 근본적인 대책이 없고는 앞으로 현장에서 현금 없이 피조개 수매란 불가능합니다. 우리 회사가 지난 봄에는 어민들에게 선수금까지 건네준 덕분에 신용을 얻어 여름 이후 송금이 하루이틀 늦어져도 기다려주었습니다. 하지만 최근에 와서 송금이 매번 늦어지는 것을 알고는 산지사람들의 태도가 달라졌습니다. 어제만 해도 물건을 우리 회사에 넘기기를 꺼려해 여간 애를 먹은 게 아닙니다. 게다가 경쟁사에서 우리 회사 자금사정이 안 좋다고 소문내고 다닌다는 말도 들립니다."

최 과장의 낯빛은 자못 심각했다. 충분히 짐작이 가는 상황이었다.

"다음 주 내로 근본적인 대책을 세워 악순환을 바로잡도록 하겠소. 그러니 오늘 송금을 화요일까지만 연기해달라고 교섭해보세요."

"화요일 송금은 틀림없겠습니까?"

"오늘 연체된 수출금융을 상환하고 나면 화요일까지는 새로 수출금융을 기채할 수 있어 틀림없지. 자, 서두릅시다. 지 과장, 나도 열두 시경에 은행으로 나가지요. 화요일 수출금융 기채를 위해 손을 써야 할 테니."

수출물량 집하가 어려워지면 수출금융 상환 또한 지연되게 마련이었다. 연체는 새로운 금융기채마저 중단시켜 집화자금 경색으로 이어지는, 악순환의 되풀이였다.

수웅은 다음 주말의 결행에 앞서 박 사장에게 문제 현황을 확실하게 인식시켜줄 필요를 절실히 느꼈다. 그것은 또한 그간의 신세를 갚는 도리이기도 했다.

"김 선생님같이 실력 있으신 분이 우리 회사에서 일해주신다면 회사의 장래는 탄탄대로입니다. 내일 당장 부산으로 내려갑시다."

이 상무의 주선으로 마련된 첫 대면에서 자리에 앉자마자 박 사장이 대뜸 한 소리였다. 상대방의 의사를 타진한다든가 수락여부를 가릴 여유조차 주지 않는 성급함을 보였다.

10년 만에 가석방으로 풀려났을 때 그를 따뜻하게 맞아준 사람은 뜻밖에도 민가협 회원들이었다. 발붙일 곳이 없는 그의 처지로서는 할 수 없이 민가협 회원 집에 신세를 져야 했다. 집시법 위반으로 3년 형을 선고받고 복역 중인 아들을 둔 집이었다. 여주인은 외출도 않고 방안에만 틀어박혀 있는 그에게 민가협 모임에라도 참석해보라고 권했지만 전향서를 쓰고 나왔다는 자괴감 때문에 선뜻 내키지 않았다. 민가협 운동에 동참한다는 것은 그들의 신성한 뜻을 모독하는 행위로밖에 여겨지지 않았다.

  세상과 격리된 10년이 스스로의 의지와는 상관없이, 다만 어떤 자의 필요에 의해 차압되었다는 사실은 그가 아무리 접어 생각해도 도저히 용납할 수 없었다. 그는 내가 왜 그런 수모와 불이익을 당해야 했는가 하고 수없이 되물었다. 절망 끝에 얻은 대답은 항상 같았다. 섣불리 영주귀국을 한 자신의 경박함과 어리석음을 뼈가 저리게 탓할 뿐이었다. 현실문제를 외면하고 너무나도 감상적인 시각으로만 조국을 바라본 것을 되풀이 후회하면서 그는 결심했다. 그리고 구체적인 계획을 마음속에서 키워나갔다.

  가석방된 일 주일쯤 지났을 때 뜻밖에도 전화로 그를 찾는 사람은 이상수였다. 생각지도 않던 일이라 수웅은 그의 음성을 들으면서도 귀를 의심했다. 이상수는 그의 석방소식을 신문에서 읽었다며 민가협에 문의해 전화번호를 알았노라고 했다. 사회의 분위기 때문에 뜻과는 달리 면회 한번 가지 못한 불찰을 이해해달라고 한 그는 간단한 안부와 함께 전화를 끊었다. 두 달 후에 이상수로부터 다시 전화가 걸려왔다. 퇴근 후에 잠깐 만나 할 이야기가 있다는 것이었다.

"김 과장, 이렇게 부르니 왠지 어색하군. 예전에는 스스럼없는 호칭이었는데 말이야. 내가 자넬 만나자고 한 건 다름이 아니라 일자리 때문이네. 회복이 되려면 아직 많은 시간이 걸리겠지만 그렇다고 아무 일도 않고 있는 것보다는 직장을 가지는 게 오히려 회복이랄까, 적응력 같은 것을 빨리 터득할 수 있을 거라는 게 내 생각이네. 마침 자네처럼 무역실무뿐만 아니라 영어와 일어에 능통한 사람을 구하는 곳이 있어 추천했네."

한때는 가까웠던 동료였지만 그가 어둠의 세월을 보내는 동안 상무로 승진한 이상수는 누구도 가까이하기를 꺼리는 그를 금양수산의 박 사장에게 소개시켜주었다. 그는 마음이 조급해지는 자신을 다독이며 그 제의에 선뜻 응했다. 이 상무는 근무지가 서울이 아닌 부산이라는 점이 마음에 걸린다고 했지만 그의 처지로는 오히려 잘된 셈이었다. 그 계획은 항구라야만 성사가 가능했다. 그리고 계획에 착수하자면 시간과 자금이 필요했다. 이 상무의 제의는 그 모든 것들을 한꺼번에 얻을 수 있는 다시 없는 기회였다.

"박 사장은 수산물 수출검사소에 근무하면서 수산물에 대한 지식을 익히자 삼 년 전에 그만두고 금양수산을 설립, 지난해만도 오백만 달러의 수출실적을 올릴 만큼 재미를 보고 있지. 게다가 대인관계가 부드러워 초면에 호감을 주는 형이라고 할까. 여간 수완가가 아니지. 특히 자신에게 득이 될 만하다 싶으면 어필하는 데는 그만이지. 하지만 득이 없다 싶으면 가차없이 잘라버리는 냉정한 면도 있다네.

겉으로는 대범한 척하지만 소심한 데도 있고 그러면서도 실속차릴 것은 다 차리는 의뭉스런 인물이라구. 우리 회사에서 수출대행과 함께 생산집하 자금을 대주고 있네만 그 친구 야심으로 봐선 무역업 등록이 돼 있으니까 기회만 오면 직접 수출체제로 바꾸리라는 것쯤 짐작할 수 있지. 우리 회사의 방침은 어디까지나 금양수산의 일본 직거래는 지양하고 우리를 통한 내국신용장을 개설하도록 하는 것이네."

박 사장은 부리부리한 눈매에 남자로서는 희다 싶을 정도의 피부색을 지닌 호남형으로 푸르스름한 면도자국이 도드라져 보였다. 그가 호탕한 웃음을 터뜨리며 잡아끌 때는 어느 누구도 거절치 못할 것 같았다.

이 상무의 예상은 오래 끌 것도 없이 적중해 수웅이 금양수산에 들어간 지 2개월도 못되어 박 사장의 입을 통해 현실로 드러났다. 니시무라가 상담차 내한하자 그 기회를 재빨리 잡아챈 박 사장의 능력은 놀라웠다.

"김 전무, 니시무라 상을 만나면 동양물산을 통해 수입하는 수산물을 우리 회사와의 직거래로 바꿔달라고 교섭해보이소. 내사 일본말을 모르니까 지금까지는 바이어를 소개해준 동양물산을 거칠 수밖에 없었다 아임니꺼. 이젠 김 전무도 있고 하니 고마 직거래로 바꾸입시더. 회사를 키우려면 내국신용장 수출실적보다 직수출실적이 많아야 한단 말입니다. 게다가 수출금융을 쓰는 데도 유리하다 아임니꺼. 그런 거야 김 전무가 전문가라 더 잘 알잖소."

"동양물산의 이 상무와는 사전양해가 있었나요?"

"양핸 무슨 얼어죽을 놈의 양햅니꺼? 내 생각대로 밀어붙이소."

"…."

"김 전무 입장으로서는 이 상무에게 할 짓이 못된다는 것쯤 나도 모르는 바 아이오. 하지만 김 전무를 우리 회사로 모셔올 때는 그만한 복안도 없이 그냥 했겠소. 이제 우리 회사도 홀로서기를 할 때잉기라요."

수웅은 할 말을 잃고 말았다. 박 사장을 소개해주기 전에 했던 이 상무의 말이 적중한 셈이었다. 그처럼 이 상무가 박 사장의 사람됨을 알고 있었다면 이와 같은 사태에 이르리라는 생각 역시 안 했을 리 없었다. 그러면서도 그를 소개해주었다면 이 상무의 복안 또한 있지 않았겠는가. 단순히 이 상무의 제의를 호감으로 받아들인 자신이 어이없어 수웅은 실소를 금치 못했다. 박 사장의 홀로서기를 미리 내다본 이 상무에게는 그 계획에 쐐기를 박을, 믿을 만한 사람을 박 사장 옆에 붙여둘 필요가 있었고, 그것을 뻔히 알면서 그를 끌어들인 박 사장은 기회가 오자 가차없이 밀어붙이려 한다면 박 사장의 술수가 한 수 위라고 해야 할까. 그럼 수웅이 택해야 할 역할은 어느 쪽이어야 하는가. 자신의 계획을 실천에 옮기기 위해 그 또한 이 상무나 박 사장의 제의에 응했던 것이 아닌가. 결국 세 사람 다 저마다의 꿍심을 감추고 손을 잡았던 셈이었다. 수웅은 홀가분한 기분이 되어 박 사장의 지시에 따랐다.

"왜놈들은 요정에서 요절을 내야지요. 오늘 밤은 내가 니시무라 상을 곤죽이 되도록 요리할 테니 김 전무는 지켜만 보이소. 대신 김 전무는 호텔서 우리 쪽 의향을 확실하게 밝혀두이소."

결국 니시무라의 타협안대로 신용장 개설을 동양물산과 금양수산이 반반씩 나눠 받기로 합의를 보았다. 이 상무에게는 니시무라가 양해를 구하기로 한다는 조건을 붙여서였다. 예견한 대로 니시무라를 통해 전말을 안 이 상무는 자신이 다른 부서로 옮겨 앉을 때까지만이라도 기다려주었어야 하지 않았느냐며 섭섭함을 드러냈다. 어떻게 됐건 그에게 직장을 알선해준 이 상무를 곤란한 입장에 처하도록 한 사실에 그는 면목이 없어 뭐라고 변명할 수조차 없었다.

수웅은 그간 조사해두었던 참치선망어선 자료철을 들고 사장실로 들어갔다. 통틀어 30평 남짓한 공간을 둘로 나눠 그 중 하나에 꾸며놓은 사장실은 비좁은 사무실에 비해 넓은 편으로 균형이 맞지 않았다. 방 한가운데에는 바다가 보이는 창문을 등지고 놓인 티크제 책상이 딱 버티고 있었다. 책상 옆 오른쪽 벽에 세워둔 책장에는 일본 어류도감 한 질과 대법전, 그리고 연감에다 한번이라도 펼쳐본 적이 있을까 싶은 세계대사상전집 한 질이 눈길을 끌었다.

"김 전무, 앉읍시더. 오늘 내고는 차질없지예."

항상 자신만만한데다 능글맞은 웃음기마저 배어 있는 목소리에 갑자기 수웅은 적개심 비슷한 감정이 스멀스멀 돋아남을 느꼈다. 그렇다고 속내를 얼굴에 내비칠 만큼 그의 마음이 가파른 것도 아니었다. 그는 감정을 억제하고 지극히 사무적인 어조로 입을 열었다.

"네. 지 과장이 수출검사증과 비엘을 발급받으러 나갔습니다. 은행 마감시간까지는 내고도 끝나리라 봅니다. 문제는 산지의 활피조개 대금을 송금해야 하는데 다음 주초 수출금융을 기채할 때까지 양해를 구해보도록 최 과장에게 지시를 했습니다만 쉽지 않을 것 같습니다. 사장님께서 전화 한 통 넣어주신다면 최 과장 입장도 그렇고 다음 수매 때 한결 수월할 겁니다.

"내가 직접 전화할 것까지야, 김 전무가 알아서 조치하이소. 그러면 참치선망어선 도입계획에 대한 김 전무의 생각을 들어볼까에?"

지난 연말 이 상무는 참치선망어선 도입을 한번 검토해보라는 서신과 함께 그에 따른 자료를 보내왔다. 박 사장과의 사이에 어떤 묵계 이루어졌는지 모르지만 섭섭함을 드러낸 전화 한 통으로 감정을 누그러뜨리고 그 후 그는 흔쾌하게 수응을 대해왔다. 이 상무의 서신에는 굴통조림 수출선인 미국 굴지의 수산식품회사인 S사로부터 동양물산에 보낸, 선령 10년이 된 참치선망어선 2척을 차관은행까지 알선해준다는 조건을 붙여 도입선을 소개해달라는 서류 사본까지 곁들여 있었다. 1,500톤 급으로 냉동저장능력 900톤, 최고항속 20노트, 어장탐색용 헬리콥터 탑재, 승선인원 25명으로 한 번 출항하면 6개월 간 연속 조업할 수 있는 최신예 어선이라는 자료는 우선 수응을 놀라게 하기에 충분했다.

미국과 일본에서는 이미 10여 년 전부터 종래의 참치잡이 독항선을 선망어선으로 대체해 일시에 다량포획의 성과를 올리고 있었다. 천만 달러가 넘는 신조선은 고가의 첨단 전자장비를 장착하는 어려움이 있어 우리의 조선능력으로는 아직 건조할 수 없는 실정이었다. 하지만 10년 넘게 사용한 노후선을 처분하면서 원매자에게 차관은행까지 알선해주겠다는 S사의 저의를 그는 알 것 같았다. 용도가 다 된 노후시설을 비싸게 팔아넘기기 위한 그런 수법은 선진국 기업들이 즐겨 사용하는 수법이기도 했다. 국내에서도 수산물 개척의 선구적인 역할을 하고 있는 'ㄷ'어업이 이미 참치선망어선 2척을 도입해 본격 조업에 들어가 좋은 어획고를 올리고 있다는 사실 또한 알 만한 사람은 다 알고 있었다.

"선령 십 년 된 중고선 척당 가격이 오백만 달러를 호가하니까 선단형성을 위한 최소 두 척의 구입비가 자그만치 천만 달러가 필요합니다. 물론 배는 차관자금으로 들여온다 해도 두 척이 조업에 들어가 회항하기까지 약 육 개월 동안 유류대, 기타 사업 등에 삼 억 내지 사 억원이 소요됩니다. 자체자금으로 충당해야 하는데 우리 회사로는 벅차지 않나 싶습니다."

"김 전무, 머리는 뒀다 뭣에 쓰능교? 이 박 사장, 코딱지만 한 회사로 만족할 사람이 아입니더. 그간 부동산에 투자한 것도 다 새로운 사업에 대비한기라요. 감정원 실무자들을 미리 만나 술대접하고 용돈대준 것도 다 이럴 때 써묵을라고 공들인 거지예. 이미 동업자도 물색해놓았다 아입니꺼. 기회포착이야말로 성공의 지름길 아닝교? 김 전무는 S사와의 긴밀한 연락뿐만 아니라 사업계획서를 삼월 말까지 작성해주이소. 재무부 차관 승인과 은행지불 보증은 내게 맡겨두라예. 밀어붙이입시다."

빙긋 웃는 박 사장의 표정에는 짚이지 않는 의미심장함마저 배어 있었다. 수웅은 박 사장의 자신감과 저돌성에 혀를 내두를 수밖에 없었다. 그러나 사업계획서를 작성할 생각은 없었다. 일 주일 후면 박 사장은 물론 금양수산과도 결별이었다.

"지 과장님으로부터 전환데요. 전무님 바꿔달라십니다."

조심스레 들어온 여직원이 머뭇거리며 일러주었다.

전화를 통해 들려온 지 과장의 목소리는 몹시 당황스러워하고 있었다.

"현해3호가 열한 시 현재 시모노세키에 입항하지 않았답니다. 이 부장님 바꿔드리지요."

지 과장과는 달리 이 부장의 어조는 침착하고 냉정했다.

"배로부터 무선연락이 들어왔는데 풍랑이 심해 시모노세키 도착은 열두 시쯤에나 가능하답니다. 오늘 통관은 불가능하겠는데요. 어젯밤 약속대로 각서를 내주신다면 비엘을 발급하도록 하지요."

완곡했지만 그의 뜻은 분명했다.

"아무리 풍랑이 심하다 해도 열 시간이면 도착할 텐데 열두 시간 가까이 걸린다는 것은 너무 늦지 않소."

"기관 고장까지 겹쳤던 것 같습니다."

"이 부장님, 기관 고장으로 늦어진 걸 우리더러 책임지라니 너무하지 않습니까?"

"결과론입니다만 중도에 기관 고장이 있었다 해도 여덟 시에 출항했다면 아홉 시 이전에 입항했겠지요."

생물통관은 시각을 다투는 일이었다. 그래서 어제처럼 날씨가 나쁜 날에는 심한 파도로 항해속도가 늦어질 것을 염려해 냉동운반선은 서둘러 출항하는 것이 상례였다. 오늘 통관이 안 된다면 당연히 월요일로 미뤄질 것이고 폐사량이 허용치보다 늘어날 것은 뻔했다. 이 부장 역시 그런 계산 하에 각서의 요구를 강력히 주장하고 나선 것이다. 하지만 어제와 같은 막다른 상황에서는 각서제출을 약속하고도 배를 붙들어둘 수밖에 없었다.

"우리 지 과장을 일단 회사로 돌려보내주십시오."

그는 일단 통화를 끝내고 박 사장에게 어젯밤 상황을 간략하게 보고했다. 역시 박 사장은 못마땅하다는 듯 얼굴을 붉히면서 언성을 높였다.

"타사 활피조개 폐사분까지 책임을 지겠다는 각서를 김 전무 마음대로 약속할 수 있능교? 내게 사전에 한마디 말이라도 했어야 옳지에."

따지고 든다면 수웅으로서도 할 말은 많았지만 꾹 참고는 박 사장의 힐문을 받아들였다. 박 사장이라고 해서 그렇게 된 연유를 모를 리가 없었다. 그러면서도 박 사장은 마지막 일침을 가하는 것을 잊지 않았다.

"앞으로 각서제출 따위는 반드시 내 결재를 받아서 하이소. 어쨌든 비엘을 발급받아야 하니께 빨리 각서나 타이핑 시키소."

엎친 데 덮친 격이랄까. 니시무라로부터의 전화 내용마저 답답한 것이었다. 오늘 통관이 불가능하므로 월요일 통관이 끝나 폐사 여부를 확인한 연후에 선적서류를 작성해 은행추심을 해달라는 당부와 함께 만약 결과를 기다리지 않고 추심에 들어갈 경우에는 지불을 거절하겠다고 으름장까지 놓았다. 좋지 않은 일은 잇달아 일어난다던 가, 왠지 불길한 생각이 그의 가슴에 또아리를 틀었다. 결행을 위한 준비가 순조롭게 이뤄지고 있는 판국에 회사 일이 자꾸만 꼬이는 게 심상찮았다. 그는 니시무라에게 이쪽에서 다시 전화를 넣기로 하고 수화기를 내려놓았다. 사태를 어느 정도 감지한 듯 박 사장의 얼굴도 딱딱하게 굳어 있었다.

"월요일 통관결과가 나올 때까지 내고를 보류하랍니다. 만약 내고를 할 경우 가차 없이 지불거절을 하겠답니다."

지불거절이라는 어귀에 힘주어 내뱉고 나니 그는 왠지 가슴이 후련했다.

"그걸 말이라고 합니꺼. 배가 늦게 도착한 게 날씨와 기관고장 탓이지 우리 때문이라예? 이건 불가항력 아닙니꺼. 오늘 내고를 못하면 은행업무가 올스톱된다는 것은 김 전무도 알지예? 예정대로 밀어붙입시더. 그라고 니시무라 상은 김 전무가 요령껏 설득해보소. 그 잘하는 일본말 실력은 이럴 때 써묵는기라예."

비양치듯 말하는 박 사장의 말에 수웅은 심한 모멸감으로 눈까풀이 파들파들 떨렸다.

생물인 활피조개는 하물인수시 폐사량 확인조건의 단서를 단 신용장에다 보험적용을 받을 수 없는 품목으로서 선하증권과 송장에 하자가 없어도 지불거절이 가능한 취소불능 신용장이었다. 무역실무를 거치면서 여러 종류의 신용장을 취급해보았지만 이렇게 희한한 신용장은 금양수산에 입사해서야 그도 처음으로 접했었다. 이건 바이어에게 일방적으로 유리한 신용장으로 말만 취소불능 신용장이지 취소가 가능한 신용장이나 하등 다를 바 없었다.

"제 생각에는 연체가 길어지더라도 은행의 양해를 구하는 쪽이 좋을 듯합니다만…."

"은행의 양해를 구한다는 것은 당치않은 말이라예. 오히려 바이어의 양해를 얻는 게 쉽다카이."

"우리 은행에서 상대방 은행으로 추심이 들어갔다가 지불거절 당하는 일이라도 생긴다면 회사신용은 회복불능입니다. 오히려 연체를 일 주일쯤 더 끌면서 니시무라 측과 합의한 후에 내고를 하는 게 옳을 것 같습니다."

"김 전무! 내 말대로 하이소."

수웅은 버럭 언성을 높이는 박 사장의 단호한 지시에 더 이상 말꼬리를 붙이지 못했다. 박 사장의 생각을 바꾸게 할 자신이 없었다. 그러나 만약 추심이 지불거절로 되돌아올 경우 연체를 상쇄키 위한 허위 내고로 은행 측의 오해를 살 게 뻔했다. 그는 니시무라가 받아들이든 말든 악천후에 따른 불가항력 조항을 내세워 오늘 중으로 내고를 강행한다는 의사표시를 할 수밖에 없다고 생각했다. 다만 월요일 통관 때의 폐사율이 극소화되기를 빌 뿐이었다. 그 결과에 따라 니시무라에게 어쩔 수 없이 부탁을 해야 한다면 처음이자 마지막인 아쉬운 부탁을 해보리라고 마음을 굳혔다.

사장실을 나온 수웅은 타이핑된 각서를 훑어본 뒤 박 사장의 결재를 받아 지 과장을 다시 현해선박으로 보냈다. 그리고 최 과장의 눈치를 살폈다. 수매대금 건마저 풀리지 않는다면 더 이상 버틸 재간이 없기 때문이었다.

"아이고, 말도 마십시오. 산지업자에게 화요일 송금을 미루겠다고 했더니 노발대발하면서 전화를 끊어버리데에. 어떡합니꺼? 다시 전화를 걸었지예. 그랬더니 이 사기꾼 새끼들하며 계속 욕을 해대는 거라예. 듣고만 있다가 그들의 분풀이가 얼추 됐다 싶을 때 사정사정해서 억지 양해를 얻어냈다 아입니꺼. 뭔일이 있어도 화요일 송금은 지켜주시는 거지예?"

"알겠소. 그럼 수도어촌계장에게는 내가 전화로 양해를 구하지요. 이제 여수 쪽에서 다음 선적분을 수매하기는 어렵겠군요?"

최 과장은 고개를 설레설레 흔들었다.

"거긴 바닥이 워낙 좁아서 금세 소문이 쫙 퍼지거든에. 오늘 분 송금이 되고 나야 다음 수매가 가능하리라고 봅니다. 오히려 진해나 웅동 쪽에서 조달하는 게 좋을 것 같습니다."

"그렇다면 수도 어촌계장에게 다시 신세를 지도록 합시다. 내가 전화로 타협을 보겠습니다. 월요일 아침 일찍 현장으로 출발할 수 있도록 준비해두고 오늘은 일찍 퇴근하시오. 변동사항이 있으면 집으로 연락하겠소."

현장을 맡고 있는 최 과장이 사무실에 남아 있는다 해서 도움될 일은 없었다. 최 과장이 나가자 수웅은 수도로 전화를 걸었다. 어촌계장인 강진규는 집에 없었다. 종패구매를 위해 진해로 나갔다며 오후 3시가 넘어서야 돌아온다는 것이었다.

강진규를 처음 만난 것은 그가 금양수산에 들어와 어느 정도 업무 파악을 끝낸, 입사한 지 1개월 남짓 되었을 때였다. 강진규는 지리한 장마가 걷혀가던 무렵, 진해만 일대에 적조현상이 나타났다는 소식을 가지고 직접 회사로 찾아왔었다. 중키의 다부진 체격에다 갯바람에 그을은 얼굴이었지만 낭패한 기색이 완연했다.

"사장님께서 저희를 도와주셔야겠습니다. 수산청의 정식 발표는 아직 없지만도 저희 어촌계에서는 가덕도 부근의 적조현장을 발견했다 아입니꺼. 지금 추세대로라면 수도 앞바다까지 번지는 데는 한 달도 채 안 걸릴 것 같습니다. 우리 어촌계에서 지난해 봄 공유수면에 종패를 뿌린 것이 구월쯤 되면 성패가 되어 약 삼백 톤 수확을 예상했지예. 어촌계 간부들과 상의한 결과 적조가 덮치기 전에 피조개를 건져올리기로 의견을 모은 거라예. 문제는 수출규격 미달인 활피조개의 판로인데, 사장님께서 책임지고 수출해주이소. 물론 제값을 받기 어렵겠지만도 적조로 몰살당하기보다야 종패값이라도 건지는 게 안 낫겠습니꺼."

그의 말은 조리가 분명했고 부탁을 하러온 사람 같지 않게 의연하기까지 했다. 그러나 박 사장의 대응은 심드렁한 것이었다.

"신문에는 적조현상이 일어났다는 기사가 아직 없대?"

"수산청의 발표나 신문기사가 날 때는 이미 늦다 아입니꺼. 우리를 도와줄 분은 사장님뿐인기라예."

그의 입장으로서는 여간 초조한 게 아닐 것이었다.

"수도에 신세를 많이 진 나로서는 어떻게 도와드려야 할 텐데, 이

건 아무래도… 니시무라 상과 전화 통화를 해봐야 가타부타 대답을 할 수 있다 아이오. 내일 가부간에 연락을 드릴 테니 일단 수도로 내려가이소."

촌각을 다투는 상대방의 사정 따윈 아랑곳없다는 듯이 박 사장의 태도는 태평스러웠다. 강진규는 잘 부탁한다는 말을 되풀이하면서, 그러나 사무실 직원들에게 일일이 인사를 하는 예의를 차리고 되돌아섰다. 막 사무실 문을 열고 나서는 그의 등 뒤로 박 사장의 외침이 날아갔다.

"아, 그리고 다른 어촌계에는 적조현상에 대해 입다무이소."

강진규가 나가고 나자 태평스럽기만 하던 박 사장의 얼굴이 표변하여 초조한 빛이 감돌았다.

"이거 야단났데이. 나도 전 어촌계장 오 씨에게 삼천만 원 투자했다 아임니꺼. 오 씨가 면허를 얻은 양식장은 바로 어촌계의 공동양식장 옆잉기라요. 김 전무, 니시무라 상에게 빨리 전화하이소, 적조 이야기는 빼고 킬로그람 당 여덟, 아홉 마리보다 작은 열두 마리 크기로 가격은 십오 프로 낮추어 오퍼를 내보이소. 그리고 미리 말해두지만 수매 가격은 삼십 프로쯤 깎는기라요. 이럴 때 돈 벌어야지요."

천생 장사꾼일 수밖에 없는 박 사장의 말에 대꾸할 기분이 아니어서 수웅은 묵묵히 일본으로 전화를 넣었다. 니시무라와의 상담결과는 대체로 낙관적이었다. 현장에서 직접 채취하여 킬로그람 당 몇 마리인지를 확인해서 연락해주면 일본 어시장의 가격을 알아본 후에 선적 여부 및 물량을 결정키로 합의했다. 수웅은 미리 수도의 강진규에게 전화를 걸어 견본채취를 의뢰하고 최 과장과 함께 수도로 향했다.

차 속에서 최 과장이 넌지시 알려준 바에 의하면 박 사장과 오 씨의 사이는 생각보다 밀착된 관계였다. 오 씨가 어촌계장으로 있을 당시 금양수산을 통해 활피조개를 판매하면서 헐값으로 오파를 내고, 실제 수출시세와의 차액을 둘이서 반분했다는 것이었다. 오 씨는 아이들의 교육 때문이라는 이유를 들어 부산에다 집까지 마련하고 부인과 아이들은 부산에서 생활케 했으며 자신은 수도에 거주지를 정해놓고 부산을 오르내렸다.

오 씨가 어촌계장 직을 내놓은 것도 어촌계 공동명의로 받아내야 할 공유수면의 양식면허를 그의 명의로 받아냄으로써 계원들의 반발을 산 때문이었다. 그 후 각자 개인면허를 따기 위해 일부 계원들이 서로 앞다투어 도청 수산과 출입이 잦아지면서 계원 간의 우의에 금이 가고 반목이 생기기 시작한 모양이었다. 마침 고향에 돌아온 강진규를 중심으로 한 젊은이들이 앞장서서 벌어진 틈을 메꾸는, 일련의 작업을 벌이고 있는 중이었다. 강진규는 수산전문대학 양식과를 나온 젊은이로 졸업을 하자 아내 고향으로 돌아와 양식사업과 어촌계의 부흥에 정열을 쏟고 있는 참이었다.

웅천에서 수도까지는 뱃길로 15분 거리였다. 수도는 새마을사업의 흔적인 듯 어설프게 개량된 주택이 150여 호 남짓 선착장 앞을 중심으로 옹기종기 모여 있는, 별다른 특색은 찾아볼 수 없는 작은 섬이었다. 강진규는 이미 양식장에서 채취한 활피조개 견본을 선착장 옆에 매어놓은 바지선 위에 풀어놓고 기다리고 있었다.

"몇 군데서 채취한 것입니꺼?"

최 과장이 양식장 전체에서 고르게 채취했는지를 알아보려는 의도로 강진규에게 물었다.

"다섯 군데서 캐냈습니다. 별로 들쑥날쑥한 게 없이 다마가 고른 편인기라에. 이 고비만 넘긴다면…."

강진규는 애석하다는 표정으로 말끝을 흐렸다. 그러다가 수웅과 눈이 마주치자 씨익 웃었다. 그동안 지켜본 느낌으로 퍽 대범한 성격인 것 같았다. 최 과장이 저울로 달아 수량을 헤아렸다. 서너 차례를 되풀이했지만 결과는 수출규격에 못미치는, 킬로그램 당 평균 13개 정도였다.

"강 계장님, 예상 물량은 얼마나 보십니까?"

작업일수를 가늠하기 위해 묻는 수웅의 말에 강진규는 막힘없이 대답했다.

"약 삼백 톤쯤 예상합니다. 하루에 채취할 수 있는 물량은 십 톤 정도라에. 계산상으로는 한 달 작업 분입니더만도 적조가 번지기 전에 채취를 끝내야 하므로 계원들과 그 가족들까지 동원한다면 하루 십오 톤까지는 캐낼 수 있습니다."

수웅은 그가 질문의 의도까지 파악하여 답변하는 데 호감이 갔다.

"그러나 수출규격 미달품을, 그것도 매일 십오 톤씩 선적하게 되면 일본 어시장 시세가 폭락할 우려가 있어 바람직스럽지 않은데요."

"실은 계원들 간에도 지금 채취하자는 의견과 적조가 이곳까지 번

진다는 확신도 없으니 성패가 될 때까지 기다려보자는 의견으로 갈라져 있심니더. 그래서 오늘밤 전체회의를 열어 결론을 내리기로 했다 아임니꺼."

"그럼 월요일 아침에 그 결과를 회사로 알려주십시오."

"전무님, 모처럼 어려븐 걸음하셨는데에, 오늘밤은 저희 집에서 주무시고 내일 떠나시면 어떻겠습니꺼? 내일은 일요일이라 일도 없을 끼고 오늘밤 회의에 좋은 조언도 해주시고예."

수웅은 마을 전체회의에 흥미를 느끼기도 해서 강진규의 제안을 받아들이기로 하고 최 과장을 돌려보냈다.

"무리가 되지 않는다면 적조현장을 볼 수 없을까요?"

"어차피 회의시간까지는 별반 할 일도 없심니더. 안내해드리지예."

조그마한 발동선을 어촌계장이 직접 몰아 작은 섬 사이사이를 빠져나가며 가덕도로 향했다. 장마 끝물의 바다는 온통 부연 게 청동색과는 거리가 멀었다. 가덕도를 눈앞에 둔 적조현장은 마치 간장을 물에 풀어놓은 것 같은 색깔로 기름이 물 위에서 번지듯 서서히 퍼져가는 것을 눈으로도 확인할 수 있을 정도였다. 수웅은 양식장으로 조여들어가는 적조를 바라보며 동조 아니면 침묵이 횡행하던, 어두웠던 한 시대의 냄새를 맡는 기분에 잠겨들었다.

회의가 시작되자 강진규는 지금 활피조개를 채취할 수밖에 없는 상황을 또박또박 밝히고 토론에 붙였다. 두 시간 가까이에 이르도록 중구난방식으로 행해진 토론은 쉽게 결론을 내리지 못했다. 계원들

각자 하고 싶은 말을 다 하도록 지켜보고 있던 강진규는 얼추 이야기가 다 나왔다고 여기자 여러 의견을 두 갈래로 요약해 투표에 부쳤다. 결과는 그의 의도대로, 삼 분의 이 가량의 찬성을 얻어 바로 채취에 들어간다는 결론이 나왔다.

"강 계장님, 수산청이나 수산진흥원에서는 적조발생에 대해 아무런 대응책도 마련해주지 않습니까?"

평상 위에 앉아 소주잔을 기울이면서 강진규와 이런저런 이야기를 나누던 수웅은 당국의 태만으로 피해를 입는 어민들을 생각하자 분노가 일었다.

"당국의 발표가 있을 때는 이미 적조가 양식장을 덮치고 난 다음인 경우가 한두 해가 아니라예. 사실상 적조를 막을 방법도 딱히 없능기라요. 그래서 저희 어촌계에서는 지난해부터 적조 발생시기인 장마 끝물에 가덕도와 진해만 쪽을 자체적으로 감시했다 아임니꺼. 작년에는 적조 다발지역을 십 일 단위로 조사해 적조의 흐름을 미리 알아냈지예. 다행히도 비켜가는 바람에 서둘러 채취하지 않아도 돼서 예상보다 높은 수익을 올렸능기라요. 그러나 이번 가덕도 쪽에서 발생한 적조는 조류의 흐름으로 봐서 수도 쪽으로 번져올 게 확실합니더."

"부끄러운 질문입니다만 적조가 발생하는 원인은 무엇 때문입니까?"

"근년 들어 남해안 일대에서 해마다 발생되는 적조는 주로 장마 때 낙동강 하류에서 흘러드는 폐수와 마산 창원공단에서 흘러나오는 공업용 폐수가 결정적 요인으로 작용하는 듯합니다."

"당국에선 그에 따른 방비책을 세우지 않습니까?"

"아까도 말씀드렸습니다만도 사후약방문식으로 적조발생 경보만 내릴 뿐이지 결국은 어민 스스로가 대책을 강구할 수밖에 없습니다. 오죽하면 어민들 사이에 나라에서 하라는 것의 반대로 해야 살 수 있다는 우스갯소리가 진담처럼 나겠습니꺼?"

말을 마친 강진규는 마시다 둔 소주잔을 비우고 옆의 총무에게 건네며 진해만 일대의 각 어촌계에 적조발생 현황을 유선으로 알려주자고 했다. 지난해에는 미처 그 생각을 못해 당국의 발표가 있을 때까지 무방비 상태로 있다가 피해를 본 어촌계만도 대여섯 군데에 이르렀다는 것이었다. 당분간 적조현상에 대해 입을 다물어달라던 박 사장의 부탁을 염두에도 두지 않는 태도였다. 수웅은 이 사실을 박 사장에게는 모르는 것으로 해두기로 마음먹었다. 또한 박 사장의 지시인 수매가격을 30%가량 깎으라던 말도 묵살해버리기로 했다. 만약 박 사장이 뭐라고 한다면 그가 맡은 첫 작업이니 수도 쪽에 줄 이미지를 고려해달라고 사정해볼 생각이었다.

수웅은 취기를 앞세워 강진규의 심중을 슬쩍 떠보았다. 적조발생을 각 어촌계에 알리면 조기채취가 동시에 이루어져 물량이 늘어날 것이고, 그러면 일본에서의 경매가격이 하락할 테고, 그 여파로 수출단가 역시 떨어지게 될 테니 당국의 발표가 있을 때까지 잠자코 있는 게 수도 어촌계로서는 유리하지 않느냐는 요지의 물음이었다.

"안됩니다. 한 바다에 목을 맨 한솥밥을 먹는 식구나 다름없다 아입니꺼. 우리만 살기 위해 우리의 이익만을 생각해 다른 사람 피해를 모른 체할 순 업심니더."

강진규는 정색을 하고 더불어 사는 삶을 강조했다. 그리고 이어서 진해만 일대 어촌계와 공동으로 적조대책위원회를 구성하고 수산대 교수의 협조를 받아 적조의 발생원인을 과학적으로 규명하는 일을 서두르겠다고 했다. 그런 다음에 적조발생의 방지책과 아울러 보상대책을 위해 수산청과의 접촉을 시도하겠다고 힘주어 말했다. 그는 가슴을 치는 뭉클함으로 강진규가 권하는 술잔을 마다하지 않고 기분 좋게 받아 마셨다. 출감 후 처음으로 취하도록 마신 술이었다.

그는 수도에서 돌아온 즉시 니시무라에게 견본채취 검사결과를 알리고 밀고 당기는 교섭 끝에 하루 20톤의 물량인수를 어거지로 받아냈다. 박 사장이 공동으로 투자한 오 씨의 양식장에서도 조기채취할 게 뻔했으므로 그 물량까지 소화하자면 하루 20톤의 선적을 해야할 터였다. 채취작업과 선적이 시작되면서 다른 곳에서도 조기채취를 서두르는 바람에 물량이 몰려 당초 예상했던 가격보다 15% 정도 하락한 값으로 팔려갔다. 그 때문에 계원들의 비난으로 강진규는 궁지에 몰릴 뻔했으나 채취가 끝날 무렵 적조가 수도의 양식장을 관통해 우도 쪽으로 번져가자 더 이상의 말썽은 생기지 않았다.

3시 30분임을 확인하고 수웅은 다시 수도로 전화를 넣었다.

"강 계장님, 어제는 정말 고마웠습니다. 하도 급해서 무리인 줄 알면서도 부탁드렸습니다."

"무슨 말씀잉교? 늘 전무님께 신세지고 있는데 그 정도야 당연한 기지요."

 한겨울에 600깡통의 활피조개를 구한다는 것은 보통 어려운 일이 아님에도 불구하고 강진규는 생색을 내기는커녕 담담하게 받아주었다. 눈앞에 선한 그의 표표로운 표정을 떠올리며 수웅은 난감한 기분으로 대금결제 건을 꺼냈다.

 "어제 보내주신 피조개 대금은 죄송하지만 화요일에 송금해드리겠습니다."

 "금양수산의 자금사정이 요즘 들어 안 좋다는 소문은 들어서 알고 있습니더. 화요일엔 꼭 보내주시겠지에?"

 "염치없습니다만 월요일 삼백 깡통만 추가로 부탁드립니다. 대금은 화요일에 한꺼번에 보내드리겠습니더."

 "월요일 아침 일찍 최 과장님을 보내시지에. 아, 참! 내일이 일요일이니 수도에 놀러오이소. 가덕도 대구가 제철이거든예. 대구매운탕에 소주나 한잔하입시더. 그라고 세상 돌아가는 이야기나 들려주시고예."

 가고 싶은 생각이 없지 않았으나 며칠 남지 않은 결행에 앞서 쉬는 날을 이용해 신변정리를 해두어야 할 필요가 있어 선뜻 대답할 수 없었다. 강진규는 그의 망설임을 꿰뚫어본 듯 느물거렸다.

 "전무님이 내일 안 오시면 월요일에 피조개는 구해드릴 수 없는데예."

 뒤이어 터뜨리는 강진규의 웃음소리를 들으며 그는 잠시 생각했다. 다음 주말이면 이 땅을 영영 떠난다는 데 생각이 미치자 마지막으로 강진규를 만나보고 싶은 충동이 일었다. 그는 마음을 정하고 내일 1시경에 수도에서 만나기로 약속한 뒤 수화기를 내려놓았다.

수웅은 망연히 앉아 있었다. 지금은 기다리는 일만 남아 있었다. 요란하게 울리는 전화 벨소리에 그는 화들짝 놀라며 수화기를 들었다.

"접니다. 아직 사무실에 계셨군요. 월요일에는 틀림없이 손에 들어올 겁니다. 월요일 저녁 여덟 시경 남항에서 뵙도록 하지요."

요점만을 간단하게 전하는 이 부장에게 그도 짤막하게 대꾸하고 전화를 끊었다. 막상 바라던 것이 곧 손에 들어온다는 말을 듣고 나자 누군가 갑자기 나타나 자신을 낚아챌 것 같은 두려움에 그는 움찔 몸을 떨었다.

여전히 바다울음 소리가 들려왔다. 가슴을 짓누르는 압박감과 함께 어깨 통증이 한결 심해졌다. 곧 폭풍이 불어닥칠 조짐이었다.

바다를 향하고 서 있는 이 부장의 몸은 딱딱하게 경직되어 있었다. 상대의 긴장을 풀어줄 만큼 수웅도 마음이 넉넉지 못했다. 다만 이 부장의 입이 열리기만을 묵묵히 기다릴 뿐이었다. 냉동운반선이 출항하고 난 남항은 파장 뒤의 시장처럼 을씨년스러움 위에 어둠만이 깃들고 있었다. 이 부장은 바다를 응시한 자세를 허물지 않은 채 입만 달싹거렸다.

"선원수첩 입수가 하루 늦어지겠는데요. 일이 그렇게 됐습니다."

"혹 차질이 생긴 건 아닙니까?"

그 역시 이 부장 곁에 나란히 서서 바다 쪽에 둔 시선을 거두지 않은 채 나직하게 응수했다. 짐작할 수 없는 이 부장의 속내를 알기 위해 필사적으로 뻗어가는 신경줄이 팽팽하게 당겨지는 게 뚜렷하게 느껴졌다.

"아닙니다. 일이란 하다보면 하루 이틀쯤 차질이 있게 마련이니까요. 우선 말씀드렸던 경비의 절반은 미리 준비했다가 선원수첩을 받는 즉시 주시기 바랍니다. 나머지는 하선하실 때 기관장에게 건네주면 됩니다. 배는 오는 금요일 출항하는 현해1호로 알고 계십시오. 그리고 이번 일은 선장과 기관장, 나 이렇게 세 사람이 관련되었습니다. 어련히 잘 아시겠지만 그 외엔 일체…, 그럼 내일 다시 연락드리지요."

말을 마친 이 부장은 고개를 돌려 그를 한번 힐끗 돌아본 뒤 걸음을 떼어놓았다. 평소의 그답지 않게 희미한 불빛에도 알아차릴 수 있을 정도로 질린 표정으로 보아 이 부장 역시 불안해하는 눈치였다. 이 부장이 그토록 동요하는 까닭을 짐작할 수 없었다. 수웅은 그가 자신을 속이고 있지 않나 하는 생각까지 들었다. 이 부장이 마음을 바꾸어 밀고라도 해버리는 날에는 모든 것이 허사로 돌아간다는 의구심이 일자 불안으로 더욱 조여드는 느낌이었다. 수웅은 얼른 그의 뒤를 따라갔다.

"이 부장님, 고맙습니다. 약속한 금액은 차질이 없도록 준비하지요. 헌데 차는 두고 오셨습니까?"

"아, 네. 요즘은 하도 술 마실 일이 잦아서요."

"그럼 집까지 제가 모셔다드리지요."

그는 충무동 로터리까지만 부탁하는 이 부장을 차에 태우고 남항을 빠져나왔다. 어둠이 짙게 깔린 겨울 부두에는 황량할 정도로 사람의 모습은 눈에 띄지 않았다.

부산에 내려온 지 일 년쯤 지나고 나서 수웅은 그 계획을 실행에 옮기기 위해 우선 선원수첩을 구하는 경로를 조심스럽게 수소문했다.

오랜 궁리 끝에 업무를 통한 연고를 이용하면 무난히 위조 선원수첩을 구하리라는 판단이 내려졌기 때문이었다. 그는 가장 손쉽게 접촉할 수 있는 하역회사와 선박회사의 실무자들과 가까워지도록 노력했다.

거래처이던 기존 하역회사의 실수를 빌미삼아 그는 하역업무 일체를 제일하역으로 바꿨다. 중소업체인 제일하역으로서는 한 무역회사의 하역업무 일체를 따내는 것보다 더 큰 실적은 없었다. 제일하역의 김 과장은 그가 걱정을 안 해도 될 만큼 금양수산의 하역업무를 완벽하게 처리해냈다. 수웅은 일 주일에 세 번쯤 선적현황을 살피기 위해 남항을 출입했다. 김 과장과 자연스러운 인간관계를 맺고 수시로 이야기를 나눌 수 있는 기회를 만들기 위해서이기도 했다. 따라서 선적이 끝나면 그 자리에서 김 과장을 끌고 남포동 술집으로 향하는 경우도 잦아졌다.

"김 과장, 요즘도 일본으로 밀항하는 사람이 있는 모양이죠? 조간신문에 제주도가 출항지인 활선어운반선에서 해경에 의해 적발된 밀항자 얘기가 났더군요."

마침 조간신문에 난 기사거리를 빌미로 그는 짐짓 지나가는 말처럼 김 과장의 반응을 떠보았다.

"예. 가끔 그런 말들이 들리데에. 그러나 예전처럼 살기 어려워 친척을 찾아가는 밀항자는 거의 없다카데에. 요새 밀항하려는 사람은 거의 범법자들이 많을기라요."

별다른 기색 없이 김 과장은 자신이 알고 있는 정도를 술자리 객담처럼 주절거렸다. 수웅 역시 건성인 것처럼 맞장구를 쳤다.

"범법자들이라면 경비가 만만치 않겠는데요. 그래서 주선해주는 사람도 있을 거구요. 그래 얼마나 든답니까?"

"주로 밀항은 상선을 이용하는데 한번에 한 사람밖에 태우지 않는다카데에. 그래서 경비도 비싸겠지에. 그 대신 일본 도착까지 책임진다 아입니까. 듣기로는 한 팔백에서 천이 요즘 시세라카던가?"

"범법자들의 도피치고는 싼 대가군요."

예상보다는 싸다는 느낌은 솔직한 것이었다. 아버지로부터 생활비에 보태라고 보내온 돈과 지금까지 모은 돈으로도 충분히 감당할 수 있는 액수라고 생각하자 마음이 한결 놓였다.

"위조 선원수첩을 만드는 브로커와 배의 선장, 기관장이 그렇게 세 사람이 결탁해서 일을 처리하기 때문에 성공률은 거의 백 프로라카데에. 허지만 외항선 선원들은 대부분 돈이 되는 제품 한두 가지를 갖고 들어와 내다팔기 때문에 용돈은 궁하지 않을기라요. 그래서 요즘은 웬만해서 밀항에 손을 안 댈락 한다는 소문도 있는기라에."

그는 김 과장의 말을 들으면서 선적의뢰차 두서너 번 회사로 찾아왔던 현해선박의 이 부장을 떠올렸다. 성수기에는 매일 20톤 내외의 수산물을 수출하는 금양수산의 물량이 이 부장으로서는 탐이 나지 않을 리 없었다.

"전량 저희 선박에 선적을 맡겨주시죠. 사례로 해상운임의 일 프로를 리베이트로 드리겠습니다."

사무실을 한 바퀴 둘러본 뒤 그의 옆으로 바싹 다가앉으며 의미심장한 웃음을 지어보이던 이 부장의 얼굴이 크게 고개를 끄덕이는 것 같았다. 그 후로 이 부장은 서너 차례나 더 찾아왔지만 그는 짐짓 무관심한 반응을 보였다. 당장이라도 이 부장을 끌어들이고 싶었지만 만전을 기하기 위해서는 시간을 두고 이 부장의 됨됨이를 관찰할 필요가 있었다. 만약 계획이 실패로 돌아갈 때의 상황이란 생각만 해도 끔찍한 결과를 가져올 게 뻔했다. 포기했는지 이 부장의 발길이 끊긴 지 1개월쯤 지났을 때 그는 이 부장을 불러 앞으로의 수출물량의 전부를 현해선박에 선적하겠다고 통보했다.

그 후 정확히 1개월이 지나자 이 부장으로부터 퇴근 후에 술이나 한잔하자는 연락이 왔다. 그는 이 부장의 만나자는 목적이 무엇인가를 짐작할 수 있었다. 약속장소인 '라메르'에 들어서자 이 부장은 이미 마담으로 보이는 여자와 마주앉아 술잔을 기울이고 있었다. 첫눈에도 두 사람의 관계가 단순한 술집 마담과 손님 사이로는 보이지 않았다.

"현 마담, 인사드리지. 내가 신세지고 있는 금양수산의 김 전무님이셔."

앉은 채로 이 부장이 마담을 소개했다. 몸에 꽉 끼는 긴 드레스를 입은 마담은 서른을 약간 넘긴 듯한 육감적인 몸매의 여자였다. 몸매에 비해 작고 갸름한 얼굴에 화장기가 없는 것이 유흥가 여자에게서 흔히 풍기게 마련인 퇴폐적인 분위기를 덜어주었다. 무엇보다도 흰색으로 꾸며진 실내가 매우 밝은 것이 마음에 들었다.

"이 부장님을 통해 말씀 많이 들었어요. 앞으로 종종 들러주세요."

느낌과는 달리 교태스런 데라곤 없는 마담이 자리를 비켜주자 이 부장은 흰 봉투를 꺼내 그에게 내밀었다.

"술을 들기 전에 용건부터 말씀드리죠. 이건 약속했던 지난 달치입니다."

삼십대 중반에 항상 깔끔한 차림, 부인과 두 아들을 두고 남천동의 고급 아파트에다 자가용까지 굴리는 씀씀이, 술집 마담과의 은밀한 관계. 그는 사전에 이미 알아둔 이 부장의 주변을 떠올렸다. 중소 선박회사의 부장으로서는 아무리 좋게 보아도 분에 넘치는 생활이었다. 그러자면 가욋돈이 필요할 것은 당연했다.

"이 부장님, 이건 제가 받은 걸로 해두고 도로 넣으시지요. 제가 그걸 바라고 현해선박으로 선적물량을 돌려드린 게 아닙니다. 이 부장님의 열성에 제가 진 셈이죠."

그는 되려 일 주일에 한 번꼴로 이 부장을 불러내어 술을 샀다. 뿐만 아니라 이 상무에게 특별히 부탁해 동양물산 경유 수산물 수출물량까지 현해선박에 선적하도록 연결해주었다. 처음에는 그의 의중을 몰라 미심쩍은 태도를 보이던 이 부장은 무슨 생각에서였는지 그의 선심을 흔쾌히 받아들였다. 간혹 의미심장한 말을 넌지시 건네며 무슨 일이든지 하겠다는 뜻을 비추기도 했다. 그때마다 그는 적당히 얼버무렸다.

"김 전무님 정말 고맙습니다. 이 신세를 어떻게 갚지요?"

"뭘요. 언젠가는 제가 이 부장님께 도움을 받을 일이 생길지 누가 압니까? 사람 사는 일이란 언제 무슨 일을 당할지 모르니까요. 이렇게 서로 돕고 사는 것이지요."

"전무님은 서울서 혼자 내려오셨다구요? 여간 불편하지 않겠습니다."

"서울서도 마찬가지였죠. 제 가족은 모두 일본에 있습니다."

"어쩐지, 전무님과 처음 만났을 때부터 그런 느낌을 받았습니다. 'ㄴ'과 'ㅇ'의 발음이 어색해 혹 교포가 아닌가 하구요."

3개월쯤 지나 어느 정도 이 부장이 발뺌을 하지 못할 거라고 여겨질 무렵 그는 이 부장에게 단도직입적으로 부딪쳐보기로 했다.

"어려운 부탁이 있습니다만, 이건 꼭 들어주서야겠습니다."

"제가 할 수 있는 일이라면 얼마든지 해드려야지요."

충분히 각오하고 있었다는 듯 이 부장의 대답은 막힘이 없었다. 까닭 없는 선심을 베풀 리 없다는, 먹이사슬의 교묘한 얽힘 정도는 잘 알고 있다는 듯한 표정이었다.

"드러내놓고 이야기하기가 뭣합니다만, 선원수첩을 하나 만들 수 없을까요?"

이 부장의 얼굴에 담박 경계의 빛이 떠올랐다. 업무적인 편의라면 모를까 미처 거기까지는 생각이 미치지 못한 눈치였다. 한동안 침묵을 지키던 그는 어차피 말을 꺼냈으니 들어나보자는 투로 반문했다.

"밀항을 주선해달라는 이야기군요. 배를 탈 사람은 어떤 분입니까?"

"저와 아주 가까운 사람입니다. 그런데 그 친구의 경우 신원조회에 문제가 있어 여권발급이 안 됩니다. 파렴치범이나 살인범 따위와는 좀 다른 문제가 있어서죠. 한마디로 말해서 밀항할 수 있는 루트와 안전한 방법을 주선해주셨으면 해서요."

"…."

"정 어려우시면 이 이야기는 없던 것으로 하지요."

그는 되도록 덤덤한 표정으로 말했다. 그러나 마음 한구석에는 확신 비슷한 것이 자리하고 있었다. 이미 던져진 미끼를 삼킨 이상 쉽게 뱉어내지는 못하리라는 생각이었다. 이 부장은 여전히 입을 다문 채 생각에 빠져 있었고, 그는 초조한 마음을 애써 누르며 조용히 지켜보았다. 이 부장이 손익계산을 끝낼 수 있는 충분한 시간을 주자고 수없이 되풀이하면서.

"김 전무님께서 모처럼 한 부탁이니 제가 알아보고 연락드리지요."

기다리는 이 부장으로부터의 전화는 좀처럼 걸려오지 않았다. 수웅은 잘못 짚은 게 아닌가 하는 걱정이 앞섰다. 이쪽에서 먼저 전화를 걸어볼까도 생각해보았으나 너무 성급하게 나가면 발목이 잡힐 것 같은 생각이 들어 좀 더 기다려보기로 했다. 하지만 초조한 마음으로 기다린다는 것이 그렇게 시간을 더디게 할 수 없었다. 그로부터

2주일 후 '라메르'에서 만나자는 이 부장의 전화가 걸려왔다.

"비용은 팔백을 준비하십시오. 선원수첩에 붙일 반명함판 사진 두 장을 착수금과 함께 먼저 건네주셔야 합니다."

"착수금은 지금 드리겠습니다. 사진은 며칠 내로 준비하도록 하지요."

이 부장의 연락을 받고 그는 미리 현찰로 200만 원을 준비했다. 그것을 이 부장이 유용하고 난 뒤에 밀항의 당사자가 자신임을 밝힐 생각이었다.

주말에 사진을 받아본 이 부장은 믿어지지 않는다는 표정으로 말을 잇지 못하고 그저 그를 쳐다보기만 했다. 자의든 타의든 이미 위험한 일에 깊숙이 관여한 이 부장에게 도리를 지키는 마음으로 저간의 내력을 간단하게 들려주었다. 또한 그것은 이 부장의 인간성에 호소하는 뜻이기도 했다.

"놀라운 일이군요. 그러나 이제 와서 뒤로 물러설 수도 없는 일 아닙니까. 이왕 일이 이렇게 됐으니 잘되기를 바라야지요."

충무동 로터리에 이 부장을 내려준 그는 다시 길을 되짚어 송도 입구에 있는 아파트 쪽으로 차머리를 돌렸다. 맞벌이를 하는 젊은 주인 내외는 밖에서 만나 외식이라도 하는지 집은 텅 비어 있었다. 그는 영도 쪽으로 나 있는 그의 방으로 들어갔다. 창문 가득 들어오는 영도 섬은 여전히 어둠 속에 버티고 서서 밖으로의 통로를 막고 있었다. 방파제 바깥 외항 쪽에는 거대한 상선 서너 척이 선등을 환히 밝힌 채 밀려드는 파도로 옆질에 시달리는 게 보였다.

가끔 넋을 잃고 외항 쪽을 바라보곤 하던 일도 앞으로는 없으리라. 주인에게는 목요일까지 방을 비우겠노라고 이미 말을 건네놓았다. 그는 방 3개짜리 아파트 중 2평 남짓한 방 한 칸을 일 년 남짓 월세로 얻어쓰고 있는 처지였다. 그래도 출감 후 반 년 이상 거처해본 곳이라고는 이곳밖에 없었다. 어디를 가나 2,3개월을 채우지 못하고 옮겨야만 했다. 부산에 내려와 처음 방을 얻은 하단에서는 1개월을 넘기지 못하고 쫓겨나다시피 했다.

"괴정파출소에서 선생님 소재 파악차 다녀갔심니더."

선적확인을 끝내고 늦은 시간에 돌아가자 그때까지 자지 않고 기다리고 있던 주인이 굳은 얼굴로 그를 맞았다. 그와 연배가 엇비슷한 40대 초반으로 세관에 근무하는 깐깐한 인상의 사내였다. 매일 아침 일찍 일어나 조깅을 하고, 마당과 대문 앞을 쓸며, 출퇴근 시간도 정확하여 자로 잰 듯한 융통성이라곤 없는 사내였다. 그런 만큼 검소한 생활이기도 했다.

"파출소에서 무슨 일로 저를?"

"김 선생, 시치미떼깁니까? 소재 파악을 아무나 하겠능교?"

주인의 냉소어린 표정에 그는 아차 싶었다. 보안감시 대상자로서 거주지를 옮기면 관할 파출소에 의무적으로 신고하게 되어 있는 것을 깜박 잊고 있었던 것이다.

"난 공무원이고, 이런 일로 우리 집이 감시대상이 된다는 것은 있을 수 없는 일이라예. 열흘 정도 말미를 드릴 테니 그 안에 방을 비워주이소."

주인은 해명할 기회조차 주지 않고 냉정하게 잘라버렸다. 이미 주인은 파출소에서 나온 순경을 통해 그의 신원에 대해 들었을 터였다. 다시 어딘가에 거처를 정해야 한다는 막막함에 누구에게랄 것도 없는 분노가 스멀스멀 되살아나면서 그는 다시 한번 절망의 늪을 들여다보는 듯했다.

거처를 송도로 옮기면서 그는 이미 관할 파출소를 찾아가 신고를 하고 다시는 경찰이 집으로 찾아오는 일이 없도록 손을 썼다. 그리고 그 뒤로도 한 달에 한번꼴로 파출소에 들러 야식대나 하라며 봉투를 들이미는 일을 잊지 않았다. 출감은 했다지만 언제든지 필요할 때 잡아챌 수 있도록 꼬리표의 한쪽을 쥐고 있는, 보이지 않는 적에 대한 적개심은 그대로 두고 비굴한 얼굴로 생활의 편리를 택하는 삶의 지혜라고나 할까. 결국 출감이란 일시적인 착각이었다. 그는 여전히 울타리가 눈에 보이지 않는 거대한 감옥에 갇혀 있는 형국임을 되씹었다.

코트도 입지 않은 채 2시간 가까이 바닷바람을 쐰 탓인지 코가 맹맹해지면서 뼈마디가 쑤시기 시작했다. 몸살을 앓을 조짐이었다. 내일의 바쁜 하루를 넘기려면 해열진통제라도 한두 알 삼켜야 할 판이었다.

주인 내외가 언제 돌아왔는지 부엌과 욕실 쪽에서 물 쏟아지는 소리가 쏴 하고 들려왔다. 어둠 속에서 그는 순간적으로 몸을 부르르 떨었다.

"아직도 실토를 않는군."

순식간에 발길질이 날아왔다.

"이 새끼! 진짜 고문 맛을 봐야겠구만."

그는 두 팔을 등 뒤로 모은 채 포승줄에 단단히 묶였다. 한 사내가 벽에 세워둔 빈 막대를 그의 등과 팔 사이에 끼워넣은 다음, 욕실로 끌고 가 머리를 물이 가득 찬 욕조 속으로 굽히게 하고는 둘이서 각각 막대 끝을 잡고 머리를 눌러댔다. 그는 의식이 몽롱해지고 숨이 콱콱 막혀오자 있는 힘을 다해 몸부림쳤다. 간신히 머리를 쳐들고는 콧속으로 들어간 물을 토해냈다.

"제발, 살려주십시오."

"바른 대로 부시지."

"갔다온 일이 없는데 그렇다고 말할 수야 없지 않습니까?"

"이 새끼! 어디다 대고 큰소리야?"

다시 욕조 속으로 머리를 눌러대자 정신이 가물가물해지는 것을 이겨내려고 그는 이를 악물었다. 왜 내게 이런 일이 일어났는가를, 그는 지금 자신이 어떻게 대응해야 할 것인가를, 그리고 결국은 그들이 원하는 대로 당할 수밖에 없으리라는 것을 깨달았다. 여러 차례의 조서꾸미기가 이어졌다가 다시 고문이 시작되고, 그런 후면 다시 조서꾸미기가 이어졌다. 두 사내는 구타와 갖가지 고문을 자행하면서도 표정 하나 흔들리는 법이 없었다. 피의자에게 일방적인 시인만을 강요했다. 인간의 육체에서 가장 예민한 곳, 고문으로 최대 효과를 얻을 수 있는 곳을 너무도 잘 알고 있는 그들은 피의자의 정신적 육체적 저항력에 따라 가혹행위의 강도를 조절하는 명수들이었다.

밤새 바닷바람이 사납게 유리창 문을 흔들어대 덜컹거렸다. 이중창인데도 틈새를 비집고 들어온 바람은 얇은 커튼 자락을 너울거리게 해서 그의 잠자리를 어지럽혔다. 깊은 밤에 혼자 깨어 있다보면 그는 때때로 착각에 빠질 때가 많았다. 두 평이 조금 넘는 방은 어느새 촘촘한 창살로 막힌 감방이 되어 있었고, 어두침침한 복도 양편으로 끝없이 이어지는, 한 평도 채 안 되는 독방들 중 한 곳에 갇혀 숨막히는 답답증과 씨름하느라 진땀을 흘리고 있는 것이었다. 30촉의 백열등이 밤새 켜져 있는 곳, 시간의 흐름이라곤 아예 정지된 듯한 곳, 어둠만이 영원히 계속되는 곳, 그 속에서의 나날은 헤어날 길 없는 기나긴 악몽처럼 춥고 음습한 길을 끝없이 걸어가는 듯한 고역이었다.

모든 것은 재빨리 잊혀지고 덧없이 흘러갔다. 10년째 되던 해, 그는 교도소 측으로부터 전향을 하도록 종용받았다. 그러나 그에게는 애초부터 전향을 해야 할 만한 사상이 없었다. 누군가가 파놓은 함정에 빠졌을 뿐이었다. 물론 전향을 권유받은 것은 그 혼자만이 아니었다. 회사 연수차 일본에 갔다가 조총련계 친척과 접촉을 한 것 때문에 간첩으로 기소되어 10년 형을 받은 젊은이도 있었고, 재일교포로 유학생간첩사건에 연루되어 15년 형을 받은 중년의 사나이도 있었다.

그들은 한결같이 전향을 거부했다. 그것은 굳은 신념에 따른 의지와의 투쟁이었다. 생명을 걸고 지켜야 할 신념 때문에 그 대가를 치를 뿐이었다. 끝까지 신념을 지키고자 하는 그들의 의지를 보며 되려 수웅은 절망을 느꼈다. 수웅은 그들과 입장이 다른 처지임을 스스로에게 타일렀다. 그에게는 지켜야 할 신념도, 전향을 할 만한 사상도 없었다.

그는 지금까지의 삶에 일말의 회의를 느꼈지만 그것도 잠시뿐, 그들과는 같을 수 없음을 되씹었다. 그는 교도소 측의 요구대로 전향서에 날인을 하고 자신과 세상을 격리시켜놓고 있는 창살을 벗어났다. 그때는 그 감옥에서 해방되었다고 믿었다. 그러나 1년 반이 지난 지금도 끊임없이 지켜보고 누군가의 감시 속에서 벗어나지 못하고 있기는 마찬가지였다. 그는 밤마다 자신을 옭아매는 포승줄이 여전하다는 자학 속에서 어둠과 맞서야 했다.

이제 그는 주말쯤이면 이 거대한 감옥으로부터 탈출하여 가족에게로 돌아가 있을 것이었다. 자신을 옭아매고 있는 포승줄을 끊고 보상받을 길 없는 10년 동안의 상처를 치료하는 길이란 그 방법밖에 없었다.

어둠은 모든 부질없는 것들을 싸안고 상처를 어루만지며 밑으로 밑으로 가라앉았다. 배가 파도에 밀려 기우뚱거릴 때마다 수웅은 양미간을 좁히며 눈을 감고 얼굴을 찌푸렸다. 그가 엎드려 있는 곳은 기관장실 침대 밑인 듯했다. 몇 시간을 그런 자세로 숨어 있었는지 가늠이 되질 않았다. 선적이 끝난 듯 선장의 출항명령이 내렸다. 현해1호는 고동소리를, 처음 두 번은 짧게, 그 다음 한 번은 길게 울린 뒤 부두로 떨어져 나갔다. 외항을 향해 뱃머리를 완전히 돌렸다고 느끼는 순간, 언제 나타났는지 아주 가까운 거리에서 해양 경비정의 경적소리가 울렸다. 그것이 계속 이어지면서 순식간에 경비정은 현해1호로 다가들었다. 다음 순간 선상 스피커를 통해 현해1호에게 정지명령이 내려졌다. 그는 본능적으로 숨는 자가 취하는 자세로 몸을 웅크렸다. 경비정이 현해1호 옆으로 바짝 다가들면서 '쿵' 하고 부딪히는 둔탁한 소리가 들렸다. 해경대원 서너 명이 현해1호로 옮겨 타는 것 같았다. 상황이 긴박하게 돌아가는 것을 느낄 수 있었다.

"대관절 무슨 일입니까?"

다급해진 선장의 목소리가 들렸다.

"이 배에 밀항자가 타고 있다는 제보가 들어왔소."

그들의 수색은 끈질기고 집요했다. 수웅은 제보자가 누구일까를 생각해보았지만 뇌리에 떠오르는 얼굴은 이 부장인지 박 사장인지 분간이 되지 않았다. 수색의 손길이 기관장실까지 미치자 그는 날카로운 수색의 눈빛에서 벗어나기 위해 안간힘을 다해 몸을 오그렸지만 자신의 의지와는 반대로 몸이 고무풍선처럼 부풀어오르는 것 같았다. 아! 끝내 잡히고 마는구나, 신음을 토하며 소리 지르려 해도 입이 좀처럼 열리지가 않았다. 수웅은 목을 움켜잡으며 소리를 지르려다 눈을 떴다. 식은땀이 온몸을 적시고 있었다. 그는 불길한 예감에 시달리며 오랫동안 잠들지 못하고 뒤척거렸다.

남항 방파제 안쪽에 매인 현해1호는 새벽의 미명 속에 잠들어 있었다. 선창가는 텅 빈 채였다. 사람의 그림자는 물론 움직이는 것이라곤 아무것도 보이지 않았다. 저쪽 철망 너머로 건너다보이는 새벽 경매가 한창일 수산센터 쪽만이 환한 불빛 속에 싸여 있었다. 기온이 가장 낮은 새벽 탓인지 양말을 껴 신었는데도 발가락들이 벌써 시려 왔다. 수웅은 냉기를 털어버리듯 한 차례 몸을 부르르 떤 뒤 현해1호 쪽으로 조심스럽게 다가갔다.

겨우내 부두를 떠나지 않던 높새바람은 오늘 따라 얌전해 오랜만에 바다도 잔잔했다. 이런 날씨라면 조용한 항해가 보장될 것 같았다. 하지만 바다에서는 잔잔한 파도의 보장이란 터무니없는 기대일 뿐, 언제 변덕을 부릴지 모를 일이었다. 정박 중인 여러 척의 배들이 완만하게 밀려드는 물결에 밀리며 옅은 잠속에 빠져 있었다. 그러나 그것들은 날이 밝기가 무섭게 기지개를 켜고 깨어나 출항 준비를 서두른 뒤 망망한 바다로 나아가리라. 삶과 죽음, 기쁨과 슬픔, 희망과 절망, 자유와 고독이 뒤엉키는 곳, 바로 바다 사나이들의 애증이 끈끈하게 얽혀 있는 생활의 터전으로 항해의 닻을 올릴 것이었다.

그는 먼저 가방을 갑판 위로 올려놓았다. 그러고는 다시 한 번 텅 빈 광장을 훑어보았다. 자신을 노려보고 있는 시선이 금방이라도 달려들 것 같은 두려움이 어깨를 짓눌렀다. 어깻죽지가 오그라드는 듯한 통증은 느낌뿐이었던가, 움직이는 것이라곤 아무것도 없었다. 그는 잠시 망설였다. 지금이라도 생각만 바꿔 포기한다면 가슴이 터져 나갈 것 같은 두려움은 사라질 터였다. 그러나 일단 배에 오르고 나면 되돌이킬 수 없다는 것은 자명했다. 그는 뒤늦은 의식의 파행 속에서 갈피를 잡기 위해 정신을 가다듬었다. 이때를 위해 얼마나 인고의 나날을 보냈던가.

　희망이라곤 아무것도 없는 곳, 케케묵은 때로 얼룩진 곳, 함성과 욕설과 갖가지 불만만이 가득 찬 곳. 이제 이 항구 도시와도 결별을 고해야 할 시간이었다. 하지만 그가 가고자 하는 곳 또한 희망이 있을까. 망설임 때문에 발목이 잡힌다면 그처럼 우스운 일도 없을 것이었다. 그는 길게 숨을 들이마셨다가 내뿜은 뒤 결연한 몸짓으로 배 위로 올라섰다.

　이 부장의 설명대로 조타실로 올라가는 입구를 지나 기관장실 앞에 섰다. 그리고 문을 세 번 두드렸다. 안에서는 아무런 기척이 없었다. 다시 노크를 해야 할지 망설이던 그는 다시 손을 들어 문으로 가져갔다. 그때 안에서 부스럭대는 소리가 들렸다. 선잠에서 깬 듯 기관장이 알아들을 수 없는 소리를 웅얼거리며 문을 열어주었다. 그리고는 말없이 그를 안으로 끌어당겼다. 안은 어두워서 아무것도 보이지 않았다. 불이 켜지자 바로 눈앞에 수염투성이의 얼굴이 보였다. 선적 때 가끔 본, 안면이 익은 얼굴에 수웅은 한결 마음이 놓였.

　"배의 구조에 대해 설명을 들으셨소?"

　"도면으로 대충은 익혔습니다만…."

　"일본에 도착할 때까지 식당 옆 세면대 밑에 들어가 있어야 합니다. 우선 위치부터 확인해둡시다. 가방을 들고 따라오십시오."

　기관장은 선실 문을 열고 배의 후미로 그를 안내했다. 그리고 세면대 밑으로 허리를 구부리고 판자를 떼어낸 뒤 회중전등으로 그 안을 비췄다. 겨우 어른 한 사람이 쭈그리고 앉을 만한 공간이 불빛에 드러났다. 너무 비좁아 드러누울 생각은 아예 할 수 없을 정도였다. 10년 동안이나 갇혔던 독방보다 훨씬 협소했다. 24시간 이상을 그 속에서 견뎌야 할 생각을 하자 기가 막히다 못해 처량한 생각마저 들었다. 제한된 공간과 어둠 속에서 죽은 듯 쪼그리고 앉아 있다가 견디지 못하고 발작을 일으켜 고함을 지르며 뛰쳐나갈 것 같은 환상에 사로잡혔다.

하지만 마지막 인내심을 발휘해야 할 때였다. 그는 들고 온 가방을 그 속으로 밀어넣었다. 기관장은 떼어냈던 판자를 그에게 보라는 듯 다시 제자리에 붙였다. 감쪽같았다. 그런 곳에 비창고가 있으리라고는 세관검사원들도 생각지 못할 것이었다. 귀항 때 숨겨들어온 밀수품이 발각되는 것은 거개가 내부 밀고자 때문이라던 이 부장의 말이 생각났다. 내부자의 제보 없이 비창고를 찾아내기 어렵다던 말이 실감으로 와닿았다.

"선원들은 모두 하선하고 지금은 나 혼자올씨다. 그들이 승선하는 아홉 시까지는 이 속에 들어가 있지 않아도 되겠습니다만 만에 하나 잘못되는 날에는 도로아미타불이 되고 말지요."

"그럼 지금부터 들어가 있지요."

"이 부장께서 준비하라는 나머지는 지참하셨겠지요?"

나머지란 경비 중의 잔금을 의미했다. 그는 말없이 두어 번 고개를 끄덕인 뒤 가방을 가리켜 보였다. 지난 화요일 이 부장은 퇴근 후에 역시 '라메르'로 그를 불러냈다. 선원수첩이 손에 들어왔다며 마지막으로 술 한잔하자는 것이었다. 결행의 날이 다가올수록 누군가 지켜보고 있다는 느낌에 초조해하던 참이라 그는 사람이 많은 곳은 곤란하지 않느냐는 말로 다른 곳으로 옮겼으면 하는 뜻을 비쳤다.

"김 전무님께서는 생각보다 소심하시군요."

그의 불안한 심중 따윈 가볍게 받아넘긴 이 부장은 '라메르'에 앉아서도 태연히 행동했다. 전날까지의 긴장된 모습과는 아주 대조적인 몸짓이었다. 주위를 조금도 의식하지 않은 채 그에게 일러줄 사항들과 준비물을 평상시와 다름없는 어조로 늘어놓은 뒤 안주머니에서 꺼낸 선원수첩을 아무렇지도 않게 탁자 위로 건네주었다. 뛰는 가슴을 억누르며 재빨리 받아든 선원수첩을 안주머니에 찔러넣은 그가 조심스럽게 내미는, 약속한 돈이 든 누런 서류봉투를 받아들고도 왼쪽 팔꿈치께에 밀어놓은 채 술잔을 들이키는 대담성을 보였다.

"준비하실 것을 대강 말씀드리죠. 우선 하선 후에 쓸 비용으로 일본 돈을 여유 있게 준비해놓으셔야 할 겁니다. 다음은 승선해서 하선할 때까지 약 서른 시간을 버텨내야 하므로 요기할 수 있는 것과 음료수를 약간 준비하셔야 합니다. 마지막으로 추위를 견디려면 두꺼운 내의와 파카를 꼭 입도록 하십시오."

"알겠습니다. 이만 일어서시죠."

불안한 마음에 누군가에게 낚아채일 것 같아 한시바삐 자리를 뜨고 싶었다. 빨리 그 자리에서 벗어나고 싶어하는 그를 이 부장은 자꾸만 붙잡아 앉히며 술잔을 안겨주었다.

"이것으로 마지막이 될지도 모르는 판에 벌써 일어나다니요. 아니 틀림없이 김 전무님과는 마지막입니다. 그러니 이대로 헤어질 수야 없지 않습니까?"

"…."

"김 전무님께 좋은 분을 소개시켜드릴까 생각하고 있던 참에 그런 제의를 받아 처음엔 거절하려 했었지요. 하지만 곰곰이 생각해보면 김 전무님도 희생자라는 생각이 들더라구요. 그래서 제 치부를 내보이면서까지 도와드릴 생각을 했지요. 김 전무님과 같은 분은 이곳을 떠나는 것만이 구원이지요. 저는 정치나 사상 따윈 전혀 관심이 없습니다. 하지만 이 시대야말로 돈을 버는 데는 그만이지요. 내겐 그것이 중요합니다."

항상 단정한 몸가짐과 절도 있는 처신을 하던 이 부장은 많은 술을 마시지 않았는데도 자세가 흐트러지며 말이 길어졌다. 그렇다고 목소리를 낮춘 것도 아니었다. 극도의 불안감에 잠긴 수웅은 결국 나중에는 기진맥진하고 말았다.

"다른 준비물도 다 챙기셨겠지요?"

기관장이 물었다.

"이 부장님 지시대로 준비는 했습니다."

"물론 선원수첩도 가지고 계시겠지요?"

그는 파카의 지퍼를 내려 안쪽 주머니에 찔러넣은 선원수첩을 꺼내려하자 기관장은 손을 내저어 만류했다.

"하선 시의 주의사항을 말씀드리지요. 오늘 밤 출항하면 내일 아침 여섯 시쯤에는 시모노세키에 입항할 겁니다. 아홉 시에 세관검사를 마치고 하역이 끝나면 우리 선원들을 잠시 하선시킬 겁니다. 선생님 선원수첩은 제 것과 똑같이 되어 있습니다. 물론 붙여진 사진만 다를 뿐이죠. 그러니까 하선하실 때 멈칫거리지 말고 의연하게 배에서 내리십시오. 보세구역을 벗어날 때까지는 절대로 서두르거나 당황해하면 안 됩니다. 그 다음은 선생님께서 요령껏 하시면 됩니다. 다만 시모노세키에서 오래 머물지 않는 게 좋을 겁니다. 저희는 오후 늦게 부산으로 회항합니다. 신고된 선원 수에 하자가 없기 때문에 출항검사에 걸릴 일이 없는 셈이죠. 여하튼 저 속에서 서른 시간 남짓 참아야 합니다."

기관장이 판자를 뜯어내자 그는 세면대 밑으로 기어들기 위해 허리를 구부렸다. 막 발을 들여놓으려 할 때 기관장이 잠시 그를 붙들었다.

"제가 중요한 걸 잊고 있었군요. 용변은 이 플라스틱 통에 받아주시기 바랍니다."

기관장이 건네주는 통은 한쪽 귀퉁이에 병마개와 같은 뚜껑이 달린 화공약품 용기로 10리터는 족히 들어갈 크기였다. 그는 그 통을 먼저 밀어넣고 세면대 밑으로 기어들어갔다. 기관장이 판자를 제자리에 맞춰 끼었다. 그는 감방 철문이 닫히는 듯한 착각 속에 빠졌다. 그것도 잠시였다. 기관장의 거침없는 못질이 마치 자신의 몸을 향해 내리쳐지는 것 같아 고통스러웠다. 게다가 시야마저도 식별할 수 없는, 심해와도 같은 어둠으로 가득 채워졌다. 못질을 끝낸 기관장의 마지막 당부가 그를 현실 속으로 끌어내었다.

"세면장으로 선원들이 접근할 때는 소리를 내지 않도록 조심하십시오."

　바닥은 기름때와 소금물에 절어 끈적끈적했다. 더께처럼 낀 역겨운 기름냄새가 눅눅하게 코끝을 파고들면서 왈칵 멀미기를 치밀게 했다. 그는 눈을 감고 잠시 호흡을 멈추었다. 메스꺼운 속이 가라앉자 길게 숨을 내쉰 뒤 이리저리 몸을 움직여봤다. 문 쪽으로 앉으면 웅크려야 했지만 옆으로 몸을 돌리자 두 다리를 쭉 뻗을 수는 없어도 어느 정도 자유롭게 움직일 만한 여유가 생겼다. 그는 가방과 플라스틱 통을 발치께로 옮겼다.

　기온은 계속 내려가는지 냉기가 뼛속으로 파고들었다. 시속 17노트의 속도로 파도를 가르며 8시간 이상을 항해할 낡은 냉동운반선에서 온몸을 얼려버릴 것처럼 달려드는 추위를 견뎌내기란 쉽지 않을 터였다. 하지만 그의 지난 10년은 다른 선택의 여지가 없는 겨울만이 존재했었다. 항상 추위 속에서 몸을 웅크린 자세로 살아온 세월이었다. 이 고통이 그때보다 더하랴 싶은 생각이 약간의 위안이 되었다. 그는 마치 생애의 마지막 추위와 싸우기라도 하겠다는 듯 두 겹의 내의도 모자라 냉동실을 드나드는 인부들이나 입는, 모자까지 달린 파카를 껴입고 있었다. 옷깃 사이로 파고드는 추위를 떨치듯 옷깃을 여미고 그는 눈을 감았다.

　이제 막 시작인데도 오랜 시간을 갇혀 있었던 듯한 느낌으로 온몸이 옥죄어들었다. 그는 지난 밤을 여관에서 꼬박 새운 채였지만 졸리지는 않았다. 선원들이 승선할 때까지 억지로라도 잠을 자두는 게 좋을 듯했다. 선원들이 승선을 마치고 출항을 하기까지, 좀처럼 흐르지 않는 고통스런 시간이 그의 앞에 기다랗게 놓여 있었다.

 지척에서 들려온 뱃고동 소리에 그는 흠칫 놀라 눈을 떴다. 틈새로 스며드는 가녀린 빛으로 보아 날이 밝은 듯했다. 그는 희미한 빛에 의지해 시계를 들여다보았다. 8시를 갓 넘어선 시각으로 보아 1시간 반 남짓 잠이 들었던 모양이었다. 이미 선원들이 승선했는지 쿵쾅거리는 소리가 간혹 들렸다. 이제부터 출항할 때까지 약 12시간 동안이 가장 조심해야 할 시간대였다. 발각되는 날에는 새로운 세계로의 이행은 무산되고 말 터였다. 그는 조심스럽게 자세를 가다듬었다. 너무 웅크리고 선잠을 잔 탓인지 삭신이 쑤셔왔다.

 그는 발치에 있는 가방을 끌어당겼다. 미리 진통제라도 삼켜두어야만 괴롭고 지리한 시간을 견뎌낼 수 있을 것 같았다. 가방 속을 뒤져 빵과 음료수를 꺼낸 뒤 입맛이라고는 없었지만 억지로 빵 한 개를 먹었다. 그리고 진통제 두 알을 종이팩에 담긴 음료수로 삼켰다. 요의를 느낀 그는 플라스틱통 마개를 열고 앉은 자세로 소변을 보았다. 엊저녁부터 먹은 것이라곤 거의 없는 탓인지 생각보다 조금밖에 나오지 않았다. 마개를 막으려던 그는 온기와 함께 지릿하게 풍기는 냄새에 미간을 찌푸렸다. 그는 옹색한 공간에 새삼 진저리를 쳤다. 한때의 삶처럼 영락없이 우리에 갇힌 짐승 꼴이었다. 진득한 서러움 같은 것이 목울대를 치밀고 올라왔다.

 일체의 점검이 시작된 듯했다. 8시간이 넘게 항해하려면 철저한 점검은 당연했다. 만에 하나 엔진고장이라도 일으켜 표류하거나 파도에 휩쓸려 난파될지도 모를 일이었다. 그러는 날에는 항만청에 신고된 선원들만이 수색대상이 될 뿐 자신은 흔적도 없이 사라지리라는 생각에 그는 인생의 덧없음을 되씹었다. 간간이 진입해 들어와 하물을 부리고 떠나는 트럭의 엔진음이 들려왔다. 연신 짐을 실어나르는 하역인부들의 움직임에 따라 배는 쉴 새 없이 기우뚱거렸다. 활피조개를 담은 깡통들이 맞부딪치는 소리도 들렸다.

　지 과장이 은행에서 내고를 끝낼 쯤에 수웅은 새로운 수출금융 기채에 대한 사전 내락을 받아내기 위해 담당 차장을 찾아갔었다. 그는 반색하며 맞아주었다.

　"김 전무님, 실은 월말을 넘기면 어쩌나 하고 조마조마했습니다."

　연체금융을 상환하라고 다그칠 때의 냉담한 표정과는 영 딴판이었다. 그리고 수웅이 수출금융 기채 이야기를 꺼내기도 전에 한도가 남아 있으니 주초에 기채하라는 친절까지 보였다. 상황에 따라 사람 대하는 태도가 다를 수밖에 없는 중간관리자의 처세에 대꾸할 마음이 없어졌다. 오히려 일본의 거래 은행 앞으로 추심한 외국환어음이 지불거절로 되돌아올 때의 표정은 어떨까 하는데 생각이 미치자 저절로 쓴웃음이 나왔다. 하지만 지불거절이라는 사태로까지 일이 꼬여서는 안 될 일이었다. 두 차례의 국제전화로 니시무라에게 사정한 끝에 지불거절은 않겠다는 다짐을 가까스로 받아낼 수 있었다.

　통관지연으로 인한 활피조개의 폐사분은 로스율 허용치를 약간 웃돌았었다. 수웅은 기관고장을 내세워 현해선박과의 여러 차례 협상 끝에 같이 선적했던 타사분의 해상운임은 현해선박 측 부담으로 하고 폐사분 피조개 대금은 금양수산이 안는 조건으로 합의를 끌어냈다. 손해배상을 지불하기 위해 전표를 올리자 박 사장은 떨떠름한 표정으로 마지못한 듯 결재를 한 뒤 결재철을 책상 위에 내던지다시피 했다. 사표를 내기 전에 우여곡절을 겪기는 했지만 무난하게 마무리짓게 되어 내심 다행이라 여겼다. 그가 사직서를 내밀자 박 사장은 전혀 뜻밖이라는 표정을 지었다.

"그만두다니오. 무슨 말입니꺼? 인제부터 김 전무와 손잡고 사업다운 사업을 해볼 참인데."

설마 진정으로 하는 말이겠지 싶어 회유하려는 박 사장에게 그는 정중한 태도로 마지막 인사를 남기고 사무실을 나왔다.

사람들이 오르내리는 기척에 따라 배는 연신 기우뚱거렸다. 흔들의자 위에 앉혀진 채 누군가에 의해 마구 들까불러지는 형국이었다. 약을 복용한 탓인지 눈꺼풀이 무겁고 손발도 저리듯 나른하게 맥이 풀려왔다. 다시 든 잠 속에서 그는 아내와 딸의 얼굴을 쫓다가 놀라 깨어났다. 참으로 오랜만에 보는 얼굴들이었다. 수감생활 초기에는 번번이 떠올리던 그들을 언제부터 잊고 지냈는지 모를 일이었다. 어지러운 의식 속에서도 안타까움이 맴돌았다.

아내를 처음 만난 것은 아득한 세월 저쪽이었다. 대학졸업반이었던 그해 가을, 여권 신청에 필요한 서류를 떼러 거류민단 사무실에 갔다가 그곳 사무원으로 일하는 그녀를 알게 되었다. 잔약한 얼굴에 몹시 수줍음을 타는 그녀는 홀어머니 밑에서 남동생과 어렵게 사는 처지였다. 고졸 학력이라는 이유를 들어 가족들의 반대가 없었던 것은 아니지만 둘은 귀국에 앞서 서둘러 결혼했다. 그의 완강한 고집에 가장 반대하던 아버지가 어쩔 수 없다는 듯 허락을 해주었다.

그가 영주귀국을 한 지 1년 후에 갓난 딸애를 안고 아내도 고국 땅을 밟았다. 이질적인 생활습관과 언어에 서툰 그녀는 낯선 조국에서의 생활에 적응하기 위해 무척 애를 먹었지만 그의 연행으로 받은 충격을 이기지 못하고 쓰러지고 말았다. 북괴 노동당 대남사업총국의 지령을 받고 학생데모를 선동했으며, 학생과 지식인, 일반 대중을 포섭, 국가전복을 꾀해온 재일교포간첩단의 한 사람으로 기소되어 그가 수 차례의 공판을 받는 동안 임신 6개월이던 그녀는 유산으로 인한 심한 하혈 끝에 죽었다는 것을 면회가 허락되었을 때 아버지로부터 전해들었다.

"연리는 일본으로 데려다 네 어머니가 잘 키우고 있으니 안심하거라."

비애로 축축하게 젖어 있던 아버지의 음성이 귓가에 또렷하게 잡히는 듯했다. 이마며 목덜미의 주름살이 한층 깊어진 채 자식의 석방을 위해 엠네스티 등 각계에 탄원서를 내느라 지쳐보이던 아버지의 얼굴도 희미하게 떠올랐다. 그는 갑자기 마음이 조급해졌다. 한시라도 빨리 가족들에게 돌아가고 싶었다.

그러자 갑자기 눈시울이 뜨거워지면서 눈물이 주르륵 흘러내렸다. 그는 흐르는 눈물을 닦을 생각도 않은 채 소리 없이 울었다. 흐르는 눈물을 내버려둔 채 아직도 흘릴 눈물이 남아 있었나 하는 어이없는 생각을 하기도 했다. 거침없이 볼을 타고 흐르는 눈물은 수감생활이 길어지면서 메말라갔던 그의 가슴을 촉촉하게 적셨다. 보는 이도,

말릴 이도 없는 비좁은 공간 안에서 그는 마음놓고 소리 없는 통곡을 쏟아냈다. 그러고 나자 왠지 모르게 가슴이 뻥 뚫린 듯 후련해졌다.

정신을 가다듬고 나자 주위의 움직임에 신경이 쓰였다. 이미 날은 저문 듯 틈새로 스며들던 빛도 꼬리를 감추고 없었다. 남해안과 동해안 일대에서 포장된 수산물들이 일각을 다투어 내달려온 끝에 배에 실려질 시각이었다. 예정대로 출항한다면 앞으로 남은 시간은 2시간 남짓이었다.

선적이 일단락되었는지 기이할 정도로 배 안은 조용했다. 자신의 심장에서 울리는 박동소리와 숨소리까지 느껴지는 고요였다. 시간의 흐름이 정지된 듯한 어둠 속에서 청각만이 날카롭게 촉수를 세우고 있었다. 제한된 공간과 어둠 속에서 짐승처럼 웅크리고 앉아 있는 자신의 모습이 불현듯 눈앞으로 다가들었다. 충동적으로 일어난 거부감에 그는 자신의 처지를 잊고 벌떡 일어섰다. 아니 일어섰다고 느낀 순간에 그는 머리를 무엇엔가 호되게 받힌 충격으로 아찔했다. 그는 새삼스럽게 자신이 갇혀 있다는 것을 뼈저리게 느꼈다. 그것도 그가 스스로 원해서 갇힌 것이었다. 그 느낌이 강할수록 그의 가슴은 유폐감으로 더욱 짓눌렸다. 거의 숨을 쉬지 못하리라는 착각은 그를 질식 직전으로 이끌었다.

그는 좁디좁은, 어두운 쇠창살 안에서 나가려고 발버둥쳤던 바깥세계가 실상은 눈에 보이지 않는 감방이었다는 것을 알고 농락당했다는 배신감으로 치를 떨었던 근간의 2년을 되새겨보려 애썼다. 그러면서 스스로에게 주입시키듯 중얼거렸다. 냉정하게 대처해라. 이

고통은 잠시지만 영원히 얻을 수 있는 건 자유다. 언제까지 감시의 눈초리 속에 너를 맡겨놓을 테냐. 그 소리는 점점 큰 울림으로 다가들어 가슴 속의 유폐감을 몰아냈다. 감시와는 곧 결별이다. 그는 두려움에서 벗어나기 위해 위로하듯 자신에게 타일렀다. 그러나 도망자의 비겁함이 뇌리속에서 되살아나 내내 맴돌았다. 그는 가까스로 정신을 차리고 가방 속의 물병을 찾아들었다.

 해명을 들은 듯했다. 폭풍이 다가오고 있는지 오전에 비해 배의 옆질이 훨씬 심해졌다. 참으로 바다 날씨란 변덕이 심해 예측하기 힘들었다. 배가 접안된 쪽으로 기운 채 연신 큰 폭으로 기우뚱거림에 따라 그의 의식도 흔들리는 듯했다. 한 시간 후면 냉동운반선은 출항할 것이다. 수웅은 자꾸만 약해지려는 마음을 추슬렀다. 새삼 따지고 확인해서 얻어질 게 무엇인가. 조금만 견디면 지긋지긋한 올가미로부터 벗어날 수 있지 않는가. 그러나 한번 그를 사로잡은 흔들림은 쉽게 가라앉지 않았다. 미진하게 남아 다른 색깔의 소리로 그의 의식을 건드려댔다.

 밀항을 하는 것은 그들에게 패배를 시인하는 꼴밖에 되지 않는다는 생각이 머리를 내밀었다. 게다가 밀항이 성공한들 다 자유가 보장되는 것도 아니었다. 밀항에 성공한다 해도 영주권을 잃은 '조센징'에 불과한 그는 외국인등록증조차 없는 밀입국자로 숨어살아야 하는 신세일 게 뻔했다. 설령 자수해 인도주의에 호소한들 체류기한 연장을 수없이 되풀이해야 하는 수모를 겪을 것이었다. 보이지 않는 감시의 눈초리에 시달려야 하는 이 땅에서의 처지와 무엇이 다를 것인

가. 그는 둘로 나뉘어 치열하게 싸움을 벌이고 있는 두 소리, 서로 다른 색깔로 자신을 잡아끌려는 소리의 뒤엉킴으로 머릿속에 터져나갈 것 같았다. 거기에 또 뜻밖의 목소리가 가세했다.

"우리 문제는 시간이 걸려도 우리가 해결해야지예. 제가 왜 학교를 졸업하자마자 고향에 돌아왔겠능교? 갈수록 피폐해지는 어촌, 공해로 오염되어 썩어가는 고향을 모른 체할 수 있습니꺼. 사람에게 있어 고향은 뿌리라예. 그라고 문제는 극복하라고 있는 기라. 피한다고 언제까지 피해지겠능교?"

지난 일요일 수도에 갔다가 만난 강진규의 카랑카랑한 목소리였다. 술자리에서 현재의 어촌이 안고 있는 문제점들을 털어놓은 뒤에 강진규는 단호한 태도로 결론까지 내렸었다. 그는 그 말을 듣는 순간 가슴이 덜컥 내려앉는 듯했었다. 꼭 자신의 속내를 짚어내고 힐난하는 듯한 말이었기 때문이었다.

머릿속에 온통 뒤엉켜서 왕왕 울려대는 소리들로 그는 갈피를 잡을 수 없었다. 차라리 지금이라도 배가 출항을 해서 이 갈등으로부터 벗어나고 싶다는 생각뿐이었다. 또한 그가 갇힌 공간 속에서 벗어날 수 있는 기회란 언제까지 있는 게 아니라는 생각도 떨쳐버릴 수 없었다. 초조감 때문에 그의 입안은 바싹바싹 타들어갔다. 소변을 본 지 얼마 되지도 않았는데 다시 요의가 아랫배를 압박했다. 그는 소리라도 지르고 싶은 충동에 몸을 떨었다. 마침 배가 기우뚱거렸다. 엔진음이 들리기 시작하더니 둔중한 뱃고동 소리가 바로 머리 위에서 울렸다. 이윽고 출항 준비가 끝난 모양이었다.

그는 무엇에 쫓기는 사람처럼 다급해졌다. 어느 쪽이든 선택해야 할 마지막 기회였다. 늙은 아버지와 어머니의 애처로운 눈이, 딸애의 해맑은 얼굴이, 이 부장의 완강하던 눈빛이 두서없이 떠올랐다. 그들이 내뻗는 팔들 앞에서 어쩔 줄 몰라 당황해하는 그의 귓전에 다시 강진규의 절규가 파고들었다.

"이 땅은 우리들의 피와 살잉기라요. 어느 누가 자신의 피를, 살을 버릴 수 있능교? 우리가 지켜야지예."

수웅은 온몸이 팽팽하게 부풀어오르는 듯했다. 빠른 피돌기가 온몸을 훑어내렸다. 배의 꿈틀거림이 멎은, 잠깐의 고요마저 그 긴박함을 더해주고 있었다. 다시 배가 큰 폭으로 기우는 순간 칼날과도 같은 일침이 그의 뇌리를 스치고 지나갔다. 자신이 해야 할 일은 밀항이 아니라 이 땅에 올바르게 뿌리를 내리는 일이라는 깨우침이었다. 그래서 당당하게 일본의 가족을 찾아갈 수 있는 날을 열어나가야 할 것이었다.

가슴을 죄는 절박함에 저절로 주먹이 불끈 쥐어졌다. 그리고 판자문을 힘껏 올려쳤다. 한 번, 두 번, 세 번…, 그러나 막 되살아난 엔진음이 그 소리를 빼앗아가버렸다. 몸이 한쪽으로 쏠리면서 머리가 핑 돌았다. 현해1호가 접안된 부두로부터 파도에 밀리듯 떨어져 나가며 선수를 외항 쪽으로 돌리기 위해 선회를 했다. 원했던 방향으로 아무 탈 없이 배가 출항했음에도 그는 허둥댔다. 숨이 막힐 지경이었다. 갑작스럽게 멀미가 치밀어올랐다. 그는 아득해진 정신을 추스르기 위해 관자놀이께를 꾹 눌렀다. 서서히 정신이 맑아지면서 현해1호의 출항이 그에게 어떤 의미가 되는지를 문득 깨닫고는 전신의 힘이 와르르 무너져내렸다.
"안 돼!"
다급한 그의 외침은 후미진 비창고 안을 채웠을 뿐 항속을 올리기 위해 맹렬하게 돌아가는 엔진음에 묻혀 새어나갈 리 없었다. 수웅은 될 대로 되라는 체념으로 자신의 운명을 현해1호에 맡겨버렸다. 배는 이미 남항 방파제를 돌아 외항으로 빠져나왔는지 옆질이 갈수록 심해졌다. 그는 머릿속이 빙빙 돌아 제대로 눈을 뜰 수 없었다. 배가 솟구치는가 싶으면 이내 바다 밑으로 내려앉아 그의 속을 뒤집었다. 거센 파도와 바람이 항로를 가로막듯 배에 달려들어 놓아주지 않는 탓일 거였다.
배의 항해속도가 더디어지는 게 느껴졌다. 고물 냉동운반선은 변덕스럽고 음흉한 바다와 필사적인 대결을 벌이고 있었다. 사력을 다하는 현해1호의 저항에 그는 치미는 구토증을 참지 못하고 게워냈다. 플라스틱통 마개를 열 겨를도 없었다. 하루 종일 먹은 것이라곤 빵 한 조각이 전부라 끈끈하고 쓰디쓴 위액만 올라와 입안에 고였다. 아무리 겨울바다라지만 새벽녘에는 그토록 잔잔하던 바다가 하루를 넘기기도 전에 변덕을 부리리라고는 예상치 못했다. 잔잔하기를 바란 것은 한낱 기대였을 뿐 바다와의 싸움은 갈수록 치열해졌다. 이러다가는 배가 난파될지도 모른다는 생각이 들자 등줄기에 소름이 돋았다.
판자 틈새로 차디찬 바람이 거침없이 스며들어왔다. 기온도 계속

내려가는지 뼛속까지 얼어붙은 것 같은 냉기를 느꼈다. 추위 때문인지 두려움 때문인지 알 수 없는 떨림이 엄습했다. 배의 요동이 점점 심해졌다. 조그마한 공간에 갇힌 그의 몸은 배의 옆질에 따라 벽에 부딪는가 하면 위로 솟구쳤다가 내동댕이처지곤 했다. 더 이상의 생각이나 갈등으로 혼란스러워할 상황이 아니었다. 오직 이 곤경에서 벗어나야 한다는 의지만이 팽배했다.

그는 사력을 다해 밖의 동정에 귀 기울였다. 멈칫멈칫하며 힘겹게 돌아가던 엔진음이 더 이상 들려오지 않았다. 선장의 다그침과 선원들의 웅성거림만이 아득하게 들려왔다. 현해1호는 표류하고 있었다. 이곳에 갇혀 기다리다가는 끝장이라고 그는 단정을 내렸다. 절망감이 엄습했지만 그는 자신을 곧추세우기 위해 이를 악물었다. 이대로 죽을 수 없다는 생각이 그를 부추겼다. 그는 있는 힘을 다해 두 발로 판자문판을 겨냥하고 힘껏 올려쳤다.

얇은 판자가 부서지며 떨어져나가자 수웅은 가방을 끌어당겨 왼손에 단단히 쥐고는 밖으로 기어나왔다. 심한 배의 요동으로 바로 설 수가 없었다. 선체의 작은 창문을 통해 내다본 바깥은 말 그대로 광란의 바다였다. 험악한 발톱을 앞세우고 달려드는 파도가 눈앞을 가득 메웠다. 그는 가까스로 통로로 나와 난간을 붙잡아 몸을 괴이고 조타실로 엉금엉금 다가갔다. 조타실로 들어서는 수웅을 힐긋 쳐다본 선장은 놀라움으로 잡고 있던 조타기를 놓쳤다가 다시 잽싸게 잡아틀며 소리쳤다.

"선원들의 눈에 띄면 어떡하려고 여기까지 올라옵니까? 도루 내려가 지시가 있을 때까지 꼼짝 말고 그 안에 있으시오."

수웅은 선장의 제지에도 아랑곳않고 손잡이를 꼭 움켜쥐었다. 무선기에 매달려 있는 무선기사를 한번 돌아본 선장은 더 이상 그를 밀어내지 않았다. 조타기를 잡고 바다 쪽을 응시하던 선장이 기관실에다 대고 냅다 소리를 질렀다.

"기관장! 어디가 고장이오?"

선장의 이마는 땀으로 번들거렸다. 기관실에서는 아무런 응답도 없었다. 멈췄던 엔진음이 서너 차례의 용트림 끝에 다시 되살아났.

현해1호는 항로에서 멀리 벗어나 있었다. 쉴 새 없이 배를 삼키려 드는 파도와 선체를 날려버릴 것 같은 바람 앞에서 왜소한 냉동운반선은 몸부림을 쳤다. 파도에 떠밀리는 선체를 유지하며 전진하기 위해 안간힘을 다했다. 폭풍에 굴복하기를 거부하며 물러서지 않는 고물 냉동운반선의 놀라운 투지에 그는 생존에의 의지를 뚜렷하게 읽었다.

바다의 울부짖음에 실려오기라도 한 듯 무선기 신호음이 울렸다. 잔뜩 긴장한 자세로 귀를 기울이던 무선기사가 선장에게 다가서며 외쳤다.

"선장님, 폭풍경보 발효 중으로 회항하라는 명령입니다."

회항이라는 낱말에 수웅은 잠시 멍해졌다. 선장에게 보고를 하던 무선기사가 낯선 수웅을 발견하고 흠칫 놀랐지만 그는 그것에 정신을 팔 수 없었다. 결국 이렇게 일단락 지어지는구나 하는 생각과 함께 허탈감에 휩싸였다. 그러나 그것은 낭패감과는 다른 것이었다.

이렇게나마 된 게 다행이라는 안도감이 더 컸다. 그는 큰소리로 웃음을 터뜨렸다. 웃는 그의 얼굴에 눈물 한 줄기가 흘러내리고 있었다. 의아한 눈빛으로 쳐다보는 선장과 무선기사를 차례로 둘러보던 수웅은 웃음을 멈추고 나직이 중얼거렸다.

"연리야, 아빠와 함께 이 땅에 뿌리를 내려보도록 하자꾸나."

폭풍은 마지막 절정을 향해 치닫는 듯했고, 그에 따라 파도의 기승이 더 심해졌다. 바다와 하늘은 짙은 어둠에 묻혀 분간할 수 없었다. 파도만 연신 선수를 향해 덮쳐와 갑판 위가 바닷물로 흥건한 게 당장이라도 배가 침몰할 것 같았다. 선장은 뱃머리를 돌리려고 조타기에 매달려 덮쳐오는 파도와 바람에 맞서고 있었다.

현해1호의 선수를 돌려 바로 서는 순간 선체를 덮친 파도의 흩어지는 물보라 너머로 영도 섬을 알리는 등대불이 어렴풋이 보였다. 길잡이의 몫을 감내하느라 기다랗게 뻗치는 그 빛 또한 혼신의 힘을 다하고 있었다. 수웅은 늘 자신을 가로막고 있다고 여겼던 영도 섬이서 돌아오라며 두 팔을 벌리고 선 듯한 착각에 빠졌다.

새로운 발견이었다. 이 땅에 뿌리를 내리자고 작정하고나자 전혀 다른 느낌으로 와 닿은 영도 섬이 그토록 반가울 수 없었다. 다시 선체보다도 높은 파도가 오른쪽 갑판을 덮쳐오자 현해1호가 왼쪽으로 기우뚱했다. 좌현이 거의 물속으로 잠겨들었다. 몸이 쏠리지 않도록 손잡이를 꽉 붙잡는 순간, 가로막혔던 바다가 그의 망막 속에서 새롭게 열리고 있었다.

녹낭

녹낭

아버지는 보스턴백 하나만 달랑 들고 입국장을 빠져나왔다. 비행기가 도착한 지 삼십 분도 채 안 되어서였다. 낡은 점퍼를 걸친 입성에다 초췌한 얼굴을 대하자 선뜻 나서지지가 않았다. 아버지가 먼저 나를 알아보곤 다가왔다.

"나와줘서 고맙다."

아버지는 예사롭게 말했다. 나는 무례하다 싶게 대답도 않고 공항 청사를 나왔다. 찌푸렸던 하늘은 끝내 빗방울을 뿌려대고 있었다. 한라산도 낮게 드리워진 비구름에 갇혀 있었다. 비가 쉽게 그칠 것 같지가 않았다. 나는 주차장을 향해 앞장서서 걸었다. 아버지는 아무 말 없이 내 뒤를 따라왔다. 나는 차의 트렁크를 열고 아버지의 가방을 뺏다시피하여 집어놓곤 뒷좌석 문을 열어드렸다. 아버지가 뒷좌석에 타자 나는 운전석에 올라타곤 아버지를 어디로 모실 것인가 잠시 고민했다.

아버지는 내가 사범대 삼학년 때 귀국한 적이 있었다. 그리고 오늘 귀국이고 보면 실로 십사 년 만이었다. 많은 세월이 흐른 지금에도 나는 아버지를 선뜻 받아들일 수 없었다. 누이 또한 그랬다. 그래서 제주시내 집으로는 아버지를 모시고 싶지가 않았다. 어머니가 계신 고향집으로 모셔가기로 작정했다. 공항 주차장을 빠져나와 일주도로로 진입한 후 한림을 향해 달렸다. 도로엔 차가 드문드문 지나칠 뿐 별로 붐비지 않았다. 차의 속력을 올렸다.

백미러로 뒷좌석을 힐끗 돌아다보았다. 아버지는 바다 쪽으로 눈길을 주고 있었다. 어제 퇴근을 하고 막 저녁을 들려고 할 때 전화가 걸려왔다. 전화를 받은 아내는 미심쩍은 표정이 되어 송수화기를 내게 내밀었다. 나는 아내를 향해 누구냐는 투로 눈을 크게 키웠지만 그녀 역시 모르겠다는 투로 손사래를 쳤다. 송수화기를 받아들고 여보세요, 하고 묻자 느닷없이 애비다, 하고 중늙은이의 목쉰 소리가 들려왔다. 아버지라니, 나는 불시에 기습을 당하기라도 한 듯 놀랐다.

아버지는 내일 오사카발 대한항공 편으로 귀국하겠다며 공항으로 마중 나와주었으면 했다. 예고되었던 귀국을 알리듯 아버지의 목소리는 무덤덤했다. 나는 송수화기를 귀에 댄 채 한동안 아무 말도 하지 못했다. 그런데도 아버지는 마중 나오는 것으로 알고 이만 끊겠다고 말했다. 얼떨결에 나는 그만 공항에서 뵙겠습니다, 라고 말해버렸다. 전화를 끊고 나서야 비로소 마중할 수 없다고 단호하게 거절하지 못한 자신이 후회스러웠다.

아버지가 어떻게 집 전화번호를 알고 전화했는지가 비로소 궁금해졌다. 어머니, 설마 그럴 리가 없었다. 나는 바로 명월의 고향집 어머니에게 전화를 걸어 아버지가 귀국한다는 전화를 해왔다고 알렸다. 한데 어머니는 다 알고 있다는 듯 그래, 언제 귀국한다고 하든?

하고 물었다. 역시 짐작했던 대로 아버지에게 내 전화번호를 알려준 사람은 어머니였다. 부자지간은 천륜이 아니겠냐, 니가 받아들이라게. 어머니는 간절하게 말하곤 전화를 끊었다. 아버지를 대하는 어머니의 태도를 도시 이해할 수 없었다. 돌아가신 할머니의 당부 또한 그랬다. 운명하는 순간까지도 우리 남매와 아버지 사이를 걱정했던 할머니였다.

제주시를 벗어나 애월을 지날 때까지도 아버지는 여전히 바다 쪽을 바라보고 있었다. 강파른 몸에다 검버섯까지 피어 있는 얼굴은 느닷없이 연민을 자아내게 했다. 하지만 이내 떠오르는 기억들이 그런 감정을 밀어냈다.

이십여 년 전 일본으로 밀항하기 전의 아버지는 노름과 술에 절어 살았다. 아버지는 술만 마셨다 하면 살기를 눈에 번뜩이며 어머니와 우리 남매에게 손찌검을 일삼았다. 심할 때는 두억시니 같은 몰골로 도망다니는 우리를 칼로 찔러 죽인다고 마을 온 데를 헤집고 다녔다. 그런 날은 아버지가 제 풀에 지쳐 잠잠해질 때까지 이웃집에 숨어있어야 했다. 그래서 어머니는 정지에 있는 칼이란 칼을 아버지의 눈에 띄지 않게 숨겨놓곤 했다. 그런 아버지 앞에선 기가 센 할머니도 속수무책이었다. 하지만 아버지의 패악이 계속되자 끝내 우리 가족은 아무도 도망가지 않았고 저항하지도 않았다. 그것은 운명의 굴레였던 아버지 앞에서 취할 수 있었던 무방비하기만 한 대응이었다.

아버지는 가뜩이나 어머니를 의심의 눈으로 바라보았다.

"빨리 말해. 어떤 놈하고 눈이 맞았는지. 물질하러 간다고 해놓곤

외간놈하고 놀아났지."

　아버지는 막대를 들고 물질을 다녀온 어머니의 아래께를 향해 쿡쿡 쑤셔대며 닦달해대는 것도 부족해 태왁을 깨버리기까지 했다. 종국에 어머니는 아버지의 억센 손아귀에 잡혀 패대기쳐지곤 했다. 아버지는 온몸에 피멍이 들도록 매를 맞고도 이를 악문 채 소리조차 지르지 않는 어머니를 못견뎌했다. 녹낭(녹나무)집 아들이라는 수군거림에 시달리면서 자란 아버지는 술에 취하면 가족을 향해 횡포를 일삼았다. 그렇듯 아버지의 횡포는 나의 유년기 삶의 전부였다고 해도 지나친 말은 아니었다. 지나간 상처를 회상하다보면 그 느낌이 처음보다 훨씬 더 강해지게 마련이었다. 나도 모르게 그만 액셀러레이터에 올려놓은 발에 힘이 들어갔다. 차가 요동을 치며 달려나갔다. 빗물에 노면은 수막현상까지 일어났는지 차가 붕 뜨는 느낌마저 들었다.

　"천천히 가지 그러냐. 비도 오는데…."

　공항을 출발한 후 한마디 말이 없던 아버지가 불쑥 말했다. 그러나 나는 계속해서 차를 거칠게 몰았다. 차가 갑자기 오른쪽으로 기울면서 쿨렁댔다. 나는 어쩔 수 없이 차를 갓길에 세웠다. 차에서 내려 타이어부터 살펴보았다. 오른쪽 앞바퀴가 바람이 많이 빠져 있었다. 그대로 주행하기에는 아무래도 위험했다. 비를 맞으면서 타이어를 갈아 끼울 생각을 하니 난감하기만 했다. 트렁크에서 스페어타이어와 공구함을 꺼냈다. 아버지도 차에서 내렸다.

　"타이어 바람이 빠졌나보구나. 비가 오는데 우산은 없냐?"

나는 대답도 않고 잭을 작동시켜 차체를 들어올렸다. 아버지가 용케도 트렁크에 넣어둔 우산을 찾아내 내게 씌어주었다. 스패너로 나사못을 풀고 타이어를 빼냈다.

"이미 다 젖은걸요. 차 안에 들어가 계세요."

툭툭거리는 내 말을 아버지는 들은 척도 않고 내 움직임에 따라 우산을 받쳐주었다. 빗물이 아버지 머리 위에서 뚝뚝 떨어졌다.

"타이어가 다 닳았구나. 엔진 소리도 시원치 않고…."

아버지의 말을 나는 매몰차게 가로막았다.

"비 맞지 마시고 차 안에 들어가 계세요."

내가 언성을 높이자 아버지는 움찔하며 입을 다물었다. 나는 스페어타이어를 갈아끼우곤 나사못을 조이기 위해 발로 스패너를 힘껏 밟았다. 아버지는 까치발을 하고 팔을 한껏 위로 들어올려 우산을 받쳐드느라 애를 썼다.

"이제 다 끝났어요. 차에 타세요."

아버지는 차에 올라타선 손수건을 꺼내 젖은 머리와 얼굴을 닦다 말고 말했다.

"할머니 산소에 먼저 들렀다 갔으면 한다."

"이 빗속에요?"

나는 그만 언성을 높여 되묻고 말았다.

"비 좀 맞으면 어떠냐."

"날이 개이면 성묘하세요. 빌레못 근처라 집에서도 그리 멀지 않습니다."

빗속에 평상복 차림을 한 채로 할머니 산소를 찾아간다는 게 정말이지 마뜩잖았다.

"그래도 지금 들렀다 갔으면 한다."

나는 가타부타 대답도 않고 액셀러레이터를 밟았다. 차가 휘청 미끄러졌다가 이내 균형을 잡고 달렸다. 한림읍 내로 들어가는 사거리에서 신호를 받아 좌회전하여 빌레못으로 차를 몰았다. 십 분 남짓 구불구불한 언덕길로 차를 몰고 올라가자 빌레못이 나타났다. 이곳에서부터 할머니 산소까지는 차가 들어갈 수 없었다. 차에서 내렸다. 비가 잦아들기 시작했다.

"여기서부터 걸어들어가야 하거든요."

"트렁크를 좀 열어다오."

트렁크를 열어 드렸다. 나는 아버지가 가방에서 뭔가 꺼낼 게 있나 보다 생각했다. 한데 아버지는 가방을 꺼내 들곤 어서 가자는 눈짓을 내게 보냈다.

"산길 걷기도 불편하실 텐데 가방은 두고 가세요."

나는 언성을 높였다.

"어서 앞서거라."

아버지는 한마디만 하고는 먼저 발을 뗐다.

"가방을 이리 주세요."

"아니다. 내가 들고 가마."

나는 컨트리클럽 골프장과 그 너머 당오름 쪽을 향해 올라앉은 후미진 야산의 억새풀을 가르고 나아갔다. 금세 바짓단이 축축하게 젖어들면서 다리에 달라붙어 걷기가 여간 거북한 게 아니었다. 소나무와 관목이 진을 치고 있는 야산 군데군데에 묘가 비석을 앞세우고 억새풀 사이에 솟아 있었다. 아버지가 두어 번 미끄러지면서 엉덩방아를 찧었다. 이윽고 야산 중턱의 무성한 억새풀 사이에 수줍은 듯 숨어 있는 할머니 묘 앞에 당도했다.

아버지는 가방을 열어 정종 병을 꺼냈다. 그것을 할머니 묘 앞 상석에 놓곤 머뭇거릴 것도 없이 엎드렸다.

"어머니…."

아버지는 목이 메이는지 더는 말을 잇지 못했다. 그러기를 한참 지나서야 다시 말을 이었다.

"이 불효한 자식이 이제야 왔습니다. 용서해주십시오. 이젠 어머님이 부르기만 하면 언제든지 찾아뵙겠습니다."

이제 부르기만 하면 언제든지 찾아뵙겠다니. 아버지는 영영 귀향하겠다는 것인지. 할머니의 장례식에도 귀국하지 않았던 아버지였다. 아버지가 왜 고향에 눌러앉을 생각을 하게 되었는지, 그게 궁금했다.

아버지는 일어서서 묘에다 정종을 병째 들이부었다. 그리곤 눈물인지 빗물인지 모를 물기가 흠뻑 묻어 번질거리는 눈두덩을 손등으로 훔쳐냈다. 저 성정에 눈물이 있기나 한 건지, 나는 그만 혀를 찼다.

아버지는 술과 노름에 빠진 자들이 그렇듯 대대로 물려받은 집과 밭을 술과 노름판에서 날리고 어느 날 온다간다 말없이 사라져버렸다. 길가에 나앉게 된 우리 가족은 외가 쪽 친척집 바깥채에 들어가

살게 된 것만도 그나마 다행이었다. 나는 아버지가 집을 나가주었다는 것만으로도 살 것만 같았다. 생계는 태왁에 의지한 어머니의 숨비질과 소작농사에 기댈 수밖에 없었다.

아버지가 노름으로 날려버린 집은 넓은 마당을 사이에 두고 안채와 바깥채로 이루어져 있었다. 뒤란으로는 바투 바다가 보이고 앞으로는 저만치 한라산이 보였다. 안채의 마루는 무척 넓은데다 반질반질 윤기가 나서 놀러온 동네 아이들과 미끄럼타기 놀이를 하곤 했다.

종가였던 우리 집은 일 년 내내 제사가 없는 달이 없을 정도였다. 할머니와 어머니는 제삿날 일 주일 전부터 제수를 준비하느라 분주하게 움직였다. 제사 전날이 되면 친척 아주머니들까지 모여들어 제사 음식을 만드느라 법석을 떨었다. 동네 아이들도 놀러와서는 제사 음식을 훔쳐먹는 재미로 덩달아 좋아라 했다.

제삿날은 잔칫날 못지않게 떠들썩했다. 근동의 친척들이란 친척들이 모두 모여들었다. 그런 제사의 중심에서 늘 종손이었던 아버지는 비켜나 있었다. 자정 전에 치러지는 제사를 아이들은 기다리지 못해 잠들기 일쑤였다. 그래서 막상 제사 의례를 치르고 난 음식을 먹지 못하곤 했다. 제례가 끝나면 어른들은 안채에서 상을 받고 나머지 사람들은 바깥채에 자리잡아 상을 받았다. 제삿날만큼은 풍족하게 술과 음식이 돌아갔다.

초등학교 일학년 무렵의 증조할머니 제삿날이었지 싶다. 제사를 끝내고도 친척 어른들은 밤 늦도록 얘기를 나누었다. 자다깬 나는 오줌을 누기 위해 측간을 놔두고 뒤란으로 나갔다. 그런데 녹낭 밑에서 누군가가 담배를 피우고 있었다. 어둠속에서도 나는 금세 아버지임을 알았다. 나는 제삿날마다 녹낭 밑에서 서성거리는 아버지를 몇 번인가 본 적이 있었다. 제를 물리고 나서 윗어른들은 얘기에 한창인데 정작 장손인 아버지는 그 자리에 끼이기를 꺼리고 녹낭 밑으로만 나돌기 일쑤였다. 그 녹낭은 증조할아버지가 심었다고 했지만 말이 많았다. 녹낭 껍질을 깐 방에 죽어가는 사람을 뉘이고 군불을 때면 짙은 향기가 강심제 역할을 해주어 다시 되살아난다고 하는가 하면 그 짙은 향기가 귀신을 쫓아내버리기 때문에 제사를 모실 수 없다 하여 집 뜰에 심어서는 화를 부른다고도 했다.

나는 뒤란에 짙은 그림자를 드리우고 서 있는 녹낭이 으스스하게 느껴졌다. 그해 증조할아버지 제삿날을 사흘 앞두고 제수 준비에 바쁜 어머니를 술에 취한 아버지가 뒤란의 녹낭 아래로 끌어내선 횡포를 부리곤 어디론가 휑하니 나가버렸다. 그 광경을 일손을 거들어주러왔던 할머니의 동생인 이모할머니가 목격하곤 훌쩍이는 어머니의 등을 다독거려주며 고서방을 이해하라게, 하면서 들려주는 말을 나는 녹낭 가지를 스치는 바람 소리 속에서 엿듣고 말았다. 낮에는 군경토벌대와 서북청년단원이 마을 사람들을 닦달해대고 밤에는 산폭도가 설쳐대던 시절, 갓 시집온 할머니는 친정 오빠가 한라산으로 들어갔다는 소문에 살아도 산목숨이 아니었다. 그날도 물질로 고단했던 할머니는 일찍 잠자리에 들었지만 마음이 뒤숭숭해 잠들지 못하고 몸을 뒤척였다.

어업조합에 출근한 남편은 조합을 지키느라 집에 들어오지 못했다. 가물가물해지는 잠결에 함성이 들려왔다. 할머니는 자리에서 일어나 주뼛주뼛 정낭으로 다가가 고샅을 내다보았다. 경찰지서가 횃불과 죽창을 든 산폭도들에 의해 불질러지고 있었다. 다음날 서북청년단원을 앞세운 군경토벌대가 들이닥치자 산폭도들 속에 오빠가 끼어 있는 것을 본 마을 사람이 토벌대에 일러바쳤다. 그 사람은 평소에 친정집과는 원한 관계가 있지도 않았다. 그런데도 그가 일러바친 데는 살아남기 위해 어느 한쪽에 붙을 수밖에 없었기 때문이었다.

토벌작전이 시작되자 맨 먼저 친정아버지가 총탄에 맞아 쓰러졌다. 가뜩이나 서북청년단원들은 마을을 휩쓸고 다니며 온갖 행패를 부렸다. 몸의 위험을 느낀 할머니는 뒤란으로 피했다. 다가오는 발자국 소리에 더는 도망갈 생각을 못하고 녹낭과 돌담 사이에 쭈그리고 앉아 숨을 죽이고 있었다. 녹낭마저 숨을 죽인 듯 조용했다. 발자국 소리가 멈추었다. 숨이 넘어갈 것만 같았다. 등골에 맺힌 식은땀이 주르르 흘러내렸다.

빨갱이 애미나이, 도망가보시라요. 소리를 지른 청년은 할머니의 머리채를 한손으로 휘어잡고 또 한손으로 땡감물들인 갈중이를 벗기어냈다. 청년은 비리척지근한 웃음을 흘리곤 이내 바지를 내렸다. 몸을 뒤틀며 저항하던 할머니는 끝내 의식을 잃어버렸다. 널브러진 할머니를 이웃집 아주머니가 추슬러주었다. 가까스로 정신을 수습한 할머니는 나이 어린 여동생과 함께 친정 친척의 손을 빌려 아버지의 시신을 거적에 둘둘 말아 토벌대의 눈에 띄지 않게 동구 밖 구릉진 밭 귀퉁이에다 묻었다.

그 후 할아버지는 할머니의 배가 불러오자 그것을 빌미삼아 아예 작은 각시를 얻어 읍내에 따로 살림을 냈다. 할머니는 할아버지의 냉대에도 불구하고 사내아이를 낳았다. 할아버지는 태어난 아들의 얼굴을 한번 들여다보고는 휑하니 읍내로 돌아가버렸다. 그때는 집집마다 사람들이 죽어나가는 판국이라 사내아이의 출생에 대해 신경 쓸 겨를이 없었다. 그런데도 할머니는 우리 아들 지 아방 닮았수다, 누가 뭐라고 해도 지 아방 천생으로 빼다 박았수다, 하며 말 많은 아낙들의 입을 미리 막아버렸다. 그런 할머니의 야무진 입매가 주효했는지 사내아이는 제 아비의 아들로 인정받았다.

하지만 할아버지가 읍내에서 본가로 내려올 때마다 할머니와 티격태격 싸웠다. 할머니가 혼자서 놉을 사고 등이 휘도록 품앗이를 해서 지어놓은 곡식을 할아버지는 죄다 가져가려고 해서였다. 할머니는 한 치도 물러서지 않고 그것을 지켜냈다. 하지만 힘으로 밀리는 할머니는 할아버지에게 얻어맞기 일쑤였다. 취학 전의 아버지는 할아버지에게 우리 엄마 때리지 맙서, 하며 대들기까지 했다. 늘 아버지를 냉담한 얼굴로 무시하곤 했던 할아버지는 끝내는 서청놈의 새끼, 라고 뇌까리곤 휑하니 돌아서서 나가버렸다.

그런 할아버지가 한창 나이에 위암으로 운명했다. 그때 할아버지는 작은댁과 사이에 아들 하나를 생산하고 있었다. 할아버지의 장례가 끝나자 바로 종친회가 열렸다. 본가의 아들과 작은댁의 아들 중 누구를 장손으로 할 것인가를 결정하기 위해서였다. 본가의 아들이 장손이 되는 것이 당연한 이치인데도 작은댁 아들이 거론되는 것은 할머니가 낳은 아들에 대한 출생을 종친회 어른들이 의심하고 있는 거나 다름없었다. 그렇다고 자괴감에 빠져 쉽게 물러설 할머니가 아니었다. 친척 어른들은 조심스럽게 의논을 거듭했지만 쉽사리 결론을 내리지 못했다.

 종친회의 지지부진한 결착에 그만 울화통이 터진 할머니는 그들을 일일이 찾아다니며 다그쳤다. 하늘이 다 아는 일인데 해괴망측한 소리를 했다간 천벌을 받는다며 억척을 떨었다. 기어코 할머니는 당신의 아들을 종손의 자리에 앉히는 데 성공했다. 그런 일이 있고 나서 작은댁과 그 아들이 온다 간다 말없이 육지로 떠났다는 소문에도 불구하고 할머니는 아무런 반응도 보이지 않았다. 할머니는 아버지가 딴마음 먹지 못하게 고등학교를 졸업하던 해에 짝을 지어주었다.

 하지만 근동에서는 할머니처럼 토벌대에 욕을 본 여자가 한둘이 아니었다. 으레 그렇듯 자신의 상처를 감추기 위해 남의 상처를 덧내 이간하는 일이 종종 일어났다. 그들의 수군거림을 엿듣게 된 아버지는 자신의 출생을 의심하면서도 남의 말을 하기 좋아하는 사람들이 꾸며낸 얘기라고 믿고 싶었다. 아버지는 할머니에게 자신의 출생에 대해 물었지만 얼토당토않는 소리 말라며 외려 야단을 맞았다. 아버지는 끝내 할머니 앞에 칼을 들이대어 추궁하는 사달이 일어났다. 그러자 할머니는 아버지의 칼을 뺏어들곤 아들의 칼에 맞아 죽느니 내 손으로 죽고 말지, 하며 자신의 배를 찔렀다. 그나마 정지 칼이 무딘 덕에 생명에는 지장이 없었지만 제주시내 병원으로 실려가 한 달 가까이 병원 신세를 져야 했다.

그 후 할머니는 마을 사람들이 뭐라고 하거나 말거나 못들은 척해 버렸다. 그러나 어린 아버지는 달랐다. 아버지에겐 수군거림은 형벌처럼 견디기 어려운 것이었다. 끝내는 자신에게 가해지는 의구심을 어쩔 수 없는 것인 양 받아들이게 되었다. 그래서 아버지는 서청의 피가 흐르고 있다는 자괴감에 시달리며 감당키 어려운 모멸감을 늘 지니고 다녔다. 그 말을 다 듣고 말았을 때 나는 그만 진저리를 치고 말았다. 나는 마을 사람들이 우리 집을 녹낭집이라고 불렀고 할머니를 녹낭댁이라고 수군대는 연유를 어렴풋이 알 것 같았다.

돌이켜 생각해보니 아버지가 어렸을 때 당했던 냉대가 상상이 가고도 남았다.

바람이 세게 불어댔다. 억새풀이 계속 버석거렸다. 비구름 떼가 한라산 쪽으로 빠르게 이동해갔다. 비구름 떼에 가려 한라산은 여전히 보이지 않았다. 비가 멈췄다. 서쪽 바다 쪽 하늘 한 자락이 조금씩 트이기 시작했다. 저만치 빌레못 밑으로 함석지붕과 기와지붕을 이고 있는 스물댓 가옥들이 낮게 엎드려 있는 마을이 어슴푸레 모습을 드러냈다. 한기로 소름이 돋았다.

"그만 내려가자."

아버지와 나는 할머니 묘를 뒤로 하고 빌레못을 향해 내려갔다. 이번에는 내 구두코가 돌부리에 채여 휘청 넘어질 뻔했다. 차를 세워둔 곳까지 내려온 나는 신발을 탁탁 털어내곤 차에 올라 마을을 향해 출발했다.

아버지를 모시고 집으로 들어서자 어머니가 툇마루에 앉아 기다리고 있었다. 어머니는 마당으로 내려서선 아버지를 향해 머리를 숙였다.

"살아 있으낭 다시 봐졈수다예."

아버지의 뒷덜미가 움찔 떨리는 듯했다. 어머니는 오랫동안 참고 있었던 말을 이제야 했다는 듯 훅, 한숨을 내쉬었다. 어머니는 아버지에게 등을 돌리고 안방으로 들어갔다. 방 안으로 들어선 어머니는 어깨를 들썩이며 켜켜이 쌓인 서러움을 토해냈다. 오랜 세월 속에서 쌓인 앙금을 걷어내기라도 하듯 그런 울음이었다. 기어이 어머니는 당신의 가슴팍을 탁탁 쳐댔다. 평소에 감정을 좀처럼 흩뜨리는 법이 없는 어머니였다. 그런데 오늘만은 자제력을 잃고 있었다.

어머니의 울음이 서서히 잦아들었다. 담배 한 개비를 태운 아버지가 헛기침을 하곤 입을 뗐다.

"당신 볼 면목이 없소. 용서해주구료."

그렇게 말하는 아버지에겐 옛날의 광포했던 모습은 온데간데없고 정말이지 온화한 표정이 대신하고 있었다. 어머니는 아무 말도 않고 일어나서는 정지로 들어갔다.

저녁 식사 내내 밥상의 온기와는 달리 냉랭한 분위기만이 감돌았다. 저녁상을 물리고 밤이 이슥해서야 누이가 내려왔다. 누이는 선뜻 아버지 앞으로 다가서지를 않았다. 아버지는 자책어린 표정으로 나를 쳐다보았다. 나는 그런 아버지를 위해 거들어줄 게 아무것도 없었다. 나는 아버지의 시선을 외면했다.

"저녁은 먹언?"

어머니는 어색한 분위기를 바꾸기라도 하듯 누이에게 물었다.
"먹었수다."
누이는 대답하고는 휑하니 바깥채로 건너가버렸다. 누이가 나가버린 방안은 여전히 서먹한 침묵이 흘렀다.

아버지는 십사 년 전에 한 차례 귀국한 적이 있었다. 그때의 아버지는 밀항하기 전의 거슴츠레했던 눈빛은 사라지고 대신 형형한 눈빛이 자리하고 있었다. 아무런 연고 없이 숨어든 이국땅에서 아버지가 바란 것은 무엇인지 알 길이 없었다. 귀국하자마자 아버지는 옛집을 되찾는데 팔을 걷어붙였다. 목돈이 있기나 한 건지, 나는 그런 아버지를 의아한 눈빛으로 바라보았다. 아버지는 오사카에서 제주 출신이 경영하는 파친코에서 허드렛일을 하며 더부살이하고 있다는 것을 고향을 다녀가는 동포들의 입을 통해 들어 알고 있었다. 그래서 그곳에서의 아버지의 삶의 부대낌이 얼마나 곤궁한지는 미루어 짐작이 갔다.

한데 아버지는 급물살을 탄 듯 옛집의 소유주가 제주시에 살고 있다는 것을 알아내어 시세보다 높은 값으로 되사선 내 명의로 된 등기 권리증을 내밀었다. 그런 아버지의 얼굴엔 당연히 할 일을 했다는 뿌듯함이 어려 있었다. 어머니는 기뻐서 어쩔 줄 몰라했다. 하지만 나는 그것을 선뜻 받지 않았다. 지난 세월 저편을 되돌릴 수 없는 것처럼 아버지를 그대로 받아들일 수 없었다. 결국 되찾은 옛집은 한동안 그대로 비워둘 수밖에 없었다. 그러자 아버지는 옛집을 되찾기 위해 바쁘게 나다닐 때와는 달리 넋을 놓아버린 사람처럼 무기력해졌다.

온종일 바닷가에 나갔다가 날이 저물어서야 집으로 돌아오곤 하는 나날로, 하릴없이 시간을 소모했다. 그런 어느 날 어머니의 다급한 전화를 받고 퇴근 후 고향으로 내려갔다.

"옛집에 쓰러져 있는 것을 데령왔져. 그토록 나가지 말라고 해도 바닷가로만 나돌더니 저렇게 누워버렸져."

아버지 머리맡에서 어머니는 눈물을 내비치며 말했다. 어머니는 아버지가 돌아온 뒤부터 부쩍 눈물이 헤퍼졌다. 그런 어머니가 너무나 낯설었다.

아버지의 얼굴을 들여다보았다. 핼쑥해진 데다 눈은 휑하니 비어 있었다.

"암만해도 이사 가사키여. 아방이 되찾은 우리 집인데 무사 안 받암시냐게. 저렇게 누워 영영 못 일어나면 어떵허젠…."

예전의 성정과는 확연히 달라진 아버지가 안쓰러운지 어머니는 아버지를 두둔했다.

"인호야."

아버지가 팔을 내밀며 내 이름을 불렀다. 나는 아버지가 내 이름을 부르고 있다는 것조차 처음에는 느끼지 못했다. 아버지의 휑한 눈이 나를 향해 모아졌다. 무언가를 애써 호소하려는 것 같았다. 아버지의 시선을 마주하기가 꺼림칙해진 나는 슬며시 외면했다.

"모든 일에는 시작은 있지만 끝이 꼭 있어야 되는 것은 아니여."

아버지는 잠언 같은 말을 토해내곤 들숨을 들이쉬었다. 잠시 숨을 고른 아버지는 내처 입을 뗐다.

"되찾은 우리 집에서 너 결혼하는 거 보고 제사와 명절을 지내고 가사키어."

아버지는 나를 향해 귀향 후 처음으로 제주 말로 말했다. 불현듯 가슴이 뜨거워졌다. 내 시야가 뿌옇게 흐려지기 시작했다. 아버지는 어머니와는 고향 말로 얘기를 나누면서도 나와 누이에게만은 애써 표준말로 말했다. 그제서야 아버지가 돌아왔다는 것이 실감났다.

다음날 출근 때문에 밤 늦게 고향집을 나서면서도 나는 아무런 언질도 주지 않았다. 제주시 집에 도착해 맥주를 한 병 마시고 나서 나는 결국 전화를 걸어 어머니에게 날 잡아서 이사하자는 말을 건넸다. 어머니는 고맙다, 그 말만을 되뇌었다.

옛집으로 이사한 후 아버지가 제일 먼저 손을 댄 일은 종친회에 의해 다른 친척집으로 넘어간 제사를 도로 되찾아온 거였다. 나는 그 소식을 어머니로부터 전해듣고 예고 없이 불쑥 귀국한 아버지를 대할 때처럼 피해의식에 사로잡혔다.

아버지가 일본으로 밀항해버린 후, 일 년에 열 번이 넘는 제사는 변변한 밭떼기 하나도 남아 있지 않은 할머니와 어머니에겐 힘에 부칠 수밖에 없었다. 그래서 직계 증조부모 대까지만 제사를 모시기로 하고 나머지는 종친회에서 다른 친척집으로 넘겼다. 그렇게 해서 세 분의 제사를 올리게 되었지만 그것마저 초라하기만 했다. 제관 역할을 해야 하는 나 자신 나이 어린 탓도 한몫했다. 그나마 당숙이 나에게 제례 절차를 숙지시켜주었기에 제사를 치를 수 있었다. 그때까지만 해도 여든을 바라보는 할머니는 몸이 쪼그라들기는 했지만 여간 꼬장꼬장한 게 아니어서 제수 준비만은 손을 놓는 법이 없었다.

나는 서둘러 고향집으로 내려갔다.

"그 많은 제사를 제게 한마디 말도 없이 되찾아오시다니. 줄여도 시원찮은 마당에 누가 제사를 올릴 겁니까? 저는 못합니다."

나는 아버지를 매몰차게 몰아붙였다.

"내가 알아서 하마."

아버지가 궁색한 대답을 했다.

"아버지가 알아서 어떻게 하시겠다는 겁니까?"

보다 못한 어머니가 노기를 띤 표정이 되어 아버지를 거들고 나섰다.

"아방 앞에서 그 무슨 말버릇이고. 언제 너보고 제사 책임지랑 햄시냐. 이 어멍이 책임지켜."

나는 그만 말문이 막혔다.

"죄송합니다."

나는 어머니에게 속절없이 그 말만 거듭하곤 시로 되돌아갔다.

나의 결혼도 옛집으로 이사 가고 나서 치렀다. 하긴 아내와의 결혼이 이루어지기까지는 아버지와 또 한번 갈등을 겪어야만 했다. 아내의 할아버지가 산폭도였다는 것 때문이었다. 아버지는 토벌대든 산폭도든 모두를 꺼려했다. 끝내 조바심이 끓어오른 나는 아버지에게 대들고 말았다.

"그때 적에 토벌대든 산폭도든 연루되지 않은 집이 있기라도 했습니까. 살아남기 위해 어느 편이든 가담할 수밖에 없지 않았습니까.

할머니와 아버지도 그 문제로부터 자유롭지 못하지 않습니까."

머쓱해진 아버지는 더 이상 아무 말도 하지 않았다.

피로연에 해당되는 가문 잔치 준비에 마을 사람들이 바쁜 일손을 거들어주었다. 결혼식을 끝내고 나서 피로연을 치르는 육지와는 달리 섬의 가문 잔치는 결혼식 전 날 치르는 게 관례였다. 결혼을 내켜하지 않던 아버지가 막상 가문 잔칫날이 되자 시종 웃음 띤 얼굴로 모여드는 친척과 이웃들을 맞이했다. 성대하게 치르는 가문 잔치로 아들에게 갚아야 할 빚을 갚기라도 한 듯한 뿌듯함이 아버지 얼굴에 엿보였다. 나 역시 그날만은 아버지에 대한 거리감을 잊을 수 있었다.

하지만 아버지의 귀향 후 누이는 이렇다 할 반응을 보이지 않았다. 싫단 한마디 말도 없었다. 누이는 아버지를 있어도 그만 없어도 그만인 사람을 보듯 대했다. 그래서 어머니는 내게 동생을 타일러서 아버지와 화해하게끔 해보라고 자주 다그쳤다. 하지만 아버지와 제대로 화해하지 못한 내가 누이에게 화해하라고 선뜻 말해지지가 않았다.

옛집에서 다시 치르게 된 할머니 제삿날, 제사를 마치고 나서 친척 어른들이 술잔을 나누는 자리에서였다. 당숙어른이 아버지가 옛집을 되찾은 것을 정말 잘한 일이라고 칭찬해주었다. 그날 아버지는 수줍은 만족을 안주 삼아 귀향 후 일체 입에 대지 않던 술을 들기까지 했다. 아버지는 비로소 자신이 있어야 할 자리를 찾아낸 것처럼 그 어느 때보다도 얼굴에 생기가 돌았다.

그때 나는 그렇듯 아버지의 의젓한 모습을 처음 보았다. 나는 비로소 알 것 같았다. 아버지의 옛적의 거친 성정은 당신의 태생에 대한 자괴감을 견디는 안간힘이었다는 것을. 나는 비로소 내가 했던 가장의 역할을 아버지에게 돌려주어야 할 때라고 생각했다. 오랫동안 누이한테 나는 아버지 역할을 대신해온 셈이었다. 누이도 이제 아버지를 받아들여야 할 때라고 생각했다. 누이를 바깥채로 불러 앉히곤 조심스레 입을 뗐다.

"아버지 말이다. 너도 봐서 알겠지만 옛날의 아버지가 아니다. 용서해드리자."

누이는 전에 없이 눈을 부릅뜨고 내게 대들었다.

"오빠, 어떻게 다 잊을 수 있어. 아버지 때문에 우리가 어떻게 살았냐구. 어머니와 우리에게 얼마나 못된 짓을 했는지 오빠도 알지 않아. 집과 밭을 술과 노름으로 날리고 우리를 내팽개치고 일본으로 밀항해버린 아버지를 난 절대 용서할 수 없어. 오빤 용서해드려. 난 아니야."

누이는 할머니의 기질을 그대로 물려받았다고나 할까. 아버지가 사라지던 그해 초겨울 어느 날 저녁 때가 되어도 누이가 집에 돌아오지 않아 온 동네를 어머니와 찾아다녔다. 동생과 친하게 지내던 이웃 마을 친구네 집까지 찾아가 물어봐도 못 봤다는 거였다. 나는 어머니와 함께 마을 어귀에서 누이가 돌아오기를 마냥 기다렸다. 나는 한기가 들어 옷을 추스르곤 한 발 뛰기를 하며 추위를 견디었다. 그렇게 기다리기를 한참, 동생이 헐레벌떡 뛰어왔다. 동생의 손에는 비닐봉지가 들려 있었다. 나는 언성을 높이고 말았다.

"야, 얼마나 걱정했는지 알기나 해?"

"됐다. 어서 들어가자."

야단을 칠 줄 알았던 어머니가 외려 나무라는 투로 내 말허리를 잘랐다.

"그 봉지는 뭐니?"

"오늘 읍내 장날이잖아. 그래서 갯가에 나가 파래를 뜯어다가 장에 나가 팔았어. 하루 종일 뜯어다 팔았는데도 공책 세 권과 연필 세 자루밖에 못 샀어."

누이의 얼굴을 바라보니 찬바람에 오래 쐬어서 그런지 볼이 푸르뎅뎅했다. 그렇듯 누이는 강인한 데가 있었다. 게다가 공부도 잘한데다 예의 바른 행동으로 마을 사람들로부터 칭찬을 많이 들었다. 누이는 물질로 관절통을 앓아 뇌선을 하루 세 첩씩 상습 복용하는 어머니를 끔찍이 생각해 웬만한 집안 살림을 도맡아했다. 그때까지만 해도 누이가 어린 시절 아버지로부터 깊은 상처를 받은 줄은 알지 못했다.

예전에 아버지가 아니지 않니, 같이 살다보면 마음을 열 때가 오겠지, 하고 나는 마음속으로 말해주었다. 그날 밤 늦게 나는 서로의 가슴에 자리한 상처를 곱씹으며 시로 돌아갔다. 그 후 나는 일에 쫓긴다는 핑계를 대고 고향에 내려가지 않았다. 그 대신 어머니에게 안부 전화는 틈틈이 했다. 전화마저 뜸해진 어느 날 어머니가 전화로 하소연을 해왔다.

"인호야, 인숙이한테 말 좀 해다오. 아방이 뭐라고 물어봐도 들은 척도 안 하고 밖으로만 나돌암저. 어떵하면 좋으냐게."

밀항하기 전의 아버지였다면 손찌검을 하고도 남았을 터였지만 귀국 후의 아버지는 누이 앞에서는 무기력하기만 했다. 나는 기말고사 기간 중이어서 고향에 내려갈 형편이 못되었다. 또한 기실 내려가 봤자 읍내 고등학교 학생이 되어 머리가 커버린 누이를 설득할 뾰족한 수가 있는 것도 아니었다.

"어머니가 잘 타이르세요. 다음 제삿날 내려가면 제가 잘 말해보겠습니다. 아버지는 어떻게 지내십니까?"

어머니는 숨비질 소리보다 더 긴 한숨을 내쉬곤 대답했다.

"아방이 밖으로만 나도는 인숙이에게 꾸지람 비슷한 한마디 했더니 고 독한 것이 아방에게 대들면서 집을 나가라고 했져. 그 뒤론 바다에만 나간 살암져. 저번에도 그러다가 병나시냐게. 아방이 걱정이여."

그 후에도 아버지를 향한 누이의 괄시는 끊이지 않았고, 어머니의 한숨은 늘어나기만 했다. 아버지는 도로 휑한 눈이 되어 말을 잃어갔다. 녹낭 밑에서 서성거리거나 아니면 바다로 나돌았다. 종종 만나던 당숙과도 어울리지 않았다. 그나마 이어지던 어머니와의 대화도 피했다. 그런 어느 날 아버지는 말없이 다시 사라져버렸다.

바깥채로 들어간 누이는 아무런 기척도 내지 않았다. 아버지와 누이와의 사이에서 내가 거들어줄 일이란 정말이지 아무것도 없었다. 아버지와의 재회에 대해서 나는 마치 며칠 전에 헤어졌다가 다시 만난 사람을 대하듯 무심한 태도를 취했지만 누이는 아예 아버지를 무시하는 태도로 나갔다.

안방에 아버지의 잠자리를 봐준 어머니가 건넌방으로 넘어와 내

잠자리를 마저 깔아주곤 누이가 자고 있는 바깥채로 건너갔다.

나는 좀처럼 잠들지 못하고 뒤척였다. 아버지는 한때는 분노와 증오의 대상이었고, 또 한때는 연민의 대상이었다. 그러나 이제 그것들은 따로 떼어놓고 생각할 수 있는 감정이 아니었다.

"오빠."

누이가 부르는 소리였다.

"오빠한테 할 말이 있어."

"방으로 들어와."

"오빠가 밖으로 나와줬으면 해."

나는 옷을 주섬주섬 주워 입고 마당으로 나갔다. 누이가 앞서서 뒤란으로 갔다. 녹낭 밑에 선 누이는 한동안 말이 없었다. 조바심이 인 내가 먼저 물었다.

"할 말이 있다며."

그런데도 누이는 한동안 입을 열지 않았다. 심각한 얘기일 것 같은 느낌에 나는 제발 그런 얘기가 아니길 바랐다. 누이가 입을 열 때까지 기다렸다. 이윽고 누이가 입을 뗐다.

"오빠와 엄마는 아버지가 나에게 무슨 짓을 했는지를 모를 거야. 아버지 때문에 내 삶이 뒤죽박죽된 걸. 나에게 그렇게 몹쓸 짓을 하고 사라져버린 사람이 한번 귀향한 것도 이해가 안 되는데 다시 집으로 돌아오다니. 아버지는 사람도 아니야."

"몹쓸 짓이라니?"

나는 설마하는 마음에서 그렇게 묻고 말았다.

"내가 초등학교 다닐 땐데, 그날은 집에 할머니도 어머니도 밭에 나가고 없었어. 아버지가 대낮부터 술에 취해 들어오더니 날 보자마자 때렸어. 그리곤 부엌에 들어가서 부지깽이를 들고 나오더니 내 아래께를 쿡쿡 쑤셔대며 이 그믓이 웬수다, 할머니의 그 그믓만 없었다면 나도 안 태어났지, 어멍 그믓도 문제지만 너 그믓도 문제다, 하면서 나를 뒤란으로 몰아붙이는 거야. 주저앉아 우는 나를 아버지는 시렁 위에 올려놓고 가랑이 벌려봐, 그믓이 크기 전에 막아야지, 하면서 부지깽이로 계속 쑤셔대는 거야. 그때 아버지의 눈빛은 사람이 아니었어. 지금도 가끔 꿈속에서 나타나 나를 괴롭혀."

누이는 제 감정을 누르지 못해 부르르 치를 떨었다.

"오빠 생각나? 내가 오른쪽 발목 삐었던 날 오빠 학교에 절룩거리면서 찾아갔었잖아."

그날 수업을 파하고 교문을 나서는데 교문 옆에서 덜덜 떨고 있던 누이가 나를 보자 그만 울음을 터뜨렸다. 무슨 일이냐고 물어도 누이는 대답도 않고 울기만 했다. 집으로 가자고 하자 누이는 발목이 아파서 도저히 걸을 수 없다고 했다. 나는 누이를 들쳐업고 집으로 돌아가면서 다리를 왜 다쳤냐고 묻자 고무줄놀이를 하다 넘어져서 삐었다고 했다.

"사실은 그날 부지깽이로 쿡쿡 쑤셔대는 아버지를 발로 힘껏 차곤 시렁에서 뛰어내리다 발목이 삐었던 거야."

아버지의 본디 모습을 본 것 같았다. 무슨 악연으로 아버지의 자식이 되었는지 머리까지 지끈거렸다.

"아버지가 처음 귀향했을 땐 정말이지 미칠 것 같았어. 집에서 아버지 얼굴을 마주칠 때마다 그날이 생각날 수밖에. 학교 갔다가 집에 들어오기가 그렇게 싫었어. 그래서 난 날마다 가출하는 연습을 했어. 오빠 같으면 그런 아버지를 용서할 수 있겠어."

피가 거꾸로 솟구치고 걷잡을 수 없이 몸이 후들거렸다. 나는 누이에게 아무 말도 할 수 없었다. 그녀가 오랜 세월 동안 잊고 싶었지만 그러나 한번도 자신의 몸 한 구석을 떠나지 않고 괴롭혔던 것처럼, 내게도 너무나 생생했기 때문이었다. 아버지를 향한 나 자신의 감정이 무엇인가에 대해선 그토록 고민했으면서도 아버지를 향한 누이의 감정이 어떠한가에 대해선 어이없을 정도로 무심했다는 것을 비로소 깨달았다.

"그때의 충격으로 남자혐오증이 생겼다는 것을 오빠는 모를 거야. 그래서 지금도 남자에게 가까이 다가갈 수가 없어. 어쩌다가 내게 관심을 갖는 남자가 나타나도 심한 기피증에 가까운 내 반응에 모두 떠나갔어. 남자를 사랑할 수 없는 내 심정을 오빠는 알기나 해."

서른이 넘도록 시집갈 생각을 않는 누이였다. 누이와 나는 더 이상 말을 잇지 못했다. 하지만 누이의 이야기를 듣고 비로소 아버지의 횡포가 어디에서 말미암은 것인지 확연하게 이해가 됐다. 그런데도 누이에게 아버지를 받아들이라는 말을 할 수 없었다. 나는 누이의 가슴 속에 자리한 상처들을 더는 건드리고 싶지 않았다. 누이의 등을 다독거려주고 나서 말해주었다.

"그래. 아버지를 용서하라는 말은 다시는 안 할게. 어서 들어가자.

내일 아침 출근하려면 아침 일찍 시로 올라가야지."

나는 신혼 시절부터 고등학교를 졸업하고 수협에 취직한 누이를 집에 데리고 있었다.

사람의 그림자가 뒤란에 언뜻 비쳤다가 사라졌다. 혹시 아버지가 엿듣기라도 하지 않았는지 걱정이 되었다. 누이를 바깥채로 들여보내고 나도 건넌방으로 들어가 잠자리에 들었다.

아침 일찍 일어난 나는 누이와 함께 오랜만에 어머니가 지어준 아침을 들었다. 출근을 하기 위해 부산을 떠는 우리 남매를 바라보는 어머니의 눈매엔 물기가 묻어났다. 어머니는 돌아서서 소매꼬리로 눈가를 훔쳐댔다. 나는 아무 말도 할 수 없었다.

"이대로 그냥 갈 거냐?"

어머니의 물음에 나는 네, 하고 대답했다.

"인숙아, 이 어멍도 알고 있져. 그렇더라도 그러는 게 아니여. 알고 보면 아버지도 불쌍한 사람 아니가게. 이젠 그때 적의 아방을 이해하라게."

누이는 어머니의 말에 아무런 대꾸도 하지 않았다. 나는 문득 누이에게 아버지의 아픔을 말해주어야 할 때가 되었다고 생각했다.

안방엔 아무 기척이 없었다.

"아버지는요?"

나는 아버지에게 인사만이라도 하고 출발하고 싶어서 어머니에게 물었다.

"아침 일찍 일어나 밖에 나갔져."

혹시나 해서 뒤란으로 나가보았지만 아버지는 보이지 않았다. 기다리기엔 시간이 촉박해 그대로 떠날 수밖에 없었다. 나는 차에 누이를 태우고 출발했다. 고샅길을 빠져나와 일주도로에 차를 진입시키고 나서 누이에게 아버지의 출생에서 비롯된 아픔을 들려주었다.

"그것은 어디까지나 아버지의 아픔이잖아. 할머니의 아픔을 생각해서라도 가족들에게 어떻게 그런 짓을 할 수가 있겠어. 자신의 아픔을 가족에게 내림한다는 게 말이 되냐구."

"그래도 어머니는 아버지를 받아들이고 있지 않니."

"어머니는 아버지의 아내니까 그럴 수도 있겠지. 하지만 자식인 나는 그럴 수 없어."

누이의 목소리엔 결기가 묻어났다.

"너도 알겠지만 아버지의 아픔이 개인적인 아픔만이 아니잖니. 어쩌면 우리 제주 사람 모두의 아픔이기도 해. 그렇게 생각하면 아버지를 용서할 수 있지 않을까."

"그건 오빠 생각이구. 난 그럴 수 없어."

누이의 어조는 전에 없이 단호했다.

우리 남매는 시에 도착할 때까지 더 이상 아무 말도 나누지 않았다. 누이를 근무처인 수협 앞에 내려주고 바로 학교로 향했다.

방과 후 교무실에서 내일 강의할 내용을 살피고 있는데 휴대폰이 울렸다. 어머니로부터 걸려온 전화였다. 좀처럼 휴대폰으로 전화하는 법이 없는 어머니였다. 왠지 예감이 좋지 않아 머뭇거려졌다. 하지만 폴더를 열어 전화를 받았다.

"인호야, 어떵하면 좋으니. 아방이 다시 일본 가버린 것 같다게. 물질 갔다 와보니 뒤란의 녹낭은 베어져 있고 가방도 안 보인다게."

어머니의 목소리가 이렇듯 절망적인 적이 없었다. 그런데도 나는 어기대고 싶은 충동을 느꼈다.

"저보고 어떡하란 말씀이세요."

"아방이 아무리 못할 짓을 했어도 그러는 게 아니여. 아방은 참 불쌍한 사람이여. 그 나이가 되도록 마음붙일 곳이 없는 사람이 얼마나 불쌍하냐게. 아방이 어디 가신지 니가 여기저기 수소문해보라게."

어머니는 목이 메어서인지 목소리가 꽉 잠겨 있었다. 하지만 어떻게 찾아본단 말인가. 다만 아버지의 행방을 알아내기 위해 내가 할 수 있는 일은 일본행 노선 항공사 제주지점에 전화를 걸어 탑승자 명단 속에 아버지의 이름이 있는지를 알아보는 게 고작이었다. 나는 전화번호부를 들쳐 각 항공사 제주지점 전화번호를 찾아내곤 번호를 누르기 시작했다.

전에도 그랬지만 아버지의 부재로 달라질 것이라곤 아무것도 없었다.

분기선 앞에서

분기선 앞에서

1

 지하철 출구 맨 위 층계에 올라서자 주말 오후의 잡답 속에 우뚝 버티고 서 있는 역사가 한눈에 들어왔다. 역전 광장의 탑시계는 4시 30분이었다. 출발시간까지는 30분이나 남아 있었다. 철규는 천천히 광장을 대각선으로 질러 역사 왼편에 자리잡은 새마을호 대합실로 향했다. 그는 걸어가면서도 내내 동료 교수들의 '아직은 시기상조일세'라는 충고를 되새겼다. 서울에서 만나볼 작정인 민 학장과 상진도 과연 자신의 결정에 동조해줄지 자못 우려되었다.
 대합실 안은 형광등이 촘촘히 켜져 있는데도 어두웠다. 눈부신 햇살 아래 있다가 들어선 탓인지 사람들의 표정조차 가릴 수 없을 정도였다. 게다가 이곳 사투리의 새된 목소리가 천정에 난반사되어 귀를 멍하게 울렸다.
 개찰이 시작되려면 10분 정도는 더 기다려야 할 것 같았다. 철규는 이마에 흐르는 땀을 손수건으로 닦아내며 서 있을 만한 곳을 살피곤 입구 바로 옆 구내매점 옆으로 자리를 옮겼다.
 철규는 개찰을 기다리는 낯선 얼굴들을 망연히 바라보았다. 한 젊은 여자가 누군가를 소리쳐 불렀다. 그는 엉겁결에 그쪽으로 고개를 돌렸다. 목을 길게 빼고 역 광장을 살피던 여자는 마치 기다림의 불안에서 헤어났다는 듯 해맑은 목소리에 어울리는 밝은 표정을 지으며 밖으로 달려나갔다. 그녀의 얼굴에서 그는 문득 니가타新潟에서 마지막이 되어버린 누나의 얼굴을 속절없이 떠올렸다.

  30여 년 전 헤어진 누나를 선명하게 떠올릴 수는 없었지만 기억마저 희미한 누나를 만나야겠다는 생각을 갖게 된 것은 오로지 그 담화문 때문이었다. 느닷없는 담화문 때문에 그동안 잊고 있던, 아니 그의 의식 깊숙한 곳에 묻어두었던 누나를 문득문득 떠올리게 해서 혹시나 하는 기대감으로 가슴을 설레게 했다. 니가타에서 누나와 헤어진 뒤 줄곧 그러니까 삼십여 년 동안이나 그녀의 존재를 숨겨왔던 그에게 담화문은 한 가닥 빛이었다.

  개찰 시간이 다가올수록 대합실은 한결 혼잡해졌다. 에어컨이 돌아가고 있었지만 숨이 턱턱 막혔다. 주말에 상경하는 승객들의 표정은 주중에 업무를 보기 위해 여행하는 사람들과는 사뭇 달랐다. 그들에게서 활기라곤 찾아볼 수 없었다. 모두가 피곤에 절은 모습이었다. 주말마다 열차로 상경하면서 옆자리 손님과 한두 마디 대화를 나누다보면 직장 전근 때문에 가족을 서울에 두고 떨어져 사는 별거 부부가 의외로 많았다. 그들의 표정에서 일 주일 만에 가족과 재회한다는 기쁨이 엿보이기는 해도 빨리 전근 생활을 청산하고 서울로 되돌아갈 날을 기다리는 사람 특유의 조바심을 읽을 수 있었다.

  도리없이 부산으로 내려올 수밖에 없었던 그도 얼마 동안은 정이

붙지 않아 다시 올라갈 기회만을 노렸었다. 그때만 해도 금요일 오후 마지막 새마을호로 한 주일도 거르지 않고 상경하던 그였다. 그것이 여의치 못할 경우에는 혜영이 토요일 마지막 비행기로 내려와 모처럼 주어진 둘만의 내밀한 시간을 보낸 뒤 일요일 오후 새마을호로 돌아가곤 했다. 그러던 것이 장마가 들 무렵 아들의 진학문제로 아내와 말다툼 끝에 내려와선 방학을 맞이하고도 논문 작성을 핑계 삼아 부산에 머물러 있었다.

5시발 서울행 새마을호의 개찰을 알리는 안내방송이 흘러나왔다. 승객들이 우르르 개찰구로 몰려가기 시작했다. 개찰구를 통과한 철규는 열차칸에 올라 지정된 창가 쪽 좌석에 앉았다. 그는 무심코 입구 쪽을 바라보다 서둘러 차 안으로 들어오는 삼십 안팎의 두 사내의 눈빛에 느닷없이 신경이 곤두섰다. 그들이 앞을 지나쳐 가서야 그는 가슴을 쓸어내렸다. 낯선 사람이 자신을 향해 다가오기만 해도 오래 전의 연행을 떠올리기 일쑤였다. 그러한 피해망상에서 스스로 빠져나올 때가 됐을 법한데도 여전히 소심하기 짝이 없는 자신이 더할 수 없이 한심했다. 그는 밭은기침을 삼키곤 무의식중에 손가락을 깍지 끼었다 풀었다 했다. 열차 출발시간은 불과 3분 정도밖에 남아 있지 않았다. 그런데도 열차가 출발하기 전에 돌발사태가 일어날 것만 같아 시간이 그렇게 더딜 수 없었다.

5시 정시에 열차는 군데군데 빈 자리를 남긴 채 움직이기 시작했다. 철규는 비로소 안도의 숨을 내쉬었다. 서로를 의지하듯 닥지닥지 붙어 있는 철도변의 허름한 집들을 뒤로 하며 열차는 점차 속력을 올랐다. 안내방송이 대구와 대전의 도착시간과 출발시간, 종착역인 서울 도착 예정시간을 알려주었다. 열차가 구포를 지나 왼편으로 낙동강 물줄기를 끼고 서너 차례 터널을 지나고 나서야 차내는 출발 때의 술렁거림이 가까스로 진정되었다. 그는 엉거주춤하게 앉은 자세를 편하게 고쳐 앉았다. 그제서야 의자 등받이를 뒤로 젖히고 머리를 기대어 눈을 감은 사람, 신문을 읽는 사람, 도시락을 먹는 사람들의 모습이 그의 눈에 들어왔다.

  철규도 의자를 뒤로 약간 젖히고 머리를 기댄 채 눈을 감았다. 쇠바퀴의 진동음이 뒤통수로 전해오는가 싶자 '아직은 시기상조'라는 충고가 다시 뇌리 속을 휘젓기 시작했다. 그도 그 담화문을 액면 그대로 받아들이는 것이 경솔한 판단이 아닐까 하는 의구심이 들었지만 이번만은 그것이 우정 성사되리라는 기대감 때문에 애써 외면하고 싶었다. 그러나 이내 덫에 걸려드는 게 아닌가 하는, 마음 한편에 미진하게 남아 있던 우려가 고개를 쳐들었다. 영주귀국한 뒤 누나의 북송 사실이 탄로날까봐 전전긍긍하며 살아온 나날들이 줄곧 가위눌림이 되어 그를 따라다녔다.

  동대구 도착을 알리는 안내방송에 철규는 의자 등받이를 바로 일으켜 세우고 자세를 고쳐 앉았다. 내리는 손님이라고는 없었다. 열차칸으로 올라온 승객들이 제자리를 찾느라 차내가 어수선했다. 중년 여인이 그의 옆 빈자리에 앉으려는지 좌석번호를 확인했다. 여인이 머리 위 선반에 가방을 들어올리려는 것을 그가 일어나 거들어주었다. 옆자리에 나이 지긋한 부인이 앉아서 그는 한결 마음이 편했다. 오랜 시간을 열차에서 시달리다보면 옆좌석 손님과 말을 트게 마련이지만 나이든 사람일 경우에는 심적 부담이 덜했다.

해 넘게 주말마다 새마을호로 상경하는 일이 생활화되다시피 한 그였지만 옆 좌석에 여간 신경이 쓰이는 게 아니었다. 더군다나 젊은 사람은 자세를 흐트러뜨리기 예사여서 좌석을 함께하기가 거북했다. 나이 지긋한 사람이었을 때의 편안함과는 다른 산만함을 자아내 신경을 거슬리게 했다. 여인은 오십을 넘긴 듯 누나의 나이와 얼추 비슷해보였다. 누나의 얼굴은 헤어질 때의 기억만이 남아 있을 뿐 지금 만난다 해도 얼른 알아볼 수 있을지 자신이 없었다.

출발을 알리는 벨소리가 멈추자 열차는 플랫폼을 미끄러지듯 빠져나갔다. 대구 시내를 완전히 빠져나온 열차는 레일 이음새의 덜컹거림을 주기적으로 들려주면서 막 어둠에 물들기 시작한 산야를 맹렬한 기세로 질주해나갔다. 그는 다시 의자 등받이를 뒤로 젖히고 눈을 감았지만 김 교수와 이 교수의 충고가 여전히 마음에 걸려 의식만 명료해질 뿐이었다. 누나는 북송선을 탄 뒤 일 년이 다 될 무렵 당숙 앞으로 편지를 보내왔었다. 동생의 안부를 묻는 말로 시작해서 수령님의 배려로 잘 있다는 소식과 함께 생활필수품 몇 가지만 보내줬으면 고맙겠다는 부탁이었다.

그때는 자신에게 직접 편지를 보내주지 않는 누나의 태도를 이해할 수 없었다. 하지만 그가 한국에 귀국할 결심을 굳혔을 때 비로소 누나의 깊은 속을 깨닫게 되었다. 그가 귀국하고부터는 누나의 소식은 끊긴 거나 다름없었다. 그도 나서서 알려고 하지 않았다. 오히려 숨겼다. 한데 지난해 학술교류단 일행으로 오랜만에 일본을 방문했을 때였다. 그가 틈을 내어 조심스럽게 당숙을 찾아뵙자 누나의 근황과 소식을 알려주었다. 하지만 그는 그것을 가슴 깊이 묻어두었다. 누나의 자진 입북 사실을 숨긴 채 이 땅에 살아온 그가 이제 새삼스럽게 담화문을 믿고 방북 신청을 한다는 것이 무모한 짓이기는 했다.

귀국한 지 20년이 가까웠지만 당국의 발표가 그대로 이뤄지는 것을 그는 거의 본 적이 없었다. 그가 접했던 발표의 거개가 그랬듯이 이번 담화문도 마찬가지일 거라고 여겨졌다. 그 때문인지 담화문에 대한 믿음이 자꾸 흔들리는 것은 어쩔 수 없었다. 의구심이 일수록 자신이 너무 성급하게 일을 추진하는 것이 아닌가 하는 우려가 부풀어오를 뿐이었다. 그런데도 누나를 만나야겠다는 열망이 그를 휘어잡고 놓아주지 않았다.

이번 일을 혜영에게 미리 실토해서 이해를 구해야 하는 것이 도리이긴 했다. 비밀로 방북 신청을 하고 나중에 알려졌을 때 그녀에게 미칠 충격이 대단하리라는 생각을 떠올리곤 그는 그만 진저리를 쳤다. 하지만 그는 일이 되어가는 형편을 봐가며 말하리라고 생각을 굳혔다. 가족에 대한 걱정도 걱정이었지만 마지막으로 걸리는 것은 정말 담화문을 믿어도 될지 자신할 수 없다는 것이 가장 큰 문제였다. 모두가 겪은 일이었지만 그것에 늘 관심을 가진 자만이 기억해낼 수 있는, 즉 모든 발표가 종국에는 번번이 뒤집혀서 나타났다는 사실이 그를 주저하게 만들었다.

철규는 귀국 초기에는 당국의 이런저런 발표들을 재일교포로 영주귀국한 처지에서 자기 보신을 위한 방편이기도 했지만, 액면 그대로 믿으려고 노력했다. 그러나 결과는 번번이 뒤집혀서 나타났다. 그는 차츰 당국의 발표를 의심의 눈초리로 바라보게 되었고 그러한 의구심은 그대로 들어맞았다. 그가 영주귀국하기 전, 군부가 4·19 후의 민주화로 가는 과도기를 혼란으로 몰아 권력을 장악하면서 국민과의 약속이었던 민정이양을 져버릴 때, 권력의 속성으로 보아 그럴 수밖에 없지 않을까, 막상 이해하기도 했었다.

귀국한 뒤의 일이었다. 7·4공동성명의 극적인 발표로 온 국민을 열광케 해놓고 후일 그것을 여지없이 무효화시키는 그들의 행태를 직접 목격했었다. 그때는 그가 전임강사 자리를 굳힌 시기였다. 7·4공동성명에 동료들과 환성을 올렸고, 퍼뜩 떠오르는 혹시나 하는 기대감에 사뭇 흥분까지 했었다. 대학 선배인 민 교수가 환영한다는 뜻에서 한잔하자는 제의에 일행이 어쩌다 들르는 식당에 모여 축배를 들기까지 했었다. 그때는 씁쓰레한 소주가 그렇게 달 수가 없었다. 그는 얼마나 많은 잔을 기울였던지 집에 어떻게 돌아왔는지조차 기억이 나지 않았다.

그러나 공동성명의 충격과 기쁨은 오래가지 못했다. 고위급 인사의 상호방문으로 한껏 부풀었던 기대도 팀스피리트를 트집잡는 바람에 무산되고 말았다. 언론마다 북의 생떼를 표적삼아 비난의 논조를 쏟아부었다. 그것은 우리에게 보여주는 것만으로 그 임무를 다한 것이나 다름없었다. 그는 소주를 입속에 털어넣으며 누구인지 알 수 없는 대상을 향해 욕지거리를 해댔다. 행여나 했던 자신만의 바람을 다시 가슴 깊이 묻어둘 수밖에 없었다.

뒤이어 뒤숭숭한 시국에 종국에는 유신 선포로 이어지던 시절이었다. 그에게 유신은 그가 태어나 자라고 공부했던 곳의 근대화의 전환점으로 의미 부여를 하는 메이지유신을 연상시켜주었다. 긍정적인 면 못지않게 부정적인 면을 지니고 있는 제도를 하필이면 원용하고 있는 저의가 무엇일까를 취기 속에서 거듭 물었다. 교정을 짓누르던 장갑차도 시간과 함께 익숙해질 즈음 연구실 창밖을 통해 학생들의 산발적인 시위를 목격할 수 있었다. 교문 안과 밖의 팽팽한 대치 상태가 허물어져가는 순간이기도 했다. 들려오는 소리는 몇몇 학생과 교수가 연행되어 갔다는 우울한 소식뿐이었다. 그때도 그는 그저 무기력한 방관자일 수밖에 없었다.

한 방의 총소리로 열리나 싶던 민주화의 봄은 과도기를 혼란으로 몰아붙이는 힘에 의해 다시 뭉개지고 말았다. 과도기적 현상은 사라지고 통제된 타율적인 질서가 음흉하게 자리잡아나갔다. 기존 체계 위에 군림하는 새로운 권위가 전면에 나서서 안보와 정의를 구가했다. 모든 매스미디어가 통제된 가운데 5월의 비극은 자행되었다. 그 비극의 편린을 그는 유언비어로 엿들을 수 있었다.

자신이 교수 재임용 탈락이라는 고배를 마신 것도 바로 그때였다. 정의로운 사회구현이란 구호 아래 동조 아니면 오로지 침묵만이 강요받던 시기였다. 외양은 일사불란했지만 시간이 흐르면서 종기가 이곳저곳에서 곪아터져나와 종국에는 돌이킬 수 없는 고문치사와 성고문으로 이어졌다. 끝내 6·10항쟁에 직면한 그들은 교묘하게

6·29선언이라는 대중요법을 동원해 통치권을 연장해내는 술수를 보여주었다. 대통령 선거는 참담한 결과만을 남겼다. 새로운 공화국에서 한때 민주화가 가시적으로 이루어지는가 싶었지만 기실 구속자가 늘어가는 형국으로 드러나지 않게 인권이 다시 움츠러들었다.

외양만이 민주화가 이루어지고 있는 듯한 상황에서 대통령의 담화문에 의한 남북 자유왕래 추진은 이산가족에게 이번만은 하는 기대를 다시 걸게 했다. 반신반의였지만 방북 신청을 시도해보는 쪽으로 그는 마음을 굳혔다. 하지만 자신의 처지가 과연 이산가족의 범주에 끼일 수 있는지 확신이 서지 않았다. 게다가 그 담화문에 믿음이 가지 않기는 여전했다. 그렇다면 월남 가족이 아닌 처지에 자진 북송을 한 누나를 만나겠다는 북한주민 접촉신청을 재고해보는 게 현명한 처사인지도 몰랐다. 섣불리 신청했다가 후일 그들에게 꼬투리만 쥐어주는 매우 위험한 짓이라는 생각이 들어서였다. 그것은 귀국해서 실로 오랫동안 깊숙한 곳에 묻어두었던 비밀 아닌 비밀을 자진해서 알려주고 마는 꼴이나 다름없었다. '시기상조'라는 충고가 새삼 그를 망설이게 했다.

차창 밖은 도시의 불빛으로 이어지고 있었다. 열차는 안양을 지나 종착역을 향해 마지막 힘을 다하듯 질주해나갔다. 10분 후 종착역 서울에 도착한다는 안내방송이 나오자 손님들은 미리부터 자리에서 일어나 선반의 짐을 내리거나 통로에서 서성거리거나 하면서 내릴 채비를 했다. 철규는 선반에서 아주머니의 가방을 내려주고 나서, 벗어두었던 상의를 입고 다시 자리에 앉았다. 몇몇 사람들이 성급하게 출구로 옮겨갔다. 열차는 삼각지 커브를 돌아 서울역 구내로 진입해 들어갔다. 육중한 차체가 주춤주춤 덜커덩거리기를 서너 차례 한 뒤 긴 호흡을 내쉬며 멈췄다.

과연 시기상조일까, 라는 생각에 골몰해 있던 철규는 되풀이되는, 여기는 종착역 서울이라는 안내방송에 퍼뜩 정신을 차렸다. 승객들은 이미 다 내리고 혼자 남아 있었다. 그는 황황히 열차에서 내렸다. 바람 한 점 없는 열대야의 눅눅한 밤공기가 온몸을 휘감았다. 앞서 내린 승객들이 저만치 출구를 향해 플랫폼을 빠져나가고 있었.

집찰구를 빠져나온 그는 집에 도착했다는 안도감과 객지에 올라왔다는 낯설음 같은 것을 동시에 느꼈다. 그는 광장 앞에서 아직 갈 곳을 정하지 못한 사람처럼 한동안 우두커니 서 있었다.

광장 오른쪽 공중전화 앞에 늘어선 사람들을 보자 약국으로 전화를 걸어야겠다는 생각을 했다. 그는 그쪽으로 걸어가다 문득 생각을 바꿔 지하철 지하도 입구로 발을 돌렸다. 차례를 기다리느니 바로 가는 것이 빠를 성싶어서였다. 지하도 밑에서 솟구쳐 올라오는 후끈한 바람이 훅 끼쳐왔다. 그는 층계를 내려가려다 멈추고 말았다. 후덥지근한 바람이 마치 결심이 서지 않는 자신을 가로막는 듯해서였다. 잠시 서성거린 끝에 그는 답답해지는 마음을 추스르고 층계 밑으로 발을 내디뎠다.

2

잠원역에서 내린 철규는 시계부터 들여다보았다. 10시 10분이면 약국 문을 닫을 시간까지는 아직 20분 정도 남아 있었다.

그가 약국 문을 열고 들어서자 조제실을 정리하던 혜영이 얼굴을 들어올리고는 멍한 눈길을 보내왔다. 사전 연락도 없이 나타난 데 대해 긴가민가하는 태도였다.

"올라온다는 기별도 없이, 무슨 일이라도 생겼어요?"

"내가 못 올 곳을 왔나. 무슨 일이 있어야만 집에 올라오게."

"불쑥 올라오니까 그렇죠. 문 닫으려면 이십 분 더 있어야 되거든요. 어떡하실래요, 먼저 집에 들어가실래요?"

"기다렸다 같이 들어가지."

혜영은 조제실 정리부터 끝내고는 금전등록기의 마감 버튼을 누른 다음 키를 정지상태로 돌려놓았다. 금전등록기에서 찍혀나온 마감 쪽지를 들여다본 혜영이 철규에게 말을 걸어왔다.

"하루 매출이 이십 프로는 준 것 같아요. 국민의료보험이 되고 나서부터 너도나도 병원으로 발길을 돌려 그런지 영 불경기예요. 의약분업이 완전히 시행되는 날에는 굶어죽기 딱 좋겠어요."

"설마 그럴 리야…."

"현실을 보는 눈이 그렇게 무뎌서야 학생들을 어떻게 가르치겠어요. 하기사 경제학하시는 분치고 돈 잘 버는 사람 없답디다."

경제학을 돈 버는 방법이나 가르쳐주는 학문쯤으로 비아냥대는 혜영에게 대꾸할 마음조차 일지 않았다.

"아무래도 우리 약국을 드러그스토어 형태로 운영방법을 바꾸어야 할 것 같아요."

"의약품이 아닌 잡화류 따위를 팔겠다는 얘기군."

"건강식품과 화장품, 그리고 일용 잡화류 같은 것을 취급해볼까 해요."

"당신이 내세우던 의료인의 긍지는 어떻게 하구?"

"긍지가 밥 먹여준답디까. 저라고 장사꾼되지 말라는 법 있나요."

변화에 대해 놀라운 기지로 실리적인 적응을 발휘하는 그녀를 보아온 게 한두 번이 아니었다.

우이동의 20평 남짓한 독채 전세에서 신혼살림을 시작한 뒤, 혜영은 첫애를 낳고는 빨래와 연탄 갈기에 무척 힘들어할 때였다. 때마침 주택공사가 한강변에 막 짓기 시작한 아파트 분양이 미달되자, 이를 전세로 임대한다는 정보를 친정에서 듣고 온 그녀가 아파트로 옮겨가자고 우겨, 철규는 마음에 들었던 우이동을 떠날 수밖에 없었다. 혜영의 운이 트였던지 이듬해 주택공사가 전세입주자에게 전세보증금을 계약금으로 대체시키고 잔금은 2년 거치 5년 분할상환 조건으로 분양해주는 바람에 어렵지 않게 내 집 마련을 할 수 있었다. 철규의 재임용 탈락 때도 그녀는 경제적인 어려운 고비를 도맡아 해결해야 했다.

"드러그스토아로 바꾸려면 장소가 협소할 텐데…."

"그렇지 않아도 옆 가게에 팔 의향이 있는지 알아보는 중이에요."

이민을 마음에 두면서도 약국 운영은 그대로 활성화시키려는 그녀의 의욕은 여전했다.

얼굴이 하얗게 질린 젊은 여자가 눅눅한 바람을 몸에 묻힌 채 급히 들어왔다.

"약사님, 우리 세인이가 갑자기 열이 올라요. 어떡하면 좋죠? 이 시간에 병원에 갈 수도 없고…."

여자는 안절부절못했다.

"약을 이틀분 조제해드릴 테니 걱정말아요."

"하루분만 조제해주세요."

세인 엄마는 의료보험증을 내밀며 말했다.

"이틀은 복용해야 나아요."

손님의 요구를 무시한 채 조제실로 들어간 혜영이 약을 지어 들고 나왔다.

"네 시간 간격으로 약을 먹이세요. 약값은 삼천 원이에요. 보험대상 약품이 아닌 좋은 약을 쓰느라 약값이 좀 비싼 편이지만 잘 들어요."

혜영이 대수롭지 않게 말했다. 세인 엄마의 얼굴에 못마땅해하는 기색이 스쳤다. 그녀가 약값을 치르고 황황히 문을 열고 나갈 때까지 옆에서 지켜보던 철규가 오히려 무안을 느꼈다.

"우리도 이만 문 닫고 들어가요."

혜영이 가운을 벗어 평상복으로 갈아입고는 문 닫을 채비를 했다.

현관문을 열어준 것은 경아였다. 오랜만의 귀가여서인지 아빠! 하며 철규에게 매달렸다. 딸은 제 엄마보다도 키가 더 커보였다. 준호는 얼굴을 내밀지 않았다.

"경아야, 오빠는?"

"방에 있는데 일부러 안 나오는 거예요."

"준호야, 아빠 오셨다. 어서 나와보렴."

혜영이 준호의 방문 쪽을 향해 소리를 높였다. 그제야 준호가 방문을 열고 얼굴을 내밀었다. 여드름이 서너 군데 돋아나 있는 얼굴에는 불만이 가득 담겨 있었다.

"아빠 오셨어요."

준호가 한마디 하고는 이내 문을 닫았다.

"경아야, 너도 어서 들어가 공부하렴."

혜영이 내몰자, 경아가 뭐라고 말을 하려다 그만두고 철규에게 애교스런 웃음을 지어보인 후 혜영의 등 뒤에다 대고 혀를 날름 내보이고는 자기 방으로 들어가버렸다.

샤워를 끝낸 철규는 식탁을 사이에 두고 혜영을 마주하고 앉았다.

"준호가 걱정이에요. 도시 제 말을 들어야죠. 방학 동안 입시학원에 등록해 처진 과목 보충하라고 해도 안 하겠대요. 글쎄 일 주일 동안 여름 음악학교에 참가하겠다는 걸 아빠 허락 없인 보낼 수 없다고 했더니 저러는 거예요. 캠핑가서 사고나 나보세요. 어떻게 되겠어요. 당신이 안 된다고 딱 잘라 말하셔야 해요."

"놀러가겠다는 것도 아니고 보내줘도 될 것 같은데…."

"당신마저 그러시면 어떡해요, 여름방학 때 처지는 과목 보충 안 하면 갈수록 따라가기 힘들어져서 안 된다구요."

매사에 자신만만함을 보여온 혜영이 자식문제에 한해서만은 여느 어머니와 다를 바 없이 자신 없어 했다.

"중학 때 반에서 일이 등 하던 애가 고등학교에 들어가서는 반에서 십 등 안팎을 헤매니 한심하죠. 상진이가 주말에 가끔 와 영어, 수학을 봐주는데 그 성적으로는 서울에 있는 후기대학에 들어가기가 빠듯하겠대요."

"그렇다면 전혀 희망이 없는 건 아니지 않소."

"희망이라구요? 허구헌 날 피아노만 쳐대니 무슨 공부가 되겠어요."

"공부만 지나치게 강조하면 오히려 아이들한테 반감만 살 텐데…."

"그럼 저보고 어떡하라구요. 그렇게라도 해서 공부를 시켜야지요. 누군 악역을 맡고 싶어서 그러는 줄 아세요. 하다 정 안되면 미국 유학이라도 보내야지요. 그땐 전 애들 따라갈 거예요."

혜영의 눈빛에 언뜻 냉기가 스쳤다.

아내는 준호의 진로문제를 놓고 골머리를 앓고 있었다. 준호가 고등학교에 진학한 뒤로 자신의 진로를 음대 작곡과로 고집한 때문이었다. 아들이 음악에 빠져들기 시작한 것은 중학 졸업을 앞둔 겨울방학 때였다. 철규가 틈틈이 사모아둔 1,000장이 넘는 LP판을 그가 장르별로 구분해 정리하고 목록을 작성하면서부터였다. 아들은 혼자서 음악회에도 가는 모양이었다. 그리고 중학교에 들어가면서 그만두었던 피아노를 고등학교에 진학하고는 다시 치기 시작, 하루 3시간씩이나 연습에 매달릴 정도로 몰입했다. 그의 미래의 꿈은 교향악단 지휘자였다.

장마가 들 무렵, 그러니까 담화문이 있기 전 그가 상경했을 때였다.

"음대만은 안 돼. 의대가 싫으면 다른 과를 선택해보렴."

혜영은 준호가 의대에 진학해주길 바랐다.

"음대 진학을 반대하시면 전 대학 안 갈 거예요."

말이 없고 수줍음을 잘 타는 준호가 혜영의 기대와는 달리 음악을 전공하기로 결심하고 자신의 확고한 의지를 내보인 데는 그 나름대로의 오랜 고민 끝에 내린 결론이었을 터였다.

"음악이니 그림이니 하는 따윈 아무나 하는 게 아냐. 우선 재능이 있어야지. 그리고 예술하는 사람치고 생활이 온전한 사람 있는 줄 아니?"

"지금 당장 결론을 내리지 말고 좀 더 두고 생각해보기로 하자. 그리고 당신두 일방적으로 안 된다고 할 게 아니라 준호의 생각을 검토해보도록 하구료. 준호야! 됐다. 네 방으로 가거라."

철규가 두둔해주자 준호의 굳어 있던 표정이 조금은 풀리는 기색이었다.

"준호 생각대로 허락해선 안 돼요. 예술이 밥 먹여준답디까? 음대는 절대로 안 된다구요."

"준호 의사를 아예 무시하고 당신 생각대로 진로를 결정하겠다는 것도 문제가 있소. 준호의 장래는 당신의 것이 아니란 말이오."

"내가 저 애를 어떻게 낳았는데 고생길이 훤히 보이는 음악을 전공시켜요. 그럴 순 없다구요."

혜영이 쌍심지를 켜고 대들었다. 철규는 아무런 대꾸도 하지 않고 입을 다물었다. 그럴 때의 그녀는 뒤로 물러서는 법이 없어, 정면 대응을 피하는 것이 상책이었다. 그도 준호의 성적이 날이 갈수록 처진다는 혜영의 걱정이 조금은 부담으로 느껴졌다. 본인의 희망대로 진로를 바꾼다고 해도 성적이 떨어져서는 진학 자체가 어려움을 겪게 될 게 뻔했다.

준호는 혜영의 거듭된 설득에도 제 고집을 굽히지 않았다. 아들의 성적이 지지부진해지자 혜영은 이민을 들먹이기 시작했다. 그가 해직의 수모에서 벗어나기 위해 이민을 제의했을 때는 가차없이 반대했던 아내였다. 아들의 진학이 골치 아픈 현실로 다가오자 이민을 생각해낸 혜영의 모성을 이해 못하는 건 아니었지만 그 제의를 받아들이기에는 때가 너무 늦었다는 생각이 들었다.

그런 다툼이 있던 뒤의 상황에서 느닷없이 북한에 있는 누나를 만나기 위해 방북 신청을 하겠다고 선뜻 표명하기가 여전히 망설여졌다. 그녀가 보일 반응이 예견되어 더욱 그랬다. 오히려 민 학장과 상진의 이야기를 들어보고 난 뒤에 가부간의 결론을 내리는 것이 상책일 것 같았다.

"상진에게 내일 잠깐 다녀가라고 연락 좀 해주구료."

"상진에게 할 말이라도 있으세요?"

"아니, 오랜만에 만나 이야기나 좀 나누려고…."

혜영이 미심쩍은 눈초리를 보이고는 일어나 전화기 쪽으로 다가갔다. 처조카인 상진은 명문으로 알려진 국립대 경제학과 3학년에 재학 중이었다. 그는 할아버지와 아버지의 보수적인 성향에 물든 탓이랄까 젊은이치고는 생각과 행동이 온건한 편이었다. 그런 그가 철규에게는 답답하게 느껴졌지만 한편으로는 감정에 휩쓸리지 않는 철저한 자기억제의 자세가 마음에 들기도 했다. 혜영 또한 조카를 몹시 귀여워하는 데다가 주위 친구들에게 자랑까지 할 정도였다. 그런 그녀는 준호에게 상진 형 닮으라고 입버릇처럼 되뇌이기 일쑤였다.

혜영이 샤워를 하는 동안 철규는 맥주 한 병을 비웠다. 취기에다 피로감까지 겹쳐서 몰려왔다. 그는 먼저 잠자리에 들었다. 막 잠속으로 빠져들어가던 그는 차가운 감촉에 잠이 깨었다. 혜영이 물기가 채 마르지 않은 몸을 밀착해왔다. 아내와의 잠자리가 오랜만이기도 해서 이내 온몸이 팽팽해졌다. 그는 그만 걷잡을 수 없는 흥분에 사로잡혀 그녀 속으로 빨려들어갔다.

혜영이 어느새 고른 숨소리를 내고 있었다. 철규는 조심스럽게 몸을 뒤척였다. 몹시 피로한데도 방북 신청에 대한 우려가 다시 되살아나 잠이 좀처럼 오지 않았다. 그는 여태까지 숨겨왔던 것이 드러나는 게 아무래도 꺼림직했다. 화해 분위기가 훗날 공안정국으로 돌변하기라도 한다면 과연 어떤 불이익이 자신에게 돌아올는지. 아내나 처가에서는 과연 어떻게 받아들여 줄지. 온건한 표정을 일그러뜨리고 혀를 끌끌 차는 장인의 얼굴이 떠올랐다. 그렇다고 북한주민 접촉신청을 하고 나서도 혜영에게 내내 감출 수만은 없는 노릇이었다. 혜영에게 알리면 그녀의 성미로는 단박에 친정으로 달려가 이 일을 어쩌면 좋으냐고 소란을 떨게 뻔했다. 귀국 후 내내 자신에게 가까운 일가가 없다는 고독감을 이따금 느꼈지만 이처럼 뼈저리게 빠져본 적은 없었다.

혜영과의 결혼은 그가 귀국해 K대 상과 전임강사로 출강한 지 일 년이 지날 무렵이었다. 같은 과 전임강사인 동료로부터 그의 사촌 여동생인 혜영을 소개받았었다. 그녀는 미선계 여대 약대를 졸업하고 모교 부속병원 약제과에 근무하고 있었다. 파마기 없는 긴 머리칼을 등 뒤로 늘어뜨려 미소를 짓는 표정이 나이에 비해 앳되어 보였다. 그녀는 첫 만남인데도 수줍어하는 기색 따윈 아예 볼 수 없었고, 별반 우습지도 않은 이야기에 곧잘 웃곤 했다.

그는 일 년 남짓한 조국에서의 생활에 어느 정도 익숙해져 있었지만 외로웠던 탓인지 그녀의 해맑은 웃음에 여지없이 빠져들었다. 그는 자신의 그늘진 생활을 밝혀줄 빛으로 그녀가 자리잡고 있다는 확신이 서자 청혼을 서둘렀다. 결혼식은 신부 측의 위세에 완전히 압도당했다. 신부 측의 몰려드는 축하객과는 달리 신랑 측은 아들의 결혼식에 참석하러 나온 아버지와 민 교수를 비롯한 동료 교수 너댓 명이 전부였다.

철규는 계속 뒤척이다가 짧은 여름밤이 희붐하게 밝아오는 새벽녘에서야 잠이 들었다.

아침 일찍 교회에 다녀온 혜영이 일 주일 동안 밀렸던 빨래와 청소를 하느라 오전 내내 온 집안을 헤집어댔다. 아들의 저조한 성적 때문에 의기소침했던 엇저녁과는 사뭇 달랐다. 언제 그랬었냐는 듯 표정에 생기가 넘쳤다. 철규는 신문을 뒤적거리며 상진이 오기를 기다렸다. 그가 나타난 것은 오후 두 시가 조금 지나서였다. 새 학기가 시작되기 전에 만나본 뒤로 오랜만의 대면이었다. 그의 안색은 여름 날씨에 어울리지 않게 핼쑥했지만 눈빛은 형형하게 빛났다. 그가 입을 떼기도 전에 상진이 먼저 입을 열었다.

"부산 생활은 어떠세요?"

"항도 생활도 십 년이 되다보니 익숙해졌지. 그리고 마음에도 들고, 서울에 올라오면 꽉 막힌 도시라는 생각에 숨이 막힐 것만 같군. 이곳에 비하면 부산은 열린 도시라고나 할까. 답답할 때 조금만 발을 뻗치면 바다에 닿을 수 있어 마음이 후련해지지. 송도, 다대포, 태종대, 해운대 어디서든 탁 트인 바다가 시야에 펼쳐지거든. 내가 가장 좋아하는 곳은 태종대의 아찔할 정도의 높디높은 단애 위에서 바라보는 망망한 바단데, 내 짧은 어휘력으로는 묘사하기가 힘들군."

그는 문득 니가타항을 떠올렸다. 태종대의 단애 위에서 바라보는 바다는 끝 간 데 없이 열려 있는데, 그때 니가타에서 바라본 바다는 막혀 있었다는 느낌뿐이었다. 왜 그런 인상만이 남아 있었을까? 어쩌면 영영 돌아올 수 없는 곳으로 누나를 떠나보낸 항구라는 선입관 때문에 그랬는지도 몰랐다.

혜영이 맥주와 마른안주를 들고와 컵에 따라주고 나가자 두 사람 사이에 잠시 끊겼던 대화가 다시 이어졌다.

"행정고시에 도전하기로 했다면서…."

"네. 그간 학문의 길을 걸을까, 아니면 행정관리로 나갈까, 진로를 놓고 고민하다가 일단 행정고시에 도전해보기로 했습니다."

"고시 공부에 바쁜 사람을 오라고 해서 미안하군."

"고모부님도 별말씀을 다 하세요."

"공부하는데 애로사항은 없나?"

"열심히 해보는 거죠. 역설적이긴 합니다만 사회사상사를 체계적으로 공부하면서 새삼 많은 것을 배웠습니다. 이를테면 인류의 역사란 사상의 자유를 얻기 위한 긴 투쟁이었다는, 바꿔 말하면 이데올로기로부터 자유롭던 때가 없었다는 거죠. 한쪽의 이념체계가 무너져버린 엄청난 변화 때문에 현대를 이데올로기의 종언의 시대라고 합니다만 그것은 언어의 유희에 불과하다는 생각이 들거든요. 시대정신의 발현으로서의 이념은 엄연히 존재하고 있습니다. 그런데 우리는 왜 이데올로기라는 낱말만 나와도 모두들 위축되고 터부시하는지 답답합니다. 물론 분단국가이기 때문에 안고 있는 한계라고 잘라 말할 수 있겠습니다만 바로 그 점 때문에도 이념의 문제는 거론되어야 한다고 생각합니다. 저는 운동권 논리에 공감되는 부분이 전혀 없는 것은 아닙니다만 그들과는 거리가 멉니다. 자신을 그런 것에 내던질 정도의 용기도 없구요."

"하긴 통일입네 하고 본연의 학교 수업을 소홀히 하고 운동현장 같은 데를 맴돌다가 좌절해버리는 젊은이를 우리는 숱하게 보아왔지."

"그래서 저는 이 사회가 안고 있는 부조리를 시정하기 위해서는 제도 속으로 직접 뛰어들어 개혁하는 것이 현실적인 방법이라 생각되어 고시를 택하기로 했습니다."

"지금 이 시점에서 자네에게 말하고 싶은 것은, 아직도 우리 사회 구석구석에 배어 있는 군부독재가 남겨놓은 독소를 뿌리뽑는 개혁과 진정한 민주화를 이루는 일에 모든 역량이 모아져야 한다는 걸세. 국민 대중의 감각과는 유리된 채 제도 개혁보다는 제도 붕괴를 지향하는 듯한 관념적 급진주의랄까, 이념의 편향성, 무분별한 모험주의는 그 기세가 한풀 꺾였지. 그런데 아직도 이데올로기를 역이용해서 입지를 넓히고 기득권을 강화시키려는 수구세력이 여전하다는 것이 문제네. 우리 모두가 공존할 수 있는 체제 개혁을 이루는 데 있어서 그들이 걸림돌이기도 하지. 민주주의가 추구하는 가치, 즉 인간화를 희생하면서 딴은 자유민주주의 체제를 지키겠다는 자들이 문제일세."

그들 속으로 뛰어들어가 개혁을 이루어보겠다는 상진의 온건한 생각이 타협 아니면 좌절의 벽에 부딪쳤을 때 과연 그것을 뚫고 헤쳐나갈 수 있을지 우려가 앞섰다. 그는 시대정신의 흐름이 인간화, 민주화에 있다는 믿음에는 흔들림이 없었다. 하지만 그러한 시대정신을 올바르게 이끌어야 할 지식인의 한 사람으로서, 과연 자신이 우리 사회가 요구하는 것으로부터 적당히 체념하고 타협하고 있는 게 아닌지, 말과 행동을 다르게 해 양심의 책무를 회피함으로써 시대정신을 매몰시키는 일은 없는지, 특정 지배집단에 편입되어 낡은 도그마를 옹호하고 있지는 않은지, 하는 물음 앞에 아니오, 라고 답할 자신이 없었다.

혜영이 과일을 들고와 합석하는 바람에 대화가 어정쩡하게 중단되었다.

"비밀스러운 이야기라도 나누셨어요? 하던 이야기 마저 하세요?"

"온통 시위로 난리더구나. 문민정부 이후 그런대로 민주화가 진척되고 있는데도 학생들이 무슨 생각으로 아직도 시위를 벌이는지 이해할 수가 없구나. 넌 데모대에 가담하는 일은 없겠지?"

"제가 데모해서는 안 되나요?"

"큰일날 소리를 하는구나. 데모하다 붙잡히면 좌경이다, 용공이다 해서 구속되는 날엔 신세 망친다. 설령 풀려난다 해도 기록에 남아 변변한 직장에 취직하는 것조차 마음대로 안 되지 않니?"

"걱정마세요. 전 용기가 없어서 못하니까요."

상진이 쑥스럽게 웃었다.

"그래, 하라는 공부는 안 하고 만용부려봤자. 구호의 외침만으로 통일이 이루어진다면야 누군들 못하겠니. 약국에 자주 오시는 아주머니 한 분이 신경안정제를 계속 복용하기에 몸에 해롭다고 말렸더니 그분 하시는 말씀이 집에 대학 다니는 아들이 시위에 휘말려 제 인생을 망치지나 않을까 걱정이 돼서 집에 돌아올 때까지 하루하루를 가슴 졸이며 기다린다고 하소연하더구나. 상진이야 모범생이니까 그럴 리야 없겠지만. 제 말이 틀리진 않죠?"

혜영이 철규를 향해 동조를 구했다. 그는 조카에 대한 혜영의 단정적인 시각을 긍정도 부정도 아닌 소리 없는 웃음으로 대신했다.

내 자식만은 시위에 가담하지 않기를 바라는 마음은 여느 어머니들 모두 한결같았다. 그들이 시위에 가담할 수밖에 없는 시대상황에 대한 이해는 뒷전이었다.

"고모님 말씀 명심하겠습니다. 그건 그렇구요. 고모부님께선 부산

예찬이 대단하던데요. 고모도 아예 부산으로 이사가는 게 어떠세요?"

"고모를 놀리는 거니? 부산에서 서울로 못 올라와 모두들 안달인데 거꾸로 서울에서 부산으로 내려가다니 말이나 되는 얘기니."

"고모, 그러면 언제까지 떨어져서 사시려구요."

"고모부가 언제까지고 지방대학에 눌러앉아 있을 수야 없지 않니. 기회를 봐서 서울로 옮기도록 해야지."

"고모부님 생각은 어떠세요?"

"글쎄. 나로선 부산에 정이 들어 구태여 옮길 생각이 없는데…."

"옮길 생각이 없다구요? 이젠 떨어져 사는 게 지긋지긋해졌어요. 애들 교육문제도 저 혼자론 힘에 부치구요."

혜영이 격앙된 목소리로 어려움을 풀어놓기는 처음이었다.

철규는 그간 자신이 짊어져야 할 짐을 대신 도맡아온 그녀의 고충이 어떠했으리라는 것을 짐작하고도 남았다. 그것은 그가 교수 재임용 탈락 때부터 지금까지 10년 넘게 이어지고 있었다. 그의 교수 재임용에 제동을 걸었던 것은 잠시 민주화의 봄을 맞이할 당시 학회지에 발표한 '저임금이 경제성장에 어떻게 기여하는가'라는 논문이 논란이 되어서였다. 안보와 경제성장을 우선의 지상목표로 삼았던 신군부세력에는 사회 각 계층, 특히 노사간의 갈등이 심해지고 있는 터에 저임금의 메커니즘은 터부시하고 있는 테마이기도 했다. 논문의 요지는 개발도상국이 경제성장을 이루기 위해서는 상당 기간 저임금 상태가 지속되어야만 성장에 필요한 자본 축적이 이루어진다는 관변 경제학적 논리를 통계자료에 의한 실증분석을 통해 입증해보려고 한 시론에 불과했다. 그러나 당국으로서는 저임금의 본질을 부각시키는 논문으로 간주하고 문제시했다. 그러나 막상 표면상의 탈락 이유는 무능하다는 데 두고 있었다.

"제가 쓴 논문이 문제가 된다면 조용히 물러나겠습니다. 하지만 재임용에서 탈락시키는 이유가 무능이라는 것만은 철회해주십시오"

철규는 학과장에게 대들다시피 매달렸다.

"문교 분과위에서 내린 결론입니다. 저로서는 할 말이 없습니다. 논문을 빌미 삼으면 학문 탄압의 인상을 줄까봐 그것만은 극력 피하려는 속셈을 이해해주시기 바랍니다."

그는 학과장의 말이 의미하는 바를 납득할 수 없어서 멍하니 서 있었다. 그의 절망적인 시선을 피하듯 외면해버리는 학과장도 곤혹스러운 표정이었다. 그는 어처구니없는 상황이 왜 일어났는지, 어떻게 받아들여야 할지 가늠조차 할 수 없었다. 그는 가까스로 혼란에 빠지는 자신을 추스르고 학과장실을 물러났다. 무능으로 대학교수 자리에서 쫓겨났다는 소문은 혜영과 장인에게 심한 상처를 안겨주었다. 그녀에게는 무능으로 인한 재임용 탈락이 전부였지, 탈락의 진위가 무엇인지를 정확히 짚어내려고 하지도 않았다.

탈락이라는 소문이 주위에 나돎으로 해서 수군거림과 눈총으로 인한 수치심만이 그녀를 괴롭혔다. 진의보다는 현상에 급급하는 그녀와의 사이에 철규는 좁힐 수 없는 거리감을 느꼈다. 장인은 장인대로 재일교포 출신인 사위의 논문이 사회주의 이론에 바탕을 두고 있는 건 아닌가 하고 의심하는 기색이 역력했다. 그는 보이지 않는 손가락질을 견디어낼 수 없어 바깥출입을 일체 삼간 채 방안에 붙박여 있었다.

취학 전의 어린 두 아이를 키우느라 별로 외출을 하지 않았던 혜영이 부쩍 나들이가 잦아졌다. 그녀의 움직임에는 무언가 결심이 서 있었다. 철규는 조국에서의 생활에 더 이상 희망을 걸 수 없었다. 그는 이곳을 떠나야겠다는 생각을 하루에도 몇 번이고 되풀이했다. 혜영의 그 흔한 웃음도 사라진 지 오래였다.

"이민을 생각해봤는데 당신 생각은 어떻소?"

"전 이민 갈 생각 전혀 없어요."

놀랍도록 야멸찬 대답에 그는 말을 잇지 못하고 입을 다물었다.

"이대로 물러설 수 없다구요. 가만히 앉아 있을 수만은 없으니 약국을 차려볼까 해요."

혜영은 바로 닥칠 경제적인 어려움에 미리 대비하겠다는 듯 장인의 힘을 빌려 아파트를 담보로 융자를 받아 아파트 단지 내 상가 점포를 세내어 약국을 개설하는 기민성을 보였다.

"아침 문 여는 시간과 저녁 문 닫는 시간에는 당신이 나오셔서 도와주셔야겠어요."

타고난 낙천성에 의해 매사를 쉽게 마름하고 적극적으로 행동하는 혜영의 노력으로 약국은 어렵지 않게 자리를 잡을 수 있었다.

재임용 탈락이라는 좌절에서 4년째 되던 해, 그는 부산 D대학이 종합대학으로 승격하면서 마침 교수 충원 케이스가 생겨 어렵사리 경제학과 부교수 자리를 다시 얻을 수 있었다. K대 민 학장의 적극적인 추천이 주효했음은 물론이었다. 그때만 해도 학원가에 조심스럽게 통치권자의 정통성 여부가 쟁점화되면서 움츠렸던 학생들의 시위 움직임이 엿보일 무렵이라 복직이 이루어질 가망은 희박했다. 가슴을 후벼대는 괴로움만이 더께처럼 쌓여만 갈 때였다. 안으로 안으로 침잠해 들어가 인고의 나날을 보내면서도 자세를 흐트려뜨릴 수 없다는 마음가짐으로 스스로를 채찍질하면서 다스렸다.

"지금까지 참고 기다리셨는데 이제 와서 하필이면 이름도 없는 지방대학으로 가실 게 뭐 있어요. 이젠 약국도 기반이 잡혀 경제적으로 어려운 고비를 넘겼잖아요."

명예회복과 위신을 내세우는 혜영에게는 마음에 찰 리가 없었다. 그동안 생활을 꾸려오느라 애써온 걸로 봐서도 그녀에게 보답하는 길은 복직에 의한 명예회복뿐이었다. 그렇다고 언제 복직될지 기약도 없는데 무한정 한가하게 앉아 기다릴 수만은 없는 노릇이었다. 그는 단 하루라도 빨리 교단에 서고 싶었다.

그가 강의를 맡기까지 서너 차례 부산을 왕래하는 동안, 혜영은 단념한 듯 그의 새로운 임지로의 부임을 나서서 거들었다. 그녀는 언제 부산 부임을 반대했느냐 싶을 정도로 손수 수영만에 자리잡은 아파트 단지의 18평을 전세내어 그가 부임하는 대로 바로 입주할 수 있도록 갈무리했다. 학교 주변에 하숙을 생각했던 철규는 그녀의 재빠름에 혀를 내둘렀다. 그리고 그녀는 약국에만 매달렸던 여태까지의 자세를 바꾸어 가족에게 많은 관심을 기울이기 시작했다.

그때까지 혼자서 꾸려나가던 약국을 동창이 소개한 처녀를 채용해 손님이 드문 한가한 시간에 맡기고는 그간 소홀히 했던 아이들 뒷바라지에 열을 올렸다. 예전에 없던 아이들의 학교 방문 횟수도 늘었다. 철규가 강의 준비와 회합으로 부득이 서울에 올라갈 수 없게 되면, 그녀는 아이들에게 집을 맡겨놓고는 토요일 마지막 비행기로 내려와 다음날 새마을호 막차로 올라가곤 했다. 철규는 아예 모든 서적을 부산으로 옮겨버렸다. 그러자, 기회를 봐서 서울로 자리를 옮길 생각은 않고 다 옮겨놓으면 어떡할 거냐, 부산에 영영 정착할 셈이냐, 하며 혜영이 한동안 까탈을 부렸다.

초미의 관심사로 떠오른 두 아이의 진학문제를 혜영 혼자서 감당해내기 벅차다는 것을 그가 나 몰라라 하는 것은 아니었다.

"당신이 부산에 그냥 눌러 계신다면 제게도 생각이 있어요. 알아서 하세요."

혜영이 상진에게까지 들으라는 투로 으르듯 말을 던지고 자리에서 일어났다. 어색한 기운이 감돌았다. 철규는 그것을 걷어내기라도 하듯 화제를 바꾸었다.

"오늘 오라고 한 건 자네의 의견을 들어보고 싶어서였네."

철규는 컵에 남은 맥주를 들이켜고 다시 입을 뗐다.

"실은 내게 고등학교 일학년 때 자진 북송을 한 누님이 한 분 계시다네. 이건 고모도 모르고 있는 사실일세. 그런데 지난 달 대통령 담화문에 남북 자유왕래 일환으로 정부가 방북 신청을 받아주기로 한다는 결정을 내린 것을 자네도 알고 있지 않나. 그래서 이번 기회에 삼십여 년 동안 만나지 못했던 누님을 만났으면 하는 희망일세. 하지만 내 주위 동료들은 아직 북한주민 접촉신청은 시기상조라고 다들 말린다네. 그 이유인즉 과거에도 그래왔듯이 언제 공안정국으로 돌아설지 모르니 좀 더 두고보는 것이 좋다는 얘기더군. 월남해온 이산가족들의 방북 신청과는 달리 재일교포로서 자진 입북한 누나를 만나겠다고 나서는 것이 성급하다는 것을 나도 생각 안 하는 게 아니지만 그래도 방북 신청을 해볼까 하고 있네. 그런데 막상 일을 추진하려니까 마음이 흔들려서 갈피를 잡을 수가 없단 말이야."

상진의 놀란 표정에서 철규는 역시 시기상조일 수밖에 없구나, 지레 짐작했다.

"이 일을 고모와 할아버지께서 아시면 펄쩍 뛰실 텐데요."

"고모와 할아버지에게는 내가 결심이 설 때까지 비밀로 해주게나. 자네라면 내 처지를 이해해주리라 믿네. 자네 생각은 어떤가?"

"월남해온 이산가족의 방북 신청과는 또 다른 경우라 공안정국으로 돌아섰을 때는 문제로 삼을 소지가 있다고 봅니다. 그렇다고 해도 대통령 담화에 의한 방북 신청인데 지나치게 주저할 필요는 없다고 보는데요."

"자네가 너무 낙관하고 있는 건 아닐까?"

"낙관이라기보다는 당위라고 해야겠지요. 특이한 경우이기는 합니다만 고모부께서 길을 여는 셈치고 방북 신청을 시도해보시는 것도 좋을 텐데요."

"그건 무모한 짓이 아닐까? 어떻든 자네 의견은 고맙네. 좀 더 생각을 가다듬은 후에 결심을 굳히도록 하겠네."

그는 한 시간 동안 상진이와 이런저런 이야기를 더 나누었다.

상진이 돌아가고 난 뒤에도 혜영의 화를 낸 표정이 풀리지 않았다. 쌀쌀한 기운마저 감돌았다. 그러나 그는 짐짓 모른 척해버렸다.

3

다음날 철규는 통일원에 가기 위해 오전 10시에 집을 나섰다. 출근 시간 한 시간 남짓 지났는데도 지하철은 여전히 붐볐다. 동국대역에서 내린 철규는 장충체육관 방향의 층계를 올라갔다. 뜨거운 햇살이 아스팔트 도로 위를 달구고 있었다.

통일원까지는 택시를 타고 가기가 어중간한 거리였다. 그는 걷기로 작정하고 경사진 길을 걸어올라갔다. 이내 이마와 가슴과 등에서 땀이 흘러내렸다. 속옷이 몸에 달라붙어 걷기가 여간 거북한 게 아니었다. 청사 안으로 들어서자 젖은 내의 때문에 냉방이 섬뜩하게 느껴졌다.

민원창구에서 줄을 서서 차례를 기다리는 사람들이 보였지만 예상했던 것보다는 덜 붐볐다. 그는 차례를 기다리는 동안에도 경솔한 행동이 아닌지를 내내 생각했다. 차례가 되자 그는 신청용지 한 벌을 받아들고는 그곳을 서둘러 빠져나왔다.

지하철역까지 내려온 철규는 제과점 앞 공중전화 앞으로 다가갔다. 그는 수첩을 꺼내 민 교수 자택 전화번호를 확인하고는 다이얼을 돌렸다. 전화를 받은 부인은 연구실로 나갔다는 대답이었다. 그는 일간 찾아뵙겠다는 인사를 하고 전화를 끊었다. 방학 중인데도 민 학장은 연구실에 꼬박꼬박 나가고 있는 것 같았다. 그는 다시 전화를 걸어 교환에게 민 교수 연구실을 부탁했다. 수화기를 통해 나지막한 민 교수의 음성이 들려왔다.

"오랜만이군. 지금 서울에 올라와 있는가?"

"네. 상의드릴 말씀이 있어 지금 찾아뵈올까 합니다만, 시간이 어떠신지요?"

"점심이나 같이 하세. 열두 시까지 연구실로 오게나."

민 학장은 같은 대학을 나온 대선배였다. 그가 영주귀국하게 된 동기도 민 교수의 권유였다. 그가 박사과정을 이수할 당시 일본에서 열린 학술회의에 민 교수가 참가하고 모교에 들렀던 길에 만남이 이루어졌다. 민 교수는 모교 강단에 서 있는 일본인 동창이었던 교수의 추천도 있고 해서 학위 취득이 되는 대로 한국에 나올 의향이 없는지 그에게 물었다. 민 교수는 헤어지는 자리에서 명함을 내밀고는 종종 연락해주기 바란다는 말을 남겼다. 그가 장래에 대해 절망하고 있던 때였다. 대학 졸업을 앞두고 이름 있는 회사에 취직이 이루어지지 않는 현실에서 좌절을 삭이며 어쩔 수 없이 대학원에 진학했었다. 물론 귀화하는 길도 있었지만 그렇게까지 자신을 비하시키고 싶지 않았다.

박사과정이 거의 끝나가는 그에게 민 교수의 제의는 새로운 활로를 열어준 계기가 되었다. 졸업에 앞서 그는 박사학위 취득 논문과 학위증을 들고 면접시험을 보기 위해 난생처음 서울을 찾았다. 면접

결과 그는 전임강사 자리를 마련할 수 있었다. 새 학기부터 그가 맡게 될 강좌는 '경제성장론'이었다. 그에게 조국은 외국이나 다름없었다. 더군다나 우리말이 서툴다는 것은 그에게 큰 부담이었지만 부딪치면 적응할 수 있으리라는 확신으로 영주귀국을 감행했다.

그가 학장실 문을 열고 들어가자 민 교수가 일어서며 말했다.

"점심은 보신탕으로 하세. 가만있자. 자네 보신탕을 하던가?"

"아직 한번도…."

"더운 여름을 나려면 보신탕이 제일일세. 맛도 그만이고 한번 시식해보게나."

철규는 보신탕을 먹지 않으면 안 될 경우에는 합석을 피하거나 아니면 따라가서는 속이 좋지 않다는 이유를 들어 냉면 따위로 때웠다. 보신탕집은 교문 맞은편 골목길 중간쯤에 들어서 있었다. 식당 안의 후덥지근한 열기와 냄새 때문에 그는 초장부터 비위가 거슬렸다. 자리가 비기를 기다리는 동안에도 가슴과 등에 땀이 배어났다. 10여 분을 족히 기다려서야 자리를 차지할 수 있었다. 민 교수는 소주 한 병에다 백숙 2인분과 보신탕 2인분을 시키고는 상의할 일이 무엇인지 물었다.

"학장님, 이곳에서 말씀드리기가 뭣하군요. 연구실에서 말씀드렸으면 합니다만…."

소주와 백숙 2인분이 먼저 나왔다. 그는 민 교수의 권유에 고기 한 점을 입에 넣었다. 고기는 생각보다 부드러웠다. 그는 조심조심 씹고는 삼키려고 했지만 넘길 수가 없었다. 뱉을 수도 없는 형국이라

소주 한 잔을 입에다 털어넣고는 눈을 감고 꿀꺽 삼켰다. 억지로 삼키는 바람에 눈물이 날 지경이었다.

"처음 먹어보는 맛이 어떻소?"

"맛을 모르겠습니다."

"이 기막힌 맛을 모르다니, 보신탕 맛을 모르면 한국 사람이 아니지. 하긴 자넨 생선회를 더 좋아하겠군."

철규는 보신탕 맛에 익숙지 않은 자신에게 민 학장이 아직도 반 쪽바리 근성을 버리지 못하고 있다고 힐난이라도 받는 것처럼 느껴졌다. 고기 한 점을 억지로 더 먹었다. 보신탕에다 밥을 비벼 볶은 것을 반 공기 먹고는 숟가락을 놓았다. 민 교수는 땀을 흘리면서도 자신의 몫을 다 먹는 왕성한 식욕을 보였다. 보신탕집을 나설 때 그는 속이 울컥해 하마터면 토할 뻔했다.

학장실은 냉방이 알맞게 되어 있었다. 비서가 녹차를 탁자 위에 놓고 나가자 민 교수는 무엇인가를 말해보라는 투의 눈길을 철규에게 보내왔다.

"학장님께 여태 말씀드리지 못한 것은 결과적으로 제가 의도적으로 숨긴 때문입니다만, 지금은 일본의 부모님들도 돌아가시고 제게 혈육이라곤 삼십여 년 전 니가타에서 이북으로 가신 누님이 한 분 살아 있습니다."

철규는 잠시 말을 끊었다. 민 교수의 표정은 별반 달라진 것 같아 보이지 않았다. 그는 다시 입을 뗐다.

"실은 이번 남북 자유왕래에 대한 대통령 담화문 발표 후 신청 접수창구에서 이산가족이 몰리는 기사를 보고 저도 불현듯 누님을 만나보고 싶다는 생각을 하게 됐습니다."

철규는 만나고 싶다는 대목에서 민 교수의 표정이 변하는 것을 놓치지 않았다.

"교포사회에선 있을 수 있는 이야기니까 자네가 자진 입북한 누님이 있다는 사실을 일부러 숨겼다고는 보지 않네. 한데 내가 이래라저래라 할 계제는 아니네만 좀 더 신중을 기하는 것이 좋을 것 같은데…."

녹차를 한 모금 마신 민 교수가 내쳐 입을 열었다.

"당국이 필요에 따라 화해와 공안정국을 번갈아가며 쓰고 있는 현실에서 그들에게 새삼스럽게 빌미거리를 내보인다는 것이 위험천만이라는 생각이 드네. 아무리 생각해도 시기상조일세. 다시 생각해보게나. 그리고 나는 이 이야기를 못 들은 걸로 해두겠네."

민 교수가 이 일에는 일체 관여치 않겠다는 분명한 의사를 내보였다. 그는 방북 신청에 대해 긍정적인 조언이라도 들을 수 있을까 해서 민 학장을 찾았지만 동료 교수보다 한술 더 뜨는 조신함에 혹시나 했던 기대가 무너지고 말았다. 그는 교정을 나오면서 내내 민 교수의 마지막 말을 되새겼다.

철규는 민 학장을 만나고 집에 돌아와 과연 '시기상조'일까, 만을 계속 생각하고 있었다. 문득 철규는 '시기상조'라는 충고에 자신이 너무 얽매이고 있는 게 아닌가 하는 생각을 해보았다.

저녁 10시 반이 지나서야 혜영이 집으로 돌아왔다.

"민 학장님 만나보신 일은 잘되었어요?"

현관문을 열어주는 그에게 혜영이 궁금했던지 외출에 대해 캐물었다.

"오랜만에 인사차 들른 것뿐이라구…."

"서울로 올라올 수 있게 자리 하나 부탁하지 않으시구요?"

"그런 얘기는 꺼내지도 않았소."

"당신두 원, 언제까지 부산에 눌러 있을 작정이세요? 당신은 대가 약한 것이 문제예요. 부탁해야 할 때 구걸이라도 하듯 주뼛주뼛한단 말이에요."

로비조차 제대로 못하는 그에게 혜영이 적이 못마땅하다는 듯 욕실로 들어가 꽝, 소리나게 문을 닫았다. 그는 움찔했다. 그 소리는 마치 방북 신청에 대한 그녀의 이해를 바라는 그의 바람을 여지없이 뭉개버리는 조짐으로 들렸다. 어쨌거나 누나에 대한 이해를 바라는 데 가장 문제는 아내가 좌경·용공이라는 말에 지나칠 정도의 거부반응을 보이는 거였다. 그녀의 그러한 성향이 두드러지게 나타나기 시작한 지는 그가 연행을 당하고 뒤이어 해직을 겪은 뒤부터였다.

시국이 뒤숭숭하고 암울한 신혼 시절이었다. 학년 초의 3월 하순, 학생들의 시위 조짐이 보이기 시작한 때여서 교내 분위기 또한 술렁거렸다. 그날 따라 그가 일찍 귀가해 이른 저녁을 막 끝낼 때쯤이었다. 초인종 소리에 아내가 눈에 띄게 불룩해진 배를 한 손으로 쓸어내리며 현관으로 나갔다. 그리고 이내 방으로 들어온 아내는 그렇지 않아도 임신으로 빈혈증세를 보여 핏기없는 표정이 더욱 하얗게 질

"우린 이제 내일을 바라볼 나이가 아니잖아요. 아이들 장래가 더 큰 문제죠."

"그렇지만 이민간다고 아이들 장래가 보장되는 것도 아니잖소."

"하지만 준호가 희망하는 지휘과는 우리나라 음대에는 없어서 그렇죠."

이런 와중에 누나의 이야기를 꺼낸다는 것은 이민을 검토하는 그녀에게 제대로 구실을 제공하는 꼴이 될 게 뻔했다. 이러지도 저러지도 못하는 자신의 우유부단에 부아가 솟구쳤다. 그는 모든 것을 털어놓을까, 하고 입을 떼려다 그만두었다.

"제게 할 말이라도 있으세요?"

혜영이 그의 머뭇거리는 자세를 놓치지 않고 물었다.

"…."

철규는 대답도 않은 채 잔에 남은 맥주를 들이켰다.

"맥주 더 드실래요? 저도 한잔 해야겠어요."

혜영이 냉장고에서 새로 맥주 한 병을 꺼내 마개를 따고는 그의 잔을 먼저 채우고 자신의 잔에도 따랐다. 그녀는 맥주 한 모금을 마시고 할 말이 있으면 어서 해보라는 눈빛으로 그를 빤히 들여다보았다. 본의는 아니었지만 누나가 북녘에 있다는 사실을 더 이상 그녀에게 숨길 일이 아니었다. 앞으로의 방북 신청을 위해서라도 밝혀두어야겠다고 생각을 바꾸었다. 막상 이야기의 실마리를 어디서부터 풀어야 할지 가닥이 잡히지 않아 그는 온 신경을 끌어모았다.

얼마 동안의 침묵 끝에 그는 입을 열었다.

"지금부터 내가 말하는 사실에 대해 냉정을 잃지 말고 잘 들어주었으면 해. 지금에사 이런 이야기를 하면 당신은 여태까지 내가 속였다고 생각할지 모르지만 절대로 그런 의도는 아니었으니까. 삼십여 년 전 일이지만 내겐 누님이 한 분 계셨는데 조총련계 청년과 결혼해서 그 길로 니가타에서 북송선을 타셨지. 그 누나가 이북으로 떠난 뒤 간간이 근황을 편지로 보내왔지만 그나마 내가 한국으로 영주귀국하는 바람에 연락이 두절되었던 터라 구태여 누님에 대해 밝힐 필요가 없다고 생각했지. 그런데 당신도 기억하겠지만 지난해 가을 세미나 참석차 일본에 갔을 때 당숙한테서 누님 소식과 주소를 전해들었지. 물론 당숙집에 들렀을 때 누님의 근황을 알 수 있을지도 모른다는 기대감이 전혀 없었던 것은 아니었소. 누님이 당숙에게 보낸 편지 말미에 나에 대한 근황을 알려달라는 구절에 그만 눈물이 핑 돌더군. 그런데 다행스럽게도 지난 달 대통령 담화문에서 자유왕래를 허용한다고 발표했으니 나로선 더 이상 누님과의 만남을 주저할 아무런 이유가 없다고 생각하게 됐소. 그래서 올라온 김에 방북 신청을 해볼까 하는데."

철규는 담담한 어조로 말하곤 혜영의 표정을 살폈다. 상상조차 할 수 없었던 이야기가 남편 입에서 나오는 것이 못미더워서인지 그녀는 실실 웃기까지 했다. 그는 누나가 자진해서 북송선을 탄 사실이 거짓이 아님을 다시금 일깨워주었다.

"어쩜!"

외마디 소리를 토해내는 혜영의 얼굴이 하얗게 질려 있었다. 비로소 문제의 심각성을 고스란히 깨달은 것 같았다.

"그런 이야기를 이제야 털어놓으시면 저보고 어떡하란 말이에요?"

방북 신청은 더 이상 그만의 문제가 아니었다. 가족은 물론이거니와 어쩌면 처가에까지도 영향을 미칠지 모를 일이었다. 그녀가 훗날 가족 모두를 발목잡히게 할 중대한 사안이라는 인식을 하게 되는 날에는 친정까지 끌어들일 공산이 컸다. 그렇게 되면 장인과의 맞섬 또한 피할 수 없게 될 게 뻔했다. 철규는 이 문제로 장인과 대면해서 얼굴을 붉히고 싶지 않았다. 피할 수만 있다면 피하고 싶었다.

"당신이 누님을 만나보고 싶은 심정 저라고 이해 못할 바는 아니에요. 그렇지만 당신의 경우는 우리가 알고 있는 이산가족의 경우와는 달리 자진 입북한 누님을 만나겠다는 것이라 문제가 될 수밖에요. 제발 방북 신청만은 말아주세요."

혜영이 애원했다. 철규는 아내가 미구에 가족에게 닥칠지도 모를 재난만을 걱정하는 태도가 이만저만 서운한 게 아니었다. 그는 순간 울컥하고 가슴 밑으로부터 올라오는 오기를 가까스로 눌렀다. 방북 신청을 했다가 후일 그 일로 가족들에게 불어닥칠지도 모를 변고가 새삼 두려워서였다.

이튿날 철규는 방학 중인데도 혜영을 마주하기가 거북해 쓰다만 논문을 마저 마쳐야 한다는 구실을 대고 서울역으로 향했다. 역전 광장은 피서 인파로 북적거렸다. 새마을호 대합실에 들어서자 1시 출발 열차의 개찰은 이미 시작되어 있었다.

"우리에게 닥쳐올 일이 전 무서워요. 제발 노출시키지 마세요."

배웅나온 혜영이 거듭 매달렸다. 밤새 뒤척였던지 그녀의 얼굴이 부석부석해 보였다.

"좀 더 생각해보고 결정하도록 하지."

그는 신중을 기하겠다는 태도를 내보였지만, 양복 안주머니에 들어 있는 신청용지의 빈칸들이 채워주기를 바라듯 어른거려왔다.

개찰구로 들어간 철규는 등 뒤의 시선을 의식하곤 힐끗 뒤를 돌아다보았다. 혜영이 못내 찜찜한지 초췌한 표정으로 물끄러미 바라보고 있었다. 다른 때 같으면 한번쯤 손을 흔들어 보일 만도 한데 미간을 좁힌 채 그저 쳐다볼 뿐이었다.

1시 정각에 출발한 열차가 오랜 주행 끝에 종착역에 닿은 것은 예정 시간보다 5분 늦게였다. 열차에서 내린 철규는 비릿한 바닷바람에 폐부 깊숙이 숨을 들이켰다. 내항에서 들려오듯 뱃고동이 가까이서 울렸다. 부산으로 되돌아올 때까지 내내 자신을 억눌렀던 중압감이 조금은 걷히는 것 같았다. 출구에 출영차 나온 많은 사람들을 보자 누군가라도 만났으면 하는 마음이 일었다. 이대로 아파트로 들어가기가 마음 내키지 않았다. 그는 이 교수와 김 교수를 떠올렸다. 그들과 만나 자갈치시장에서 소주 한 잔을 나누고 싶었다.

그들이 아직 연구실에 남아 있기를 바라며 그는 공중전화 부스로 다가갔다. 차례가 되자 부스 안으로 들어가 숫자 버튼을 눌렀다. 그러나 두 사람 다 연구실에는 없었다. 그는 뒤에서 기다리는 사람을 위해 부스를 나와 잠시 머뭇거렸다. 그는 문득 최지연을 떠올렸다. 그가 D대에 부임해 첫 강의에 들어갔을 때 유일한 여학생인데다 같은 종씨였던 그녀는 졸업하자 B신문사에 들어가 경제부 기자로 활약하고 있었다. 그는 줄 뒤로 가서 다시 섰다. 차례가 되자 그는 B신문 경제부에 전화를 넣었다. 그녀는 마침 자리에 있었다.

철규가 약속장소인 카페 '포트'의 문을 밀치고 들어서자 지연이 먼저와 기다리고 있었다. 이른 봄에 만나고는 오랜만의 대면이었다. 화장기라곤 없는 얼굴에 손질할 필요가 없을 정도로 짧은 머리칼은 그녀를 매우 활동적으로 보이게 했다.

"바쁜 시간을 뺏은 게 아닐까."

"아녜요. 신문사라는 데가 피서철이 제일 한가한 때예요. 교수님께서 전화를 주시다니, 전 처음엔 누군가 했어요."

"기다리는 사람 전화가 아니라서 실망시켜 드렸군."

"일에 쫓겨 남자친구 사귈 시간조차 없어요."

지연이 고른 치아를 드러내며 웃어보였다.

마담이 직접 맥주를 날라와 테이블에 놓고는 철규를 향해 미소를 지어보였다. 철규는 동료 교수들과 이따금 들르는 곳이기도 해서 마담과 안면이 있었다.

"선생님, 아직도 주말마다 서울과 부산을 오르내리세요?"

"전처럼 주말마다 올라가는 건 아니지만 여전한 셈이지."

"여간 불편하지 않으시겠어요."

"십여 년을 이런 생활을 하다보니까 몸에 배어 별반 불편을 못 느껴요."

맥주를 서너 잔 마신 탓인지 한결 마음이 풀렸다. 철규는 문득 북한주민 접촉신청에 대해 그녀의 의견을 물어보고 싶어졌다.
"유화정책이랄까, 화해정국은 제가 보기엔 그리 오래갈 것 같지 않아요. 그런 점에서 주위에 계신 분들의 시기상조라는 조언은 옳다고 봅니다. 특히나 가족의 입장에서 방북 신청을 반대하는 것은 당연한 것 아닐까요. 방북 신청을 포기하시는 게 현명한 판단이겠지요."
지연은 맥주 한 모금을 들이켜고 다시 말을 이었다.
"하지만 저는 선생님께 방북 신청을 하시라고 말씀드리고 싶군요. 그 이유는 당위성이죠. 또한 앞으로 닥칠지 모를 불행한 사태도 받아들인다는 각오로 임하셔야겠지요."
지연이 상진과 비슷한 생각을 하고 있다는 데 적이 놀랐다. 그리고 그녀의 딱 부러진 의견 제시는 서울에 다녀올 때까지 내내 자신을 억눌렀던 중압감을 일시에 걷히게 해주었다. 입안에 감겨도는 맥주의 씁쓸한 맛에 끌려 철규는 연거푸 맥주잔을 비워냈다.
철규는 목젖이 타들어가는 듯한 갈증과 두통에 시달리면서 전화 벨소리를 어렴풋이 들었다. 그는 도저히 일어날 수가 없었다. 한참 울려대던 전화 벨소리가 끊겼다. 그제야 그는 가까스로 일어나 관자놀이께를 검지손가락으로 꾹 눌렀다. 엊저녁 지연과 만나 이야기 끝에 술을 마신 것까지는 생각이 났으나 아파트에 어떻게 돌아왔는지 전혀 기억이 나지 않았다. 어쩌면 지연이가 바래다주었는지도 몰랐다.
그녀 앞에서 술주정을 부리지나 않았는지, 생각이 거기에 미치자 얼굴이 화끈 달아올랐다. 그는 냉장고에서 보리차를 꺼내 거푸 마셨다. 벽에 걸린 시계 바늘이 7시 10분을 가리키고 있었다. 전화벨이 다시 울렸다. 수화기를 들자 혜영의 여느 때의 들떠 있는 목소리와는 달리 착 가라앉은 목소리가 들려왔다.

"어젯밤에 여러 차례 전화를 드렸어요. 조금 전에도 전화를 했는데 계시면서도 안 받으셨어요?"

"오랜만에 동료 교수들과 만나 그만 과음했지. 미안하오."

그는 얼떨결에 둘러댔다.

"아버님 바꿔 드릴게요."

"장인어른은 왜, 무슨 일이라도 생겼소?"

"받아보면 아실 거예요."

장인의 전화라는 말에 철규는 아차 싶었다. 혜영에게 결심이 설 때까지 입막음 안 한 게 실수였다. 설사 발설치 말라고 했다손치더라도 사안이 사안인 만큼 말하지 않을 그녀가 아니었다.

"찾아뵙지 못하고 그냥 내려와 죄송합니다."

"혜영이한테 다 들었네. 주위에 미칠 영향을 생각해서라도 경솔한 짓을 해서는 안 되네. 신청할 생각을 아예 단념하게나. 이번 주말에 올라오면 집에 꼭 들르게."

전화선을 통해 장인의 냉랭한 눈길이 느껴졌다. 정년퇴직 때까지 비교적 순탄한 삶을 살아온 장인은 은행 이사직을 끝으로 물러난 뒤 그간 사두었던 신흥개발지의 땅에다 상가 건물을 지어 매달 들어오는 점포 임대료만으로도 자적한 생활을 하는 데 부족함이 없었다. 그런 그가 매양 안보와 경제성장만이 우리 사회가 추구해야 할 과제임을 역설하는 데는 그럴 만도 했다.

　장인과는 대화를 나눠보고 싶다고 생각해본 적이 거의 없었다. 그러나 장모와는 스스럼이 없었다. 어려서 어머니를 여윈 그는 장모한테서 어머니의 체취를 느꼈기 때문이었다. 일제 말기에 일본으로 건너간 어머니는 방적공장 여공으로 일하다 징용으로 끌려간 아버지를 만나 남매를 낳았지만 몸이 약한데다 제대로 먹지 못해 결핵을 앓았다. 그때는 일본이 패전한 뒤여서 고물 수거로 끼니를 간신히 이어나가던 시절이라 약 한번 제때 써보지 못한 채 운명했다. 장인은 그가 혜영과 결혼하기 전부터 출신이 의심스러운 재일교포라는 데 한때 난색을 표명, 애초부터 호의적이지 않았다. 그래서인지 장인을 대할 때는 매양 낯설게 느껴지기만 했다.

　그래도 신혼 초에는 국내 사정에 어둡기도 해서 장인을 찾아가 곧잘 자문을 구했지만 그 연행이 있고 난 뒤부터 그를 대하는 태도가 눈에 띄게 냉랭해진 것 같아 사이가 소원해질 수밖에 없었다. 처가 쪽은 방북 신청에 모두 반대 입장이었다. 동료 교수들은 뜻은 이해하나 아직은 시기상조로 지금까지 지켜왔던 것을 스스로 밝히게 되면 후일 상황 변화에 따라 어떤 불이익이 닥칠지 모른다는 의견이었다. 다만 상진과 지연 두 젊은이만이 당위성을 내세워 응당 방북 신청을 해야 한다는 주장이었다.

　월남으로 비롯된 이산가족과는 달리 자진 입북한 누나를 만나겠다고 방북 신청하는 일이 경솔하고 성급한 짓이 아닐까, 하는 불안을 아무래도 떨쳐버릴 수 없었다. 필요에 따라 담화문이 얼마든지 표면

할 소지를 남겨두고 있는 그들이 언제 다시 공안정국으로 몰고 갈지 알 수 없는 일이었다. 그런데도 그는 담화문이 주는 명분에 매달리고 싶었다.

  철규는 지나온 세월 동안 끊임없이 흔들리고 번민하면서 과연 무엇을 터득했는지 더듬어보았지만 방관으로 일관한 삶이었다는 회한만이 뇌리속을 쑤셔댔다. 한마디로 보신에 급급한 세월이었다. 하지만 이제는 누나가 북녘에 있다는 것을 더 이상 숨길 것이 아니라 방북 신청을 기회로 밝혀두고 싶었다. 훗날 그것으로 인해 불이익이 닥친다 해도 이 땅에 정착하기 위해서는 그것쯤은 감당해낼 수 있는 용기가 있어야 떳떳해질 수 있을 것 같았다.

  일 주일 동안 신청에 따른 필요한 서류를 챙긴 철규는 방북 신청을 위해 올라갈 날이 막상 다음날로 다가오자 의구심으로 전에 없이 긴장되었다. 그의 내부에 자리잡은 미심쩍음과 불안과 두려움은 생각보다 뿌리가 깊게 박혀 있었다. 쫓기는 꿈으로 식은땀까지 흘렸고 불안이 극에 달했다. 나는 비겁자일까, 하고 잠에서 깬 그는 자괴감에 빠지면서도 한편으로는 자신이 두려워하는 까닭이 온당하다는 생각을 하기도 했다.

  철규는 일말의 마음켕김을 느끼면서도 혜영에게 알리지 않고 서울로 향했다. 그는 서울에 도착해 접수창구 앞에서도 자신이 만용을 부리고 있지나 않은지 거듭 스스로에게 물었다. 막상 결심이 서자 그는 서류를 접수시키고는 그 길로 부산으로 내려와 버렸다.

4

철규는 기다림 속에서 무언가 예기치 못한 사태가 일어날 것만 같은 예감에 신경을 곤추세우고 있었다. 신청서를 접수시킨 지 한 달이 지났는데도 아무런 통지가 없어서 더욱 그랬다. 못내 찜찜하던 불안감은 9월이 미처 지나가기도 전에 현실로 다가왔다.

그는 강의 준비를 하면서도 방북 신청이 어떻게 처리될지 궁금하다기보다는 걱정이 앞섰다. 월남해온 실향민들의 방북 신청과는 궤를 달리한, 거꾸로 자진해서 북으로 간 혈육을 만나겠다는 것이 과연 용납될 것인지, 섣부른 호기를 부린 게 아닌지 하는 뉘우침이 뇌리속에 똬리를 틀었다. 하지만 신청을 하고만 것은 누나에 대한 그리움 때문에 어쩔 수 없었다. 실현 가능성이 없어 보이는 발표였지만 우정 이번만은 하는 기대감에서였다. 이룰 수 없는 만남이 주는 유혹과 흥분에 그만 이끌리고 만 셈이었다.

시간이 흐르면서 철규는 자신의 경솔한 결정에 후회가 일기 시작했다. 하지만 마음을 가다듬고 연락이 올 때까지 기다릴 수밖에 없었다. 강의 준비를 마저 끝내기 위해 책에 다시 매달렸다. 전화 벨소리에 수화기를 집어들었다.

"여보, 큰일났어요. 상진이가 경찰에 연행되어 갔어요. 공부밖에 모르는 걔가 시위에 가담하리라곤 오빠나 올케언니인들 상상이나 했겠어요. 올케는 정신을 잃었다가 겨우 의식을 회복했지만 몸져 누웠다구요. 관할 경찰서에 면회를 신청했지만 만나보지도 못하고 발만 동동 구르다가 돌아온 참이에요. 지금 오빠 집이거든요. 이따 집에 가서 다시 전화 드릴게요."

아내가 숨넘어가는 목소리로 알려온 상진의 구속 소식은 마치 상황이 불길하게 뒤바뀔 듯한 조짐으로 철규에게 다가들었다. 상진의 구속이 처남 가족들에 미친 충격이 어떠하리라는 것은 쉬이 짐작이 갔다. 시위를 좌경학생들이나 하는 것쯤으로 몰아붙이는 장인이 자신의 자랑스러운 손자가 연행되어 갔다는 사실을 어떻게 받아들일지에 생각이 미치자 철규는 그만 고소를 삼켰다. 시대상황을 자신의 일이 아닌 남의 일로만 돌려버리는 그들이 자신들의 일로 맞닥뜨리게 된 현실을 어떻게 받아들일지 자못 궁금해졌다. 그런데 온순하고 합리적인 사고로 매사에 신중하고 면학에 열중했던 상진이 어떤 연유로 시위에 가담하게 되었는지 또한 납득이 가지 않았다. 혜영으로부터 전화가 다시 걸려온 것은 자정이 다 되어서였다.

"불안해서 못견디겠어요. 내내 생각해봤는데 이민가야겠어요. 준호가 내후년이면 대학 진학인데 상진이 꼴 나는 것 난 못봐요. 주말에 꼭 올라오셔야 해요."

조카의 구속이 혜영에게는 바로 자신의 아이들에게도 멀지 않아 그러한 일이 능히 일어날 수 있다는 전조로 받아들이게 하기에 충분했던 모양이었다.

서울역에 내린 철규는 지하철로 갈아탔다. 토요일 밤인데도 지하철은 몹시 붐볐다. 상진의 면회는 어차피 월요일이라야 가능할 터였다. 그보다는 내일 처가에 들를 생각을 하자 방북 신청 건에 대해 장인한테 더 이상 구애받을 이유가 없다는 생각이 불현듯 일었다. 사위의 방북 신청에 대해 극도의 거부반응을 보인 장인이 손자의 구속까지 겹쳐 얼마나 마음이 상해 있는지는 짐작이 가고도 남았다.

하지만 철규로서는 혜영의 이민 제의가 더 골칫거리였다. 한번 마음먹은 일은 꼭 하고야 마는 그녀의 성미로 봐서는 결심이 이미 서 있다면 그 고집을 바꾼다는 것은 기대하지 말아야 했다. 그가 재임용에 탈락했을 때만 해도 그의 이민 제의를 거들떠보지도 않던 혜영이었지만 아이들의 장래를 위해 이민을 추진하겠다는 속내만은 이해할 수 있었다. 가뜩이나 준호의 성적이 생각보다 지지부진하여 대학 진학을 자신할 수 없는 터에 이래저래 이민가는 것이 모든 현안을 일거에 해결해주리란 속셈이 작용한 게 분명했다.

잠원역에서 내린 철규는 약국에 들르지 않고 바로 집으로 향했다. 경아 혼자서 집을 지키고 있었다.

"오빠는 어딜 갔니?"

"피아노 레슨 가서 아직 안 온걸요."

"그래도 그렇지. 열 시가 넘은 지 언젠데 아직 돌아오지 않는다는 거냐?"

지난 여름 음악캠프에 참가했을 때 사귄 여학생으로부터 종종 전화가 걸려온다며 이를 어쩌면 좋으냐고 혜영이 부산으로 전화를 걸어온 적이 있었다. 혜영이 귀가하기 전에 준호가 들어와주었으면 하고 생각했다. 그가 목욕을 끝내고 나오자 준호가 그새 귀가해 있었다.

혜영이 귀가한 시간은 얼추 열한 시가 다 되어서였다. 평상복으로 갈아입은 혜영이 서둘러 늦은 저녁을 차렸다.

"상진이가 시위로 구속되다니 도무지 믿어지지 않는군."

"누가 아니래요, 마침 시위대와 진압경찰이 교문을 사이에 두고 대치하고 있었대나요. 상진이가 도서관을 나와 조심스럽게 교문을 빠져나오려고 하는데 별안간 화염병과 최루탄이 터지더래요. 그래서 이리저리 피하다가 도저히 빠져나갈 수가 없어 도로 도서관으로 되돌아간 것뿐인데, 글쎄 비디오카메라에 찍힌 게 데모 선봉대의 한 사람으로 지목됐다네요. 상진이 학교에서 돌아와 저녁 먹고 나서 공부하고 있는데 경찰이 들이닥쳐 연행해갔대요."

시위로 연행됐다는 것이 도무지 믿기지 않았던 철규로서는 비로소 그 궁금증이 풀렸다. 시위 주동자를 가려내기 위한 비디오카메라의 위력이 엉뚱하게 나타났다고나 할까.

"아버님은?"

"오빠와 올케는 말할 것도 없고 아빠가 속상해하는 건 말도 마세요. 당신 일로 고민하던 차에 손자의 구속이 터졌으니 어떻겠어요. 참, 당신 방북 신청 포기하셨죠?"

"내일 아버님 뵙고, 모레 상진 군을 면회해야겠군."

혜영의 갑작스런 질문에 선뜻 대답을 못하고 그는 딴청을 부렸다.

"여보, 포기하신 거죠?"

혜영이 탐색하는 눈길로 되물었다.

"… 응."

그는 제대로 대답도 못하고 어름거렸다. 이런 판국에 철규로서는 이미 신청서를 제출했다는 말을 차마 할 수가 없었다. 혜영이 적이 마음이 놓이는지 손놓았던 식사를 마저 마쳤다.

러시아워가 한풀 꺾인 시간에 집을 나선 철규는 상진이 구류 중인 경찰서로 가면서도 전날 손자의 구속으로 상심해 있는 장인을 대면하는 자리에서 방북 신청을 이미 했다고 차마 말할 수밖에 없어 신청을 않겠습니다, 라고 본의 아닌 애매한 대답을 한 것이 내내 마음 켕겼다.

"이미 지나간 얘기네만 자네와의 혼사 이야기가 나왔을 때 재일교포 출신이라 신원이 확실치 않아 마음이 썩 내키지 않았지만 조카의 소개에다 교수라고 믿고 결혼을 승낙한 것이었다네. 이제 와서 이런 이야기를 해봐야 소용없지만 어쨌거나 방북 신청하는 날엔 딸애하곤 당장 이혼일세."

전에 결코 보인 적이 없던 격한 목소리였다.

"너무 몰아붙이지 마세요. 최 서방 처지도 생각해줘야죠."

좀처럼 언성을 높이는 일이 없는 장인의 힐난에 장모가 가로막고 나섰다.

수사계는 수갑에 채인 대학생으로 보이는 젊은이들이 질문에 답하고 그것을 수사관이 받아 타이프를 치는 소리로 소란스러웠다. 상진의 담당 형사를 찾았다. 그는 부드러운 인상을 풍기는 삼십 중반의 사내였다. 철규는 그에게 명함을 내밀어 상진의 고모부임을 밝혔다. 담당 형사는 명함을 들여다보고는 자리에서 일어나 빈 의자를 자신의 책상 옆으로 당겨와 그에게 앉도록 했다.

"마저 조서 작성을 마칠 때까지 잠시만 기다려주시죠."

형사는 양해를 구하고는 책상 앞에 앉은 학생에게 몇 마디 질문을 하고 다시 유치장으로 데리고 들어갔다. 돌아온 형사가 자리에 앉자 철규는 입을 뗐다.

"검찰로 송치될 것 같습니까?"

"지금으로선 이삼 일 내에 검찰로 송치돼 교도소로 이감될 것 같습니다. 그렇게 되면 재판이 끝날 때까지 아무리 빨라도 삼 개월은 족히 걸릴 겁니다. 그때 가서 집행유예로 풀리겠지요. 시위에 강력 대처하라는 상부의 시달이 내려져 예전 같으면 정상을 참작해서 불구속 입건으로 처리될 수도 있었는데 지금은 그런 분위기와는 거리가 멉니다. 제가 도와줄 수 있는 일은 조서를 유리하게 꾸며주는 것밖에 없습니다."

담당 형사의 지나치리 만큼 친절한 응대로 봐서 장인과 처남이 이미 손을 썼으리라는 짐작이 갔다. 시위에 강력하게 대처하라는 고위층이 지시가 내려진 지 얼마 되지 않아 걸려든 게 상진으로서는 불운인 셈이었다.

"민상진 군이 시위에 가담한 게 아니고 도서관에서 나와 집으로 가다 교문에서 시위대와 맞닥뜨리는 바람에 비디오카메라에 찍힌 점을 조서에 그대로 담았기 때문에 재판에서는 참작이 되리라 봅니다."

"면회를 부탁드려도 될까요?"

담당 형사는 잠깐 기다리라는 말을 남기고 자리를 떴다. 형사에게 끌려들어오는 상진의 양손에는 수갑이 채워져 있었다. 수염이 꺼칠하게 자란 데다 눈마저 퀭한 게 얼굴이 한결 수척해보였다. 카키색 잠바와 회색 바지는 후즐그레하고 마구 구겨져서 그의 정한한 모습과는 영 딴판이었다. 그를 본 상진이 흰 이를 드러내보이며 환하게 웃었다. 그 웃음 속에 상진의 진면목이 그대로 숨쉬고 있는 듯했다. 철규는 수갑 채워진 상진의 손을 맞잡았다.

"규칙에는 위반이지만 교수님과 이야기를 나누는 동안만은 수갑을 풀어드리지요."

형사는 생색을 내고는 수갑을 풀어주었다.

"괜한 고생을 하는군."

"처음엔 화가 치밀어 분을 삭이느라 무척 힘들었죠. 이런 억울한 일을 당할 수가 있는가 하고. 그러나 지금은 자신이 처해 있는 상황을 정확하게 파악했습니다. 어쩌면 이번 일로 나와는 상관없는 일로 여겼던 것들이 사실은 깊은 연관이 있다는 것을 일깨워준 셈입니다."

철규는 형사를 힐끗 쳐다보았다. 그는 상진의 말을 못 들은 척하고 서류를 계속 꾸미고 있었다. 조서 작성에 호의적인 형사에게 상진의 온건성을 부각해야 할 마당에 오히려 그가 자신의 의식을 일깨우고 있는 인상을 주어서는 이로울 게 없었다. 상진이 계속 말하려는 것을 그가 가로막았다.

"자네의 생각은 말을 안 해도 잘 알겠네. 그러니 지금 이 시점에서 속내를 내보일 필요는 없지 않을까?"

철규는 형사의 눈치를 살피곤 한껏 목소리를 낮추어 말했다.

"지금 자네의 입장에서 자신의 생각을 내세우면 일을 그르치고 마네. 그러니 입조심하게나."

상진의 심경 변화 때문에 장인과 처남이 그의 석방을 위해 노력하는 것을 헛되게 하지나 않을까 하는 우려가 일었다.

"알겠습니다. 이곳을 벗어나기 위해서는 도리 없겠지요."

"상황이 매우 유동적이라 자네도 마음 단단히 먹고 기다리게나."

상진이 목소리를 낮추어 철규에게 방북 신청 건에 대해 물었다.

"망설이긴 했지만 일단은 신청했네. 그런데 지금 돌아가는 형국으로 봐선 아무래도 악수를 둔 것만 같아."

상진은 더 이상 묻지 않았다.

"교수님, 연행 학생 조서 작성이 밀려 있어서 이쯤에서 면회를 끝내주셨으면 좋겠습니다."

담당 형사는 상진의 양손에 수갑을 다시 채워 유치장으로 데리고 갔다. 그가 자리에 돌아오자 철규는 담배값이나 하라고 그에게 봉투를 쥐어준 뒤 경찰서를 빠져나왔다.

5

마지막 강의를 끝낸 철규가 연구실 문을 밀치고 들어서자 삼십대로 보이는 두 사내가 기다리고 있었다. 철규는 한눈에 수사기관에서 나온 사내임을 직감했다. 그는 금명간 수사요원이 자신을 찾아오리라고 각오하고 있었다. 그는 강의 중에도 문득 그들이 들이닥치는 환영에 시달렸다. 전날 저녁 혜영이 전화로 수사요원으로 보이는 사람들이 집으로 찾아와 당신의 소재지를 파악해갔다며 방북 신청 때문이 아닌가 따져왔을 때부터였다. 연행되어 가면 몇 마디 조사로 끝날지 아니면 며칠이 걸릴지 알 수 없는 노릇이었다.

이럴 때일수록 조바심은 금물이었다. 냉정해야 한다는 자기 암시를 걸었다. 시간이 걸릴 것에 대비해 학과장에게 간략하게 저간의 사정을 말해둘 필요를 느꼈다. 그리고 김 교수와 이 교수에게도 알려두는 게 도움이 될 것 같았다. 마음이 기이하리 만큼 차분했다. 이미 각오하고 있었던 때문인지 예전에 처음 끌려갔을 때와 같은 공포심은 일지 않았다.

그는 그들에게 학과장의 양해를 구하고 오겠다는 허락을 받고 학과장실로 향했다. 학과장은 원고를 쓰다 말고 철규를 올려다보았다. 그가 방북 신청 건과 수사기관 연행에 대해 간추려 말하자 학과장은 대뜸 성가신 일이 일어나지 않도록 해달라는 주문을 달았다. 그는 별일 없을 것이라는 말을 들려주고 그 자리를 물러났다.

검은 승용차에 실려 끌려간 곳은 남천동을 지나 한적한 주택가에 자리잡은 정원이 잘 다듬어진 주택이었다. 철문이 열리고 차가 정원 안으로 들어서기가 바쁘게 도로 닫히면서 덜컥, 내지르는 쇳소리에 비로소 철규는 등골이 오싹해지는 전율을 느꼈다. 학교에서 이곳까지 연행해오면서 두 수사관이 보였던 정중한 태도는 안으로 들어서자 명령조로 따라와, 로 일변했다. 끌려들어간 방은 밀폐된 공간이었고 수사에 필요한 최소한의 집기, 이를테면 책상과 걸상 그리고 간소한 응접세트가 다였다. 그들은 책상 앞 의자에 앉으라는 지시를 내리고는 밖으로 나가버렸다.

방북 신청서가 화근이 된 게 틀림없었다. 그렇다면 그들의 심문도 누나에 관한 것이 되리라 여겨졌다. 30분쯤 기다리자 연행 때와는 다른 두 사람이 들어왔다. 앞서 들어온 책임자인 듯싶은 사내는 응접세트 의자에 앉고는 들고 들어온 서류에 눈을 떨어뜨렸다.

"상부에서 내려온 팩시 전송문에 의하면 선생께서 십여 년 전 조서에 북송된 누님에 대해 고의적으로 숨겼던 것 같은데 그 저의가 뭐요?"

서류를 훑어보던 그는 눈만을 치켜들어 철규를 쏘아보며 다그쳤다. 마치 가파른 벼랑 끝에 몰린 듯한 공포심이 엄습해왔다. 그때는 입북한 누나의 존재를 의도적으로 숨긴 거나 다름없었다. 드디어 '시기상조'라는 충고가 무게를 싣고 그에게 다가들었다. 재일교포들의 의식과는 달리 이곳에서는 자진 입북은 용납될 수 없었다. 그로서는 납득할 만한 사연을 꾸며 수사관에게 설명해야만 이 위기를 벗어날 수 있을 것 같았다. 철규는 희망적인 기대에 따른 상황판단을 내린 것이 후회가 됐다. 스스로 걸어 들어가 덫에 걸린 꼴이 되고만 셈이었다.

"제가 의도적으로 숨겼다면 방북 신청을 할 리가 없지 않습니까. 실은 어렸을 때 가출한 누님이 남편을 따라 자진 입북했다는 사실을 저는 지난해 가을 학술회에 참가차 도쿄에 갔을 때 알게 됐습니다. 당숙집에 들렀을 때 누님이 당숙에게 보내온 편지를 보고 저도 놀랐습니다. 아버지도 이미 돌아가셨고 단 하나밖에 없는 누님이고 해서 이번 기회에 만나봤으면 하는 생각에서 신청서를 냈습니다."

"당숙은 조총련계가 아니오?"

"전에는 그랬습니다만 십여 년 전 조총련계 동포 추석 성묘 고국 방문으로 우리나라에 다녀간 뒤로는 민단으로 전향했습니다."

"조사하면 드러날 일이니 거짓말할 생각은 아예 마시오."

상급자가 일어서면서 부하 수사관에게 조서 작성을 지시하고는 방을 나가버렸다. 좀 더 집요하게 추궁해오리라 여겼던 그로서는 예상이 빗나가는 바람에 오히려 불안만이 더해졌다.

깡마른 체구에다 눈꼬리가 약간 치켜올라간 얼굴의 수사관은 기를 죽이기라도 하겠다는 듯 그를 노려봤다.

"자진 입북한 누나가 있는 걸 숨겼겄다. 이 새끼 순 빨갱이 아냐?"

수사관이 거칠게 말을 뱉어내곤 냅다 철규의 뺨을 후려쳤다. 그리고 숨 돌릴 새도 없이 발길질이 날아왔다. 무방비 상태에서의 일격에 그만 아찔했다. 그는 섬뜩해지는 자신을 가까스로 추스렸다.

조서 작성을 위한 질문에 요령있게 답변해야 했지만 수사관의 위협적인 취조에 그는 그만 주눅이 들어 답변하는데 더듬거렸다. 되풀이되는 질문과 조서 꾸미기가 여러 차례 이어지자 그는 기진맥진하고 말았다. 수사관이 조서 작성을 일단락 짓고는 방을 나가버렸다. 이내 풀려날 가망은 희박해보였다. 그들이 상부에 보고해 진위 여부를 확인하려면 결국 날이 밝은 뒤라야 가능할 터였다. 그는 몰려드는 한기로 진저리를 쳤다. 늦가을의 밤은 이미 깊어질 대로 깊어져 주위가 괴괴했다.

　현지 조회가 이루어져 결과가 나올 때까지 기약 없는 시간을 마냥 기다려야 했다. 첫 연행 때 공포에 떨었던 것과는 달리 결과가 빨리 나오기만을 바랐다. 더디게 지나가는 시간과 함께 조바심은 자신이 저지른 불찰에 대한 후회로 바뀌었다. 선언을 액면 그대로 받아들인다는 것이 얼마나 무모한 짓인가를 주위에서 깨우쳐주었음에도 그는 만날 수 있다는 환상에 사로잡혀 신청하고 말았다는 것이. 철규는 그 선언이 갖는 허구성을 전혀 예상하지 못한 것은 아니었지만, 상진과 지연 말마따나 당위성 때문에 피할 수 없는 행보였는지도 몰랐다.

　으스스한 추위와 졸음이 밀려왔다. 철규는 소파에 앉아 눈을 붙였다. 많은 꿈들을 앞뒤 연결되지 않은 채 꾼 것 같았다. 어깻죽지를 짓누르는 추위로 눈을 떴을 때는 창가가 희붐하게 밝아오고 있었다.

　깊은 잠에 빠졌던 주위가 사람들의 움직임으로 기지개를 켜기 시작했다. 밤에는 더디기만 했던 시간도 아침에는 후딱 지나갔다. 수사관이 얼굴을 내민 것은 10시가 조금 지나서였다. 다시 되풀이된 조서 꾸미기를 오전에 한 차례, 오후에 두 차례나 치러내야 했다. 반복되는 조서 꾸미기에 지칠 대로 지친 그는 오직 자신을 풀어줄 것이라는 생각에 사로잡혀 시간이 빨리 지나가기만을 바랐다. 수사관이 나간 뒤 다시 지루한 시간이 기다리고 있었다.

　그가 풀려난 것은 연행 후 40시간이 지나서였다.

　"저희 직원들이 실례를 저지르지나 않았는지요? 실은 교수님 신상에 새로운 사실들이 드러나 조사를 할 수밖에 없었습니다. 이점 충분히 이해해주시리라 믿습니다."

이해를 요구하는 상급자의 태도는 사뭇 부드러웠다. 상황에 따라 수시로 대응을 달리하는 그들의 노련함에 철규는 아직도 끈질기게 휘감고 있는 사실의 존재를 여실히 깨달았다. 그들이 의도적으로 공표하는 사항과 내부에서 은밀하게 자신들의 입지를 다지기 위해 추진하고 있는 사항과는 정반대일 수도 있다는 것을.

원하는 곳까지 차로 바래다주겠다는 그들의 얄팍한 호의에 아파트까지 태워다줄 것을 부탁했다. 학교로 바로 서둘러 가고 싶었지만 행색이 엉망이라 목욕을 하고 옷도 갈아입어야 했다. 현관문을 열고 들어서자 눈에 익은 여자 구두가 놓여 있었다. 어쩌다가 주말에나 내려오는 혜영이 주중에 느닷없이 내려온 것은 누군가가 그녀에게 연행을 알린 때문인 것 같았다.

입을 앙다문 혜영이 거실 소파에 앉아 눈을 내리깐 채 미동도 하지 않았다. 혜영의 침묵은 그녀가 얼마나 화가 나 있는지 가늠을 힘들게 했다. 그는 먼저 그녀에게 그간의 경위를 말할까 하다가 이야기가 길어질 게 뻔해 그만두고 욕실로 들어갔다. 샤워를 마치고 옷을 갈아입은 철규는 학교를 가기 위해 현관으로 나섰다. 미동도 않던 혜영이 휙 얼굴을 돌리고는 그를 쏘아보았다. 파르를 떨리며 푸른 빛을 발하는 아내의 눈매가 마치 독기와도 같이 그에게 섬뜩함을 안겨주었다.

"제가 그만큼 반대했는데도 기어이 신청을 했더군요. 당신은 가족들 생각은 조금도 안 해보셨어요? 정부 발표를 액면 그대로 받아들이는 당신의 어리석음을 알기나 하세요?"

혜영이 빈정대는 투의 말을 일단 멈추고 숨을 몰아쉬었다. 그녀의 지적이 아니더라도 귀국해서 20년 넘게 살았으면 이 사회에 어떻게 적응해야 좋을지, 그 요령쯤은 터득하고 있어야 마땅했다. 현실을 직시하지 못한 자신의 상황인식의 안이함을 시인할 수밖에 없었다.

"신혼 초에 당신이 연행되어 갈 때만 해도 그것은 어디까지나 논문이 빌미가 되었던 것이라 학자에겐 있을 수 있는 일이라고 여겼지요. 아버지는 그때도 못마땅해하셨지만 앞으로가 문제예요. 우리 가족이 리스트에 올라 감시 대상이 된다는 것은 참을 수 없는 고통이라구요. 아이들 장래가 큰일이에요. 엊저녁 이 교수님으로부터 연락을 받고 아침 첫 비행기로 내려오면서 이민을 결심했어요."

내처 말을 이은 혜영의 표정이 한결 단호했다. 일단 결심을 하면 생각과 행동을 바꾸지 않는 고집스러움으로 보아 이민을 포기하게 한다는 것은 가망이 없어 보였다. 하지만 말이 쉬워 이민이지 이즈음에는 갔다가도 적응을 못해 다시 되돌아오는 역이민이 늘어나는 상황이어서 이민을 안이하게 생각할 일이 아니었다. 절차상 어려움은 두고라도 이민 대상국을 정하는 것부터가 난제였다. 남미는 투자이민의 경우 입국이 어렵지 않다고는 하지만 사회가 불안정해 이곳보다 나을 게 없었다. 미국 이민은 연고자 없이는 불가능했다.

그러나 혜영의 성격 같으면 어떤 수를 써서라도 연고자쯤은 만들어낼 터였다. 아니면 남미보다는 입국이 어렵지만 상대적으로 용이한 캐나다나 호주에 투자이민을 시도해볼 수도 있었다. 그간의 저축과 부동산을 처분하면 투자이민에 필요한 목돈을 마련하는 것은 그리 어려워 보이지 않았다. 철규는 외모상으로 아무런 차이가 없는 일본에서 '조센징'이라는 멸시를 받으며 학교를 다녔던 어린 시절이 되살아나서 이민을 감행하려는 혜영의 태도가 안타까웠다.

고철, 폐지, 넝마 따위가 여기저기 너절하게 쌓여 있는, 폐허와도 같은 하천부지의 조선인부락에서 살 때였다. 부락을 누나보다 한발 앞서 잰걸음으로 벗어나 소학교 정문이 보이는 큰 길가로 막 나서는데 별안간 낯익은 반 아이 대여섯 명에게 둘러싸여 '조센징'이라는 놀림을 당했다. 그들의 기세가 심상치 않아 그는 움찔 뒷걸음질했다. 그런데 그들 중 한 아이가 잽싸게 그의 멱살을 거머쥐고 마구 흔들어댔다. 그는 더는 참을 수 없어 박치기로 상대를 쓰러뜨렸다. 그러자 다른 아이들이 일시에 그를 향해 달려드는 거였다. 뒤따라오던 누나가 암팡지게 역성들어줘 몰매에서 그는 풀려났지만 치도곤을 당한 뒤였다.

"누나! 우린 왜 조센징이지?"

"조선에서 왔다고 그러는 거야. 걔네가 놀려도 못들은 척 꾹 참아야 해."

누나의 답변에 도시 납득할 수가 없이 분함을 참느라 한동안 씩씩거렸다.

'조센징'이라는 자각을 하기에는 너무 어린 나이였다. 그때부터 그는 책에만 매달려 말이 없고, 성가실 성싶은 일은 미리 비켜가는 소극적인 성격이 되어갔다.

"입 다물지만 말고 할 말 있으시면 해보세요. 당신은 해직 이후론 모든 일을 제게 맡겨버리고 나 몰라라 하는데 누군 약국 일을 하고 싶어서 하는 줄 아세요. 아침 여덟 시부터 밤 열 시가 넘을 때까지 약국 안에 갇혀 있다보면 지치기도 하는 데다 갑갑하고 따분하다는 생각에 어디론가 훌쩍 떠나버리고 싶을 때가 한두 번이 아니었어요. 당신이야 주말에 올라왔다 내려가면 그만이지만 이 나이에 좁은 약국 안에서 열두 시간을 갇혀 지낸다는 것이 얼마나 따분한 일인지 당신은 생각이나 해보셨어요? 약국에 매어 있어 남들처럼 자유롭게 외출을 할 수 있나요, 친구들을 만나 시간을 보낼 수가 있나요, 아파트 투기 때만 해도 당신이 못마땅해하는 것을 제가 왜 못 느끼겠어요, 게다가 증권시세 하락 땐 전전긍긍하는 제게 한마디 조언이라도 해주셨어요? 당신의 그 고고함도 이기심과 다를 게 없다구요. 말끝마다 우리 사회의 중산층이 시민사회의 진정한 구성원으로 성숙하려면 감시능력과 올바른 비판정신이 뚜렷해야 하는데 아직도 우리 중산층은 멀었다고 비판만 하시는 당신의 고답적인 태도도 이제 역겹다구요.”

여태껏 쌓인 분노를 뱉듯이 혜영은 격앙된 목소리로 그를 닦아세웠다. 철규는 더는 듣고 있을 시간이 없었다. 그는 상기된 얼굴을 쳐들었다.

“학교부터 다녀와야겠소.”

“전 지금 올라가 내일 당장 이민 수속을 밟겠어요.”

“좀 더 신중히 검토한 후에 결정해도 늦지는 않소. 그럼 내가 주말에 올라가리다.”

"당신은 어떻게든 이민을 가지 않으려는 속셈이죠. 전 이번에는 절대로 포기 안 한다구요."

말꼬투리를 잡다간 언쟁이 끝도 없이 이어질 게 뻔했다. 이러다가는 오후 강의 시간까지 놓칠 것 같았다. 그리고 무엇보다도 학과장과 동료들에게 연행에서 풀려났음을 빨리 알려야 했다. 철규는 바로 서울로 올라가겠다는 혜영을 남겨두고 학교로 향했다.

철규는 학장실부터 찾았다. 학장에게 결강에 대한 사과를 드리고는 바로 오후 강의에 들어갔다. 강의는 수면 부족과 준비 미흡으로 지지부진하게 진행되었다. 어렵사리 강의를 끝낸 그에게 이 교수가 소주 한잔 하자는 제안을 해왔다.

철규는 두 동료 교수와 함께 자갈치시장 안을 헤집고 들어갔다. 꼼장어 굽는 냄새와 부두 쪽에서 풍겨오는 기름기 섞인 비릿한 갯냄새가 한데 섞여 그들을 휘감아왔다. 여기저기서 마치 싸우는 듯한 억양의 사투리에다 뱃고동 소리까지 뒤범벅되어 소란스러웠다. 자갈치 아지매집을 찾은 그들은 금방이라도 내려앉을 것만 같은 기다란 민짜 나무의자에 나란히 걸터앉아 소주와 아나고회를 주문했다.

"무사 귀환을 환영하는 뜻에서 건배!"

이 교수가 가라앉은 분위기를 바꿔보려는 듯 농담 반 진담 반으로 입을 뗐다.

"자, 건배!"

김 교수가 맞장구를 쳤다.

철규는 소리 없는 웃음을 짓곤 그들을 따라 소주 한 잔을 들이켰다. 그러고는 아나고회를 초장에다 찍어 얼른 입에다 밀어넣었다. 알싸한 소주에다 맵고 달짝지근한 초장이 식도를 내려가며 빈속을 후벼댔다.

"바로 풀려날 줄 알았는데 늦어져서 제가 부인께 연락을 드렸소만 괜한 일을 한 게 아닌지 모르겠소."

"사실은 나도 놀라 어떻게 해야 할지 판단이 서지 않았지만 상황이 상황인 만큼 부인에게 알려드리는 것이 순서가 아닌가 해서 이 교수에게 연락하도록 부탁했소."

김 교수가 이 교수의 말끝에 덧붙였다.

"놀라게 해서 정말 미안합니다. 방북 신청은 두 분의 예상대로 아직은 일렀던가봅니다."

철규는 자신의 경솔함이 쑥스럽고 계면쩍었다. 하지만 그 담화문 자체는 진심이었으리라 믿고 싶었다.

"담화문을 액면 그대로 믿었던 사람이 최 선생뿐이었겠소?"

이 교수가 위로하듯 말했다.

"공화국이 세 번 바뀌는 동안에 얼마나 많은 선언들이 나왔소. 그때마다 우리는 선언을 믿었지요."

김 교수가 고개를 끄덕이며 수긍했다.

"분명 구십년대에 들어와서 연좌제가 폐지되었다고는 합니다만 기실 신원특이자 분류는 그대로 남아 있는 것이 드러난 셈이지요."

이 교수가 단정짓듯 말했다.

"한데 우리가 민주화시대에 살고 있다는 것을 저들이 강조하곤 먼저 잊어버린다는 것이 탈이란 말씀이야."

김 교수가 되받았다. 누가 먼저랄 것도 없이 세 사람은 웃었지만 그 웃음소리는 허공에서 맴돌다 힘없이 사그라들었다.

"이젠 더 이상 방북 신청과 씨름하지 않아도 되게끔 짐을 덜어준 셈이죠."

철규는 대화를 마무리 짓듯 말끝을 맺었다. 그는 영주귀국 후 지금까지 누나의 북송 사실이 드러날까봐 전전긍긍하며 살아온 세월이 그 선언으로 종지부를 찍으리라 기대했었다. 그러나 족쇄가 풀리지 않고 완강하게 버티고 있음을 스스로 확인한 셈이었다. 일말의 기대가 무너지기는 했지만 상황이 분명해진 만큼 후련하다는 생각마저 들었다. 그러나 마음 한 켠에 미진하게 남아 있는 아쉬움이, 불안속에서가 아닌 마음놓고 방북 신청할 수 있는 그날이 올 때까지 버텨야 한다는 생각을 부추겼다.

"오늘은 피곤할 테니 이만하고 일어섭시다."

이 교수의 뒤를 따라 김 교수가 일어났다. 철규는 미진했지만 그들의 배려에 어쩔 수 없이 따라 일어났다. 어정쩡하게 마신 술 탓인지 바닷바람에 오한을 느꼈다. 어둠이 완전히 깔린 시장은 들어올 때보다 훨씬 많은 손님들로 북적댔다. 그런데도 묘한 질서가 잡혀 있어 철규는 이곳을 들를 때마다 더욱 매료되었다. 혼잡을 빠져나온 그는 남포동 지하도를 건너 광복동으로 발을 옮겼다. 카페 '포트'는 생각보다 한산했다. 그는 카운터에 자리잡았다. 마담이 다가와 교태 섞인 웃음을 지어보이며 오늘은 혼자세요?, 인사를 해왔다.

그는 문득 일전에 이곳에서 지연을 만났던 일을 떠올렸다. 그녀에게 방북 신청 결과가 일패도지로 끝나고 말았다는 것을 알리고 싶었다. 그는 전화번호를 확인하고는 입구 옆에 설치된 공중전화로 다가가 다이얼을 돌렸다. 전화를 받은 가족은 그녀가 아직 귀가하지 않았음을 알려주었다. 그는 그녀에게 결과를 알리고자 했던 자신의 행동이 그녀와의 사이에 싹튼 공감대에 기인하고 있음을 느닷없이 깨닫곤 얼른 그 생각을 지워버렸다. 입안이 깔깔했다. 그는 자리에 돌아와 컵에다 맥주를 따라 마시고는 다시 잔을 채웠다. 그는 혜영이 기다릴지도 모른다는 생각을 그제야 떠올렸다. 아파트로 전화를 걸었지만 신호음만 계속될 뿐이었다.

6

김포공항에 내린 철규는 국내선 청사를 빠져나왔다. 로스앤젤레스행 비행기 출발시간까지는 3시간 가까이 남아 있었다. 그는 국제선 제2청사를 향해 천천히 걸었다. 청사 안으로 들어간 그는 항공기 이륙 안내 전광판이 보이는 곳으로 다가갔다. 플라이트 넘버와 이륙 시간을 다시 확인해본 그는 탑승수속 카운터로 발길을 돌렸다. 시간이 일러 혹시나 했지만 혜영과 두 아이의 모습은 보이지 않았다. 그들이 공항에 도착할 때까지 한 시간은 족히 기다려야 할 것 같았다.

여태까지 살았던 아파트는 이미 세를 논 터여서 혜영과 두 아이는 출발 한 달 전부터 처가에 기숙하고 있었다. 며칠 전부터 올라와달라는 혜영의 전화를 받았지만 장인을 대하기가 껄끄러워 당일 김포로 올라가 공항에서 기다리겠노라고 했다.

공항은 항구와는 달리 만남과 헤어짐을 순식간에 해치워버리는 곳이었다. 분기선상에 서 있는 사람들에게 아쉬움조차 누릴 겨를이 없을 정도로 모든 흐름이 빠른 데다 지극히 사무적이고 삭막했다. 니가타항에서처럼 군데군데 칠이 벗겨진 낡은 여객선이 서너 차례 뱃고동을 울리며 연안부두를 떨어져 나갈 때의 별리의 여운이랄까 낭만 같은 것을 아예 기대할 수 없었다.

만남과 헤어짐이 교차하는 많은 낯선 얼굴들 틈에서 철규는 스스로를 유폐시켜온, 결국은 외톨이로 남을 수밖에 없는 자신의 처지에서 제 본디의 모습을 보았다. 그에게는 늘 떠남만이, 모두로부터 떨어져 나와 있다는, 무엇에도 끼이지 못했다는 처연한 느낌만이 따라붙었다. 누나와의 이별이 그랬고, 자신의 영주귀국 또한 좀처럼 익숙해지지 않는 생활환경 때문에 돌아옴이 아니라 낯선 곳에 떨궈진 느낌만이 강했다. 부산으로 내려감 또한 떠남이었다. 여태까지의 삶이 떠밀려온 것이라고 하는 게 옳을지도 몰랐다. 그는 매상 떠남을 떨쳐버리지 못하고 끌어안고 살아온 셈이었다. 그러나 지금은 아내와 두 아이가 조국을 등지고 떠나는데도 불구하고 따라갈 수 없었다. 이 땅에 정착하기 위한 그의 몸부림이었고, 확인이기도 했다. 그것은 또한 오기였다.

철규는 청사 밖으로 나와 비어 있는 벤치를 살폈다. 그는 그곳으로 다가가 의자 모서리에 앉았다. 저만치 공항 외곽 울타리를 따라 흐드러지게 핀 노란 개나리가 눈 속을 파고들었다. 혜영을 처음 만나던

날도 개나리꽃이 한창일 때였다. 첫 만남에도 생글생글 스스럼없이 웃는 표정이 개나리꽃만큼 발랄했었다. 그런가 하면 수줍음도 곧잘 타는 그녀였다.

그는 혜영이 부끄러움을 잃어버린 지가 언제부터였던가를 생각해 보았다. 밝은 데서 속살을 보이기를 부끄러워했던 그때가 아득한 느낌이 들었다. 아니, 그것보다도 더 부끄러워했던 것은 사회에 대한 자신의 무관심을 몹시 수치스러워했다. 약국을 개설하기 전까지는 그녀 나름대로 옳고 그름의 잣대를 분명 지니고 있었다. 약국을 개설한 초기만 해도 그녀는 약사로서의 긍지를 잃지 않으려고 환자의 약 처방에 있는 정성을 다했다.

그러나 약국이 정상궤도에 오른 후 친구들과 어울려 아파트 전매와 증권에 뛰어들면서, 특히 주가 하락이 몰고온 그녀의 파렴치한 변모는 이미 예전의 그녀가 아니었다. 예컨대 환자가 약을 의뢰할 경우에도 염가의 약을 사용하고 의료보험 청구서에는 고가 약을 기재해 청구하는 따위를 서슴없이 했다.

"이런 거짓말을 하느님도 용서하실 거예요."

그녀는 스스럼없이 하느님까지도 들먹였다. 실팍하게 늘어난 몸 피만큼이나 달라져 있었다.

혜영은 부산을 다녀온 뒤 약국 매매 전문업소에 약국을 내놓고는 투자이민 수속을 밟기 위해 해외이주공사 오리엔테이션을 받느라 부산을 떴었다. 미국 이민은 예상했던 대로 마땅한 연고자가 없어서 캐나다 이민으로 급선회할 수밖에 없었다. 서울로 올라와달라는 혜영의 전화를 여러 차례 받고도 철규는 올라갈 생각을 않고 뭉그적거렸다. 그러자 조바심에 쫓긴 혜영이 더 이상 기다릴 수 없어 서류를 들고 부산까지 쫓아오기까지 했다.

"몬트리올로 정했어요. 기왕 이민가기로 작정했으면 하루라도 빨리 가는 게 아이들 학교 편입에도 좋겠구요."

혜영의 결심은 확고했다. 캐나다 국적의 여권을 취득하면 가슴 조일 것도 없이 누나와의 재회가 한결 수월해진다는 말까지 덧붙이며 그의 결심을 채근했다. 투자이민에 미화 십오만 달러 이상을 조건으로 달고 있었지만 약국을 처분한 돈으로 충분했다.

"몬트리올은 프랑스어만이 통용되는 지역인데 준호와 경아가 프랑스어를 배워 학교를 다니려면 일이 년 프랑스어 습득에 매달려야 한다는 걸 알고나 일을 저질렀소?"

"해외이주공사 오리엔테이션에서 들은 얘긴데 이민 자제들을 위해 웰컴코스라는 기초 어학습득 코스가 마련되어 있대요. 거기서 육 개월 교육을 받으면 레귤러 코스로 올라가 바로 편입시켜준답디다."

혜영은 새로운 언어의 습득에 대한 어려움 따위는 개의치 않는 것 같았다.

"투자이민을 간다고 하지만 우리가 가서 할 수 있는 게 뭐가 있겠소?"

철규로선 가령 이민을 간다 해도 자신이 할 수 있는 일이란 아무것도 없었다.

"우리나라 사람이 만 명 가까이 된답디다. 슈퍼마켓이나 정 안 되면 한국음식점이라도 하면 될 것 아녜요."

"당신 지금 제정신으로 말하는 거요? 식당 운영이라니, 어림도 없는 소리 말아요."

"자리가 잡힐 때까지 임시방편으로 하는 거죠. 제가 캐나다 약사 면허 시험공부를 해 면허 취득을 한 후에는 약국을 개설하면 될 것 아녜요."

실리추구와 행동에 남다른 데가 있는 혜영의 계획 앞에 철규는 자신이 더없이 초라해보였다.

"난 이민갈 생각이 전혀 없소."

"뭐라구요, 여기선 아이들 장래가 어떻게 된다는 것쯤 생각 안 해보셨어요? 우리 애들이 신원특이자로 분류된다는 걸 모르고 하는 소리세요?"

혜영이 말끝마다 아이들의 장래를 들먹이는 저의를 이해 못한 건 아니지만 그래도 남편의 앞날에 대한 일언반구의 배려조차 않는 그녀의 태도에 타인과도 같은 간격을 느꼈다.

"이북에 계신 누님을 만나보고 싶다는 게 뭐가 그렇게 잘못이오. 그리고 그것이 우리 가족에게 두고두고 미칠 영향이 어떻다는 게요?"

철규는 치미는 화를 삭이지 못하고 그만 내뱉고 말았다. 하지만 그도 아이들에게 미칠 영향을 생각지 않은 것은 아니었다. 그들의 앞날에 어떤 불이익이 닥칠지 예측할 수는 없지만 자신이 겪어야 할 고통을 되물림한다는 것은 추호도 생각하고 싶지 않았다.

"당신 말 다 하셨어요?"

"정 그렇다면 아이들하고 당신만 가구려."

철규는 더 이상 상대하고 싶지 않았다. 그는 분연히 자리를 박차고 일어섰다.

"그렇다고 제가 포기할 줄 아세요?"

그의 등 뒤로 혜영의 앙칼진 목소리가 날아왔다.

혜영으로부터 이민 수속을 위해 주한캐나다 대사관 면접에 올라와달라는 전화가 그 뒤 서너 차례 걸려왔지만 끝내 응하지 않았다. 그러자 혜영이 이민을 포기하고 미국 유학으로 방향을 바꾸었다. 그녀는 아이들을 따라가 한 일 년 동안 뒷바라지하고 어느 정도 그곳 생활과 말에 익숙해지면 혜영 자신도 미국 약사 면허 취득에 갖추어야 할 인턴과정 수련을 위해 교포가 운영하는 약국에서 1,500시간을 채우기로 계획을 세워놓고 있었다. 그러고는 외국 약사 평가시험에 합격하여 자신의 약국을 개설하는 것이 그녀의 최종 목표였다. 단지 걸림돌은 영주권을 어떻게 받아내느냐였다. 그것도 그녀의 수완으로 봐서는 능히 해결해내리라 여겨졌다.

로스앤젤레스행 대한항공 카운터 앞에는 탑승수속을 밟는 승객과 배웅나온 친지들로 북적댔다. 철규는 뒤쪽에서 주위를 훑어보았지만 혜영과 두 아이는 보이지 않았다. 그는 혹시나 하고 사람들 사이를 비집고 들어가 다시 살폈다.

"고모부님, 접니다."

귀에 익은 목소리에 고개를 돌렸다. 상진이었다. 경찰서에 구속되었을 때 면회하곤 처음 대하는 그였다. 햇빛에 그을린 얼굴은 군에 입대하기 전보다 살이 올라 한층 늠름해보였다. 그는 구속된 뒤 3개월이 걸린 재판 끝에 기소유예로 풀려나자 자진 입대해, 훈련 과정을 거친 후 행주산성 부근 부대에 배치되었다는 편지를 정초에 보내왔었다. 그리고 보니 그가 배속된 부대는 공항에서 그리 멀지 않은 거리였다.

"아니, 자네가 어떻게 여길 나왔나?"

"소대장님께 말씀드려 특별히 외출 허가를 받고 나왔습니다. 고모님이 떠나는데 안 와볼 수 없지 않습니까. 지난 번 휴가로 집에 들렀을 때 이야기를 듣고 알고 있었습니다. 고모님이나 고모부님이나 각자 입장에서 어려운 결정을 하셨더군요."

철규는 상진의 이해에 고마움보다 미안한 마음이 앞섰다. 그는 상진의 예정에 없던 입대가 자신의 문제로 영향을 받지 않았는지 궁금해서였다.

"자네 입대했다는 이야기를 듣고 나 때문에 혹시 고시를 포기하지 않았나 걱정했네."

"아닙니다. 학업이 중단되다보니 군에 입대한 것뿐입니다. 어쨌든 제대하는 대로 복학해서 고시에 도전할 작정입니다. 문민시대에 아무려면 고모부님 일이 저에게까지 영향을 미치겠습니까."

혜영의 도착을 상진이 먼저 발견하고 사람들 사이를 비집고 앞서 나갔다. 장모와 처남도 보였다. 설마 하고 주위를 둘러보았지만 장인은 보이지 않았다. 장인의 분노가 자신에게 와닿는 느낌이었다. 그는 그래도 장인과의 맞대면에 자신이 없었던 터라 적이 마음이 놓였다. 그의 방북 신청에 엄포를 놓으면서까지 한사코 반대했던 장인도 혜영과 아이들만의 미국행을 극구 말리느라 딸과 여러 차례 부딪치기도 한 모양이었다. 철규도 서둘러서 그쪽으로 발을 옮겼다. 자신이 조금은 쑥스럽고 계면쩍어서 적당한 인사말이 나오지 않아 장모와 처남에게 가볍게 목례만 했다.

탑승수속을 마치고는 모두 2층 로비로 올라갔다. 로스앤젤레스행 탑승객들이 출국 검사를 받기 위해 벌써 안으로 들어가고 있었다.

떠나야 할 시간이었다. 부부 사이가 어쩌다 이런 지경까지 되었는지, 철규는 생각할수록 가슴이 아릿하게 저려옴을 느꼈다. 그는 혜영에게 한마디 위로의 말이라도 건네야겠다고 생각하면서도 도무지 말이 튀어나오지 않았다. 두 아이의 표정 앞에 더욱 말문이 막혔다. 그는 두 아이의 손을 한 쪽씩 꼬옥 그러쥐었다.

"엄마 말 잘 듣고 공부 열심히 해야 된다."

철규는 기껏 격의 없이 말한다는 것이 설교조가 되어버렸다. 웬만한 일에 좀체 동요를 보이지 않는 혜영의 속눈썹이 파르르 떨리며 눈가에 눈물이 어리는 걸 그는 보았다. 그는 가슴이 메어와 더 이상 마주볼 수가 없어 눈길을 거두었다.

"이것아, 그래 이렇게 꼭 가야 하겠니. 최 서방 생각도 해야 할 게 아니냐. 가더라도 같이 가도록 해야지. 내사 도무지 이해할 수 없구나."

혜영을 붙들고 장모는 연신 손수건으로 눈가를 닦아냈다. 그리고 혜영의 출국이 자신에게 잘못이 있기라도 하듯 장모는 마냥 철규에게 죄스러워했다.

입국 검사를 서둘러달라는 안내방송이 되풀이됐다. 혜영이 두 아이를 앞세우고 들어갈 채비를 했다. 두 아이가 꾸벅 절을 하고 출국 검사장을 향해 몸을 돌렸다.

"도착하는 대로 전화드릴께요."

혜영은 누구에게랄 것도 없이 말했다. 그리고 들어가려다 다시 몸을 돌려 철규를 향해 입을 열었다.

"제가 없더라도 며칠 남지 않은 아버님 기일 잊지 마세요. 그리고 여름방학 때 꼭 미국에 다녀가세요."

그러고 보니 아버지 기일이 열흘 남짓 밖에 남아 있지 않았다. 혜영은 본 적도 없는 시모와 결혼식 때 딱 한번 만나본 시부의 기일을 해마다 잊지 않고 챙겨 추도예배를 올리는 정성을 보였다. 부부라는 게 바로 이런 거구나, 뒤늦게 깨닫는 순간 그는 비로소 그녀를 잃어서는 안 되겠다는 절박감에 사로잡혔다. 혜영은 아이들 뒤를 따라 출국 검사장 안으로 막 들어가고 있었다. 그 뒤를 한 무리의 탑승객이 줄을 이으면서 그들의 모습을 감추어버렸다.

망연자실, 출구를 바라보고 있는 그에게 장모가 물었다.

"최 서방, 집에 들렀다 가게나."

"강의 준비도 있고 해서 바로 부산으로 내려가겠습니다."

허탈해 있는 철규를 장모가 더 이상 붙잡지 않았다.

"상진이, 넌 어떡할 거냐?"

"잠시 외출 허가를 받아 나온 거라 집에 들를 시간이 없는데요."

그들마저 떠나버리고 나자 철규는 낯선 갈림길에 홀로 내동댕이쳐진 자신을 보았다. 20년 전 영주귀국으로 김포공항에 내렸을 때도 혼자여서 앞이 막막했다. 그래도 그때는 조국에서 새로 시작한다는 기대감에 한껏 부풀어 있었다. 그러나 이번에는 가족들을 외국으로 떠나보내고 혼자 남을 수밖에 없는 자신을 바라보아야 했다. 난생처음 느껴보는 비애와 허무감이 가슴 밑으로부터 목울대를 밀고 올라왔다. 눈물이 핑 돌았다.

로스앤젤레스행 비행기의 이륙을 알리는 안내방송에 철규는 마치 떠남에서 헤어나려는 듯 허둥대며 청사 밖으로 뛰어나갔다. 공항청사는 보이지 않는 무수한 분기선을 껴안은 채 해거름에 검붉게 사위어들고 있었다. 막 이륙한 비행기가 고도를 높여 점점 멀어져가면서 하나의 점으로 바뀌더니 이윽고 시야에서 사라져갔다.

까마귀 떼울음

까마귀 떼울음

오십 분 남짓 비행한 기체가 구름 밑으로 하강하기 시작했다. 기창 너머로 한라산 기슭이 눈에 들어왔다. 중산간부터 정상 쪽으로는 구름이 잔뜩 끼어 있어서 봉우리는 보이지 않았다. 활주로에 착지한 기체가 서서히 브릿지로 다가가 멈췄다.

공항 청사를 나서자 바람에 실려오기라도 한 듯 까악, 까악, 까마귀 떼의 울음소리가 와락 내 귓속을 파고들었다. 온몸에 오소소 소름이 돋았다. 그 소리는 고향을 등졌던 세월을 뛰어넘어 또렷이 기억되는 소리였다. 나는 걸음을 멈추고 선 채 주위를 휘둘러보았다. 어디에도 까마귀 떼는 보이지 않았다. 나는 그만 진저리를 치고 말았다. 정말이지 내키지 않는 귀향이었다.

갑자기 하늘에 먹구름이 밀려들면서 빗방울을 흩뿌려댔다. 나는 택시 승차장을 향해 서둘렀다. 차례를 기다린 끝에 택시에 올라타곤 운전기사에게 명월까지 가달라고 했다. 어느새 비는 그쳐 있었다.

공항을 벗어난 택시는 낯선 일주도로를 내달리기 시작했다. 내가 섬을 떠날 때만 해도 해안도로밖에 없었다. 그런데도 차창 밖의 풍경은 낯익었다. 내 유년기의 징표였던 한라산과 바다, 돌담과 바람은 예전 그대로였다. 하지만 얼마 달리지 않아 왼쪽 중산간지대엔 잘 다듬어진 잔디가 오름 자락까지 시원스럽게 펼쳐져 있었다. 매스컴을 통해 알고 있었지만 식수원마저 위협할 정도로 중산간지대를 골프장으로 바꿔놓았다는 것을 막상 눈앞에 대하고서야 실감할 수 있었다. 하긴 변할 만도 했다. 중학교에 입학하던 해 숙부의 돈을 훔쳐 뭍으로 떠난 지가 40년이나 되었다. 그동안 대처 사람으로 살아오면서 숙부댁엔 얼씬거리지도 않았다.

 숙부가 아버지의 자살 소식을 전화로 알려왔을 때도 나는 내려오지 않았다. 그 후 숙부는 내게 전화를 걸어온 적이 없었다. 한데 이렇게 내려오게 된 데는 어머니의 묘를 이장해야 하기 때문이었다. 일주일 전 사촌인 형규로부터 전화가 걸려왔었다. 내용인즉슨 백모님의 산소를 이장해야 하니 직계가족인 형이 꼭 내려와야만 한다는 거였다. 내려올 때는 인감도장과 카메라와 거래하는 은행통장 사본을 잊지 말고 갖고 내려오라고 신신당부했다. 나는 이참에 어머니의 유해를 수습해 화장하여 서울로 모셔가고 싶었다.

 한 시간 가까이 달린 택시가 명월나들목으로 접어들었다. 나는 운전기사에게 세워달라고 했다. 택시를 타고 마을까지 들어가기에는 사람들의 눈길을 끌 것 같아 께름칙해서였다. 택시에서 내린 나는 건널목을 건너 고향마을로 오르는 가풀막진길로 들어섰다. 밭 건너편 돌담 위에 까마귀 떼가 띄엄띄엄 앉아 있었다. 비탈길을 올라서자 태어나서 열세 살 때까지 살았던 고향마을이 숨은 듯 주저앉아 있었다. 먼빛으로 보아 초가 지붕이 슬레이트 지붕으로 바뀐 것 외에는 별반 달라진 데라곤 없어 보였다. 마을로 들어섰다. 지나다니는 사람이라곤 눈에 띄지 않았다. 고즈넉한 길 위에 내 발걸음 소리만이 울렸다. 신당과 팽나무가 자리했던 곳은 휑뎅그렁하게 공터로 변해 있었다. 그래서인지 낯선 마을에 들어선 느낌이 들었다. 나는 마음이 허전해져서 한참 그대로 서 있었다.

나는 어릴 적 기억을 더듬어 옛집을 향해 올레길로 들어섰다. 그러나 옛집은 사라지고 폐가나 다름없는 낯선 건물이 을씨년스럽게 자리하고 있었다. 그곳에서 서너 집 지나 자리한 숙부네 집은 지붕이 슬레이트로 바뀐 데다 정낭이 걸려 있던 자리는 철문으로 바뀌어 있었다. 마침 한 아낙이 철문을 열고 나오자 뒤따라 나온 아낙이 '잘 갑서'라고 말을 건넸다. 뒤따라 나온 아낙은 한눈에도 숙모임을 알 수 있었다. 주름지기는 했지만 예전의 고운 태가 아직도 남아 있었다. 숙모는 나를 힐끔 쳐다보곤 대문 안으로 들어가려다 말고 등을 돌려 다시 뚫어지게 쳐다보았다. 나는 얼결에 머리부터 숙였다.

"형석이 아니가? 맞다, 맞다게. 혼저 오라게."

나는 숙모 앞으로 다가섰다. 숙모는 내 손을 부여잡고 철문 안으로 끌고 들어갔다.

"아이고, 세상에. 이제사 오면 어떵허젠."

숙모는 감정에 복받친 듯 눈물을 글썽거렸다.

"작은아방은 종친회 벌초하러 간."

철문 밖에서 사람 찾는 소리가 들렸다. 숙모는 소매 깃으로 눈가를 훔치곤 밖으로 나갔다. 잠깐 이야기를 나누고 돌아온 숙모는 나를 안방에 앉혀놓고 부엌으로 향했다. 잠시 후 소반에다 저녁을 차린 숙모가 안방으로 들어왔다.

"작은아방은 늦을 모양이여. 니 먼저 먹어사키어."

나는 몇 술을 뜨다 말고 숟가락을 놓았다.

"더 먹으라게. 입맛에 안 맞암시냐?"

"아닙니다. 점심을 걸러 하도 배가 고파 공항에 내리자마자 요기를 했습니다."

미안해진 나는 둘러댔다.

"어떵허영 경해짐시니? 아방 죽었다고 연락해도 내려오지 않고. 아방 어떻게 죽어신지 알암시냐? 농약 먹어 죽었지여. 얼마나 불쌍한 아방이냐게."

"…."

내가 고향을 등지기 전에도 마을 사람들은 아버지가 불쌍하다고 했다. 그렇게 말할 때의 사람들의 눈빛과 혀 차는 소리가 지금도 선했다.

"작은아방 돌아오면 무조건 미안하우다 말하라게. 알암시냐."

"알겠습니다."

숙모는 티브이를 켜놓고 부엌으로 나갔다.

그랬다. 추석을 앞두고 벌초는 큰 행사였다. 선산 벌초하는 날엔 자드락길에 문중 어른들의 행렬이 길게 이어지곤 했다. 그 시절엔 추석을 앞둔 음력 8월 초부터 학교마다 날짜를 다르게 잡았지만 벌초휴교라는 것이 있었다. 아이들은 학교를 안 간다는 것만으로도 신이

나 했다. 나도 국민학교에 들어간 다음부터 벌초하러 가는 아버지와 숙부를 곧잘 따라다녔다. 아이들은 난장질치며 산을 휘젓고 다녀 방해만 될 텐데도 집안 어른들은 사내아이들을 벌초에 꼭 데리고 다녔다. 벌초는 종친회의 가장 웃어른의 지시 아래 선산의 멀고 가까움에 상관없이 가장 윗대 조상의 산소부터 시작하여 이 오름, 저 오름을 타고 넘으며 여러 날에 걸쳐 치러졌다.

그런 후에라야 온전하게 추석을 맞이할 수 있었다. 훗날 대처에 나와 살면서 벌초 휴교라는 것이 제주도에만 있다는 것을 알았을 때 비로소 나는 벌초가 제주 사람들에게 얼마나 소중한 행사였는지 알게 되었다. 나는 안도의 한숨을 쉬었다. 어제 내려왔더라면 숙부를 따라 벌초에 동행할 뻔했기 때문이었다. 그렇게 되면 얼굴도 모르는 종친회 어른들을 뵙게 될 테고 그들로부터 힐책 한마디씩을 들어야 하는 곤혹스러운 상황에 처할 수도 있었다. 나로서는 되도록 문중 어른들 눈에 띄지 않게 어머니의 유해를 수습해 상경하는 게 상책이었다.

저녁 9시 티브이 뉴스가 막 시작하자마자 들뜬 듯한 숙모의 목소리가 들렸다.

"늦었수다. 빨리 들어가봅서. 형석이 내려왔수다."

마루로 올라서는 둔중한 발자국 소리에 나는 긴장했다. 오랜만에 대면한 숙부의 얼굴엔 군데군데 검버섯이 핀데다 깡말라 초췌해보였다. 이마에 나이테처럼 잡힌 여러 가닥의 주름과 툭 불거진 광대뼈는 지나간 세월의 간극을 극명하게 드러내주고 있었다. 숙부는 데면데면한 표정으로 나를 일별하곤 아랫목에 자리잡고 앉았다. 뒤따라

들어온 숙모도 숙부 옆에 앉았다. 나는 두 분에게 큰절을 올렸다. 숙부는 나에게 눈길도 주지 않고 담배부터 피웠다. 담배 한 개비를 다 피우고 나서야 비로소 숙부는 내게 시선을 주었다. 그 눈빛엔 노기가 서려 있었다. 그러나 그뿐 숙부는 끙, 하는 소리를 내며 나를 다시 외면하고 자세를 옆으로 틀었다. 나를 내치는 숙부의 완강한 몸짓은 내가 무슨 말을 해도 받아들일 심경이 아닌 듯했다.
"내일 아침 일찍 일어나야 허닝 일찍 잠자리에 들라게."
심상치 않은 흐름을 눈치챈 숙모가 자리를 봐둔 바깥채 방으로 나를 이끌었다.

*

잠자리에 들었지만 좀체 잠이 오지 않았다. 밤바람이 흐느끼듯 불어댔고 뒤란의 대숲이 연신 서걱거렸다. 이윽고 비까지 뿌려댔다. 섬의 날씨는 정말이지 가늠하기 힘들었다. 중학교에 진학했던 그해 여름 고향을 떠나 외숙부댁에 얹혀살아오는 동안 나는 어머니의 기일을 잊고 지냈다. 그런데 숙모의 말에 의하면 숙부가 어머니의 제사를 매년 치렀다는 거였다. 나는 배낭에서 손전등을 꺼내들고 조심스럽게 방문을 열었다. 안채엔 아직 불이 켜져 있었다. 우악스럽게 달려드는 바람에 여닫이 문짝이 심하게 흔들렸다.
한기가 일었다. 이어 몸에서 열꽃이 피어올랐다. 바람이 불어대는 날이면 이따금 가슴이 후끈거리면서 눈이 열에 들뜨는 나만의 오래

된 증세였다. 이런 증세가 처음 나타난 것은 제주 4·3 50주년 추모사업추진 범국민위원회가 주최한 심포지엄을 방청하고 난 후부터였다. 그때까지만 해도 나는 제주 4·3사건은 무장공비의 폭동이었다는 인식 수준에 머물러 있었다. 그날 외삼촌이 아침식사 자리에서 4·3 추모 학술심포지엄이 열린다는 신문보도에 분노를 드러냈기 때문에 나는 문득 심포지엄을 방청하고픈 마음이 들었다. 나는 오후 근무시간에 겨를을 내 빗속을 무릅쓰고 심포지엄이 열리는 한 사립대 강당을 찾았다.

발제자로 나온 사람은 한국현대사학회 소속 연구위원이었다. 주제는 '제주 4·3항쟁과 민중성'으로 제주 4·3은 미군정 및 경찰의 횡포에 저항했던 민중항쟁이며 또한 남한의 단독선거, 단독정부수립 반대투쟁이라고 규정지었다. 당시 좌익소탕에 나선 미군정과 경찰, 그리고 우익청년단체를 공격한 무장대의 최초 참여자는 약 1,500명에 불과한 데 반해 민간인 희생자가 약 3만 명에 이른다고 했다. 따라서 공산폭동을 진압했다는 이유로 면제됐던 미군정과 군경, 서북청년단의 학살 행위에 대한 책임규명이 따라야 한다고 했다. 순간 몸이 불에 덴 듯 확확거렸고 느닷없이 달려드는 피비린내 때문에 욕지기가 일어 화장실로 달려가 토했다. 그 후로 비 오는 날이면 종종 몸에 소름이 돋고 확확거리는 열기에 시달렸다.

마음을 가다듬는 동안에 빗줄기가 약해졌다. 나는 조용히 대문을 나섰다. 사위는 어둠뿐이었지만 줄곧 이곳에서 살아온 사람처럼 더듬거리거나 머뭇거리지 않고 올레를 벗어났다. 무의식 속의 방향감각이 내 발길을 끌었다. 내가 닿은 곳은 폐가였다. 나는 빈집으로 성큼 들어섰다. 손전등을 비추어 안을 둘러보았다. 눈에 띄는 것이라곤 거미줄과 지푸라기와 쥐똥뿐, 추저분했다. 숙부의 귀가를 기다리는 동안 숙모는 아버지가 옛집을 허물고 그 위에다 새로 집을 지어 개를 키우며 살다가 끝내는 음독자살까지 했다고 말해주었다.

몸에서 기운이 죄다 빠져나간 듯 다리에 힘이 풀려 서 있기가 힘들었다. 나는 바닥에 주저앉았다. 한밤중에 확인하고 싶었던 게 바로 이런 것이었다니. 이건 결코 아니었다. 의식적으로 고향을 잊고 대처 사람으로 행세했지만 각인되어진 유년의 기억들로부터 자유롭지 못했다. 의지에 거스르는 기억들을 지워버리려고 무던히도 발버둥쳤다. 자신에게 금기로 하고 싶은 시기가 내게는 유년기였다.

유년의 기억은 언제나 비바람소리 아니면 까마귀 떼 우짖는 소리와 함께였다. 그런 날은 아버지는 개개풀어진 눈으로 사방을 두리번거리다가 어머니나 나를 붙잡고 횡설수설로 괴롭혀댔다. 그런데도 마을 사람들은 아버지처럼 유순하고 심약한 사람은 없을 거라고 입을 모았다. 아버지는 평소엔 말이 없는 분이었다. 누군가가 말을 걸면 짧은 대답이나 고갯짓만으로 자신의 의사를 대신했다. 그런 아버지가 비바람이 불거나 까마귀 떼가 우짖는 날만 되면 술을 마시고 전혀 다른 사람으로 돌변했다. 마을 사람들은 아버지가 술로 광포해져 우리 모자를 폭행하는 것을 목격하고도 모른 체했다. 그들은 아버지의 횡포가 무엇으로부터 비롯되었는지 다 알고 있는 듯했지만 그 누구도 우리 모자에게만은 말해주지 않았다.

그런 마을 사람들을 나는 저주했다. 아무튼 그들은 아버지를 더 불쌍히 여겼다. 그들 중에는 어머니에게 '육지년'이라며 곱지 않은 눈길을 보내는 사람도 있었다. 그때는 그 까닭을 알지 못했다. 아버지는 횡포를 부리고도 다음날이면 아무런 일도 없었던 것처럼 행동했다. 나는 어머니가 아버지로부터 매질을 당하고 마을 사람들로부터 '육지년'이라는 욕을 들으면서까지 아버지 곁을 떠나지 않는지 이해할 수 없었다. 어머니는 비바람이 불 기미가 보이면 나를 데리고 옆집으로 피신하는 게 고작이었다.

하루는 작달비가 갑작스레 쏟아졌다. 어머니와 나는 미처 집을 빠져나가지 못하고 집으로 들어서는 아버지와 마주쳤다. 아버지는 이미 만취 상태였다. 비틀거리면서 다가온 아버지가 충혈된 눈을 부라리며 나를 향해 소리질렀다.

"어디로 도망감시니. 거기 꼼짝 말고 서서 이 아방이 말을 멈출 때마다 박수쳐라. 알이들엄시냐?"

"예."

나는 기어들어가는 목소리로 대답했다.

"누가 대답허랜. 박수, 박수, 이렇게 박수치란 말이다."

아버지는 미친 듯이 박수를 쳐댔다. 나는 아버지를 따라 주춤주춤 박수를 쳤다.

"더 세게 치란 말이다. 더 세게."

아버지는 나를 닦달했다. 눈물을 흘리면서 힘껏 박수를 쳐대는 나를 아버지는 비죽이 웃으면서 노려보았다. 어린 내가 그 자리에 붙박여 증오심을 감춘 채 박수를 칠 수밖에 없었던 것은 어머니를 위해서였다. 그렇게나마 내가 당하고 있어야만 아버지의 횡포로부터 어머니가 놓여날 수 있었다. 그렇듯 내가 박수를 열심히 쳐댄 날은 아버지는 알아들을 수 없는 말을 지껄여대다가 그 자리에 푹 꼬꾸라지곤 했다. 그러면 어머니는 아버지를 방으로 끌어다 눕혀 젖은 옷을 벗기어 몸을 닦아내고 옷을 갈아입혔다. 한데 다음날 아침이면 아버지는 원래의 온순한 모습으로 돌아와 있곤 했다. 나는 그런 아버지에게 곁을 주지 않았지만 어머니는 아버지에게 헌신적이었다.

몸이 으슬으슬 떨려왔다. 입안에 단내까지 났다. 다 허물어져가는 폐가에 들어와 지난 날을 떠올리다니 이 무슨 청승맞은 꼴인지. 나는 담배를 물고 라이터를 댕겼다. 아버지는 까마귀 떼가 우짖는 날은 술기운 없는 맨정신에도 막무가내로 내 발을 묶으려들었다. 그런 아버지에게 맞서는 나의 저항은 무력하기 이를 데 없었다.

"이런 날은 밖에 나가면 안 된다게. 알암시냐."

아버지는 나의 팔과 다리를 묶어 방안에다 가둬놓고 자물쇠를 걸어놓았다. 나는 묶인 끈을 풀려고 안간힘을 다해 버둥거렸기 때문에 발목이 검붉게 멍들 정도였다. 그만 울컥해진 나는 더 이상 아버지에게 당하고만 있지 않겠다고 스스로에게 다짐했다.

아침부터 까마귀 떼가 우짖는 날이면 나는 아버지와 맞닥뜨리기 전에 학교로 달려갔다. 학교가 파해도 나는 어두워져서야 집으로 돌아왔다. 나로서는 아버지가 왜 까마귀 떼 우짖는 소리와 비바람에 시달리는지 그 연유를 알 수 없었다. 그런데도 점점 나는 까마귀 떼가 우짖거나 비바람이 불어주기를 기다리는 아이가 되어갔다. 그렇게 되면 제정신이 아닌 아버지가 더욱 미쳐 언젠가는 당신 스스로 자멸할 것이라는 믿음 때문이었다.

*

빈집으로 다가오는 발자국 소리에 신경을 곤두세웠다. 안으로 들어선 사람은 뜻밖에도 숙부였다. 숙부는 내 뒤를 따라오기라도 한 것 같았다.

"니가 여기에 있을 자격 이시냐. 아방 장례 때도 내려오지 않은 놈이."

숙부의 서슬 퍼런 책망이었다.

"…."

"내일 이장이 끝나는 대로 올라가거라. 어르신들이 니 내려온 거 알기 전에. 알암시냐."

숙부가 던진 말이 어둠을 갈랐다.

"이장하는 김에 어머니 유해만은 제가 모셔가고 싶습니다."

"이제 와서 누굴 모셔간다고. 육지것 다 된 놈헌티 가당치도 않다."

"맞습니다. 육지놈인 제가 육지년인 어머니를 모셔가겠습니다."

"어림도 없는 소리. 니 어멍도 이젠 제주 사람이여. 내일 이장 끝나는 대로 당장 올라가거라. 괜당들 눈에 띄기 전에. 니 아방이 얼마나 불쌍한 사람인지 알기나 허영."

또 그 소리였다.

"불쌍하다는 그 말, 정말이지 지긋지긋합니다. 정말 불쌍한 사람은 아버지가 아니라 어머니였습니다. 어머니를 육지년이라고 몰아붙이고 어머니가 죽었을 때도 냉담했던 친척들이 더 끔찍합니다."

"서청 출신 외삼촌하고 살더니 똑같은 놈이 되었구나."

"외삼촌을 욕하지 마십시오. 그나마 저를 거두어주신 분이 외삼촌이었습니다."

"외삼촌이 너를 키워준 것 갖고 그렇게 유세허영?"

내가 아는 외삼촌은 경찰 출신이었다. 나는 혹시나 하는 의구심이 들었다. 오래 전 외삼촌은 '4·3사건 진상규명 및 희생자 명예회복에 관한 특별법'이 국회에서 통과되었을 때 분노를 터뜨린 적이 있었다. 게다가 지난해 작고하기 전 서북청년단 재결집을 위한 움직임에 헌금을 보내는 열성까지 보여주었다.

"니 외삼촌이 어떤 사람인지 넌 모르고 말고. 니가 태어나기 전 일이니까. 니 아방은 이 집에서 죽는 날까지 개를 키우며 살아왔다. 그것도 검둥개와 누렁개만 키웠다. 왜 검둥개와 누렁개만 키워신지 알암시냐? 넌 모를 테지만 고향 사람들은 다 안다. 왜 검둥개와 누렁개만 키웠는지를. 그 난리통에 검은 제복을 입은 경찰이 나타나면 검둥개라 신호했고 군복 입은 군인이 나타나면 누렁개라 신호했다. 검둥개든 누렁개든 나타났다 하면 그 마을은 남아나질 않았다."

숙부는 어두운 시간을 거슬러올라가야만 하는 사람의 고통을 얼굴에 드러내면서 거부할 수 없는 시선을 내게 보냈다. 깃발이 밤낮으로 뒤바뀌고 사람들이 죽어나가는 끔찍한 마을의 이야기였다. 그날은 아침부터 유난히 까마귀 떼가 우짖었다. 아침 일찍 나타난 군경대에 의해 초등학교 운동장으로 끌려가는 마을 남정네들의 뒤를 아이들은 따라갔다. 교문 앞까지 따라간 아이들에게 검둥개가 되돌아가라고 윽박질렀다. 그렇다고 그대로 물러설 아이들이 아니었다. 아이들은 학교 뒤편 담을 뛰어넘어 끌려간 남정네들을 바라볼 수 있는 화단 뒤에 몸을 숨겼다. 퇴로가 차단된 막다른 상황이라는 것을 알지 못하는 아이들은 몸을 숨기느라 서로 부대끼면서 키들대기까지 했다.

아이들 중에는 아버지나 삼촌이 끌려간 아이들도 끼어 있었다. 순간 귀청이 찢어질 듯한 총소리가 연이어 터졌다. 아이들은 운동장에 널브러져 있는 남정네들과 피를 흘리며 신음하는 사람들의 모습을 숨죽이고 보았다. 아이들은 기겁한 나머지 뒤늦게 서로를 밀치며 뒷담을 넘어 도망쳤다. 하지만 아비의 죽음을 목격한 한 아이는 얼이 빠진 채 그 자리에서 한 발짝도 발을 떼지 못했다. 원래 겁이 많고 심약한 아이는 그 자리에서 울음을 터트렸고 그 바람에 군경대에 들키고 말았다. 아이는 운동장으로 끌려가면서 오줌을 지리기까지 했다. 아이의 눈에는 더는 아무것도 보이지 않았다. 피비린내 속에 까마귀 떼의 우짖는 소리만이 귓속을 파고들었다.

"폭도들의 총살 장면을 똑똑히 보아두겠다는 용감한 소년에게 우리 모두 박수를 칩시다."

군경대장의 박수, 박수 하며 독촉하는 구령에 맞춰 머뭇거리던 박수 소리가 점차 강도를 더해갔다. 아이도 덩달아 박수를 쳐댔다. 총소리가 또다시 울렸다. 나머지 남정네들이 그 자리에 푹푹 꼬꾸라졌다. 아이는 그만 정신을 잃고 말았다.

군경대가 물러간 다음에야 집으로 옮겨진 아이는 정신이 들었다 나갔다를 되풀이했다. 아이의 착란 앞에서 아이 어미는 아이의 머리를 껴안고 바가지에 떠온 물을 적시면서 '오마 넋들라'를 주문처럼 되뇌었다. 그런 어미의 주문에도 아이는 눈을 허옇게 까보일 뿐이었다. 졸지에 남편을 잃은 어미는 아이의 넋나감에 계속해서 마음쓸 여유가 없었다. 그 후 아이는 까마귀 떼가 우짖는 날이면 착란증세를 일으켰다. 아이가 성장한 후에도 그 증세는 간헐적으로 이어졌다.

"그때는 사람 목숨이 목숨이 아니었다. 죽임을 당한 씨붙이들은 숨어살 수밖에 없었다."

숙부의 말에 '오마 넋들라'라는 할머니의 말이 귓속을 맴돌았다.

"니 외삼촌이 그때 서청 출신 경찰대의 한 사람이었다."

숙부가 쐐기를 박듯이 말했다.

고향에서 고등학교를 마친 아이는 4·19가 일어나던 해 서울로 올라가 대학에 다녔다. 군 복무를 마치고 대학을 졸업한 그는 바로 출판사에 취직하여 그곳에서 만난 여직원과의 결혼을 앞두고 있었지만 경찰이었던 여자의 오빠가 반대하고 나섰다. 청년의 출신 지역과 집안 내력을 문제삼은 것이었다. 그의 가족도 뭍의 여자를, 그것도 서청 출신 경찰을 오빠로 둔 여자를 받아들일 수 없었다. 이미 여자는 임신한 상태였다. 그 무렵부터 그는 발작증상이 나타나기 시작해 직장생활을 더는 이어갈 수 없었다. 그는 회사를 그만두고 여자를 데리고 귀향할 수밖에 없었다.

아버지의 아귀 같은 횡포를 목격하고도 어머니에게 동정의 표정조차 내보이지 않던 친척들과 마을 사람들의 마음속에 도사리고 있었던 것이 바로 그 때문이었다니, 새삼 놀란 수밖에 없었다.

"그때나 지금이나 육지 사람들은 우리들에겐 경계의 대상이었다. 하물며 그 당시 서청 출신 경찰의 동생인 것을 알고서는 곱게 보아줄 수 없었다."

"그렇다고 해도 어머니에게 무슨 죄가 있습니까?"

"육지것들이 저지른 죄의 대가였다."

여전히 이해할 수 없는 이곳 사람들 특유의 사고방식이었다.

후드득, 빗소리가 다시 요란해졌다.

"행여 어멍 모셔갈 생각일랑 말라."

"육지년, 육지년 하면서 어머니를 놓아주지 않는 이유는 대체 뭡니까?"

"니 어멍은 죽어선 제주 사람, 우리집 사람이여. 육지놈이 다 된 너에게 맡길 순 없다."

숙부는 단호했다. 그렇다고 나 또한 그대로 물러설 수 없었다.

"누가 뭐래도 어머니 유해는 제가 모셔가겠습니다."

"너랑은 더 이상 할 말이 없다."

뒤돌아서서 나가는 숙부의 등에 찬바람이 일었다. 이제 와서 어머니의 유해를 모셔가겠다는 나의 일방적인 고집을 접을 수밖에 없지 않나 싶었다.

*

 숙부를 비롯하여 그 누구도 내 앞에서 어머니의 죽음을 입에 올려서는 안 되었다. 어머니의 죽음에 대해 말할 수 있는 사람은 나밖에 없다. 내가 유일한 목격자였다.
 까마귀 떼가 우짖거나 바람에 비가 사선으로 내리꽂히는 날이면 아버지는 어김없이 어머니와 나에게 손찌검을 해댔다. 그럴 때면 나는 그런 아버지에게 조바심을 치며 주술을 걸었다. 아버지가 빨리 죽어주기를. 되풀이되는 아버지의 횡포 때마다 나의 주술 강도는 더해졌고 아버지의 건강 또한 눈에 띄게 허물어져갔다. 그렇게 장마철을 어렵사리 넘기고 맞이한 그해 가을이었다. 그날도 까마귀 떼가 짖어대는 소리에 발작을 일으킨 아버지는 나에게 어김없이 횡포를 부리기 시작했다. 그런 아버지를 말리기 위해 어머니는 아버지와 나 사이에 끼어들어 아버지의 발에 채이고 짓밟히면서도 끝까지 나를 감쌌다.
 끝내 아버지는 언제나처럼 내 발을 묶고 무언의 항변을 하는 나에게 '어서, 박수, 박수' 하며 발로 툭툭 차댔다. 어머니는 아버지에게 매달려 그만 풀어주라고 빌었다. 끝내는 아버지가 어머니를 밀치고 정지로 들어가 식칼을 들고 나왔다. 공포에 질린 어머니가 울음을 터뜨리면서도 아버지의 바짓가랑이를 붙잡고 늘어졌다. 어서 놓으라는 아버지의 고함과 어머니의 울부짖음이 한데 엉키면서 두 사람이 땅바닥에 뒹굴었다. 그렇게 실랑이를 벌인 끝에 아버지만 혼자서 일어났다. 아버지가 든 칼엔 피가 묻어 있었다. 아버지는 짐승 같은 소리를 질러대곤 정낭을 지나 올레를 빠져나갔다.

어머니의 몸에서 피가 꾸역꾸역 번져 나왔다. 나는 묶인 손과 발 때문에 깡충깡충 뛰어 어머니에게 다가갔다. 어머니는 '형석아, 아버지를 용서해라'라는 말을 간신히 하곤 눈을 감았다. 나는 '우리 어머니 살려줍서'라고 있는 힘껏 소리를 질러댔다. 아버지의 광란을 눈치챈 마을 사람들이 뒤늦게 나타났지만 아무도 입을 열지 못하고 우두커니 서 있기만 했다. 비릿한 피냄새 때문에 정신이 혼미해진 나는 어머니 옆에 쓰러지고 말았다.

숙부집 안방에서 의식을 되찾은 나는 어머니의 죽음이 이상한 나라에서 벌어진 일처럼 현실인지 꿈인지 헷갈렸다. 친척들을 비롯한 마을 사람들은 쉬쉬하면서 어머니의 장례를 치렀다. 어머니의 유일한 피붙이인 오빠에게 연락도 안 한 채였다. 그리곤 아버지는 정신병원으로 보내졌다. 내게는 기억하고 싶지 않은, 그래서 영영 봉인해버리고 싶은 시간이었다.

눈 주위가 후끈거리는 열기로 확확거렸다. 눈알이 빠질 것만 같았다. 나는 빈집을 나섰지만 다리가 후들거려 제대로 걸을 수 없었다. 마치 죽은 아버지가 내 발에 끈을 묶어놓은 것처럼 내 의지를 벗어나 있었다. 간신히 숙부집으로 되돌아온 나는 바로 잠자리에 들었지만 한동안 뒤채였다.

*

까마귀 떼가 우짖는 소리에 눈을 떴다. 나는 세수를 하는 둥 마는 둥 하고 마당으로 나갔다. 날은 맑게 개어 있었다. 숙부는 철문 옆 길가에 세워둔 봉고 트럭에 낫과 삽, 괭이와 빗자루 등속을 싣고 있었다. 숙부에게 아침인사를 드렸지만 가타부타 말이 없었다. 하루 동안에 파묘를 해서 성분까지 마치려면 서둘러야만 했다.

인부 두 사람이 도착했다. 이장을 위해 숙부가 미리 부탁해둔 사람들이었다. 중년의 두 사내는 얼굴이 검게 그을린 데다 우락부락한 인상을 풍기기까지 했다. 친척뻘이라고 했지만 내가 아는 얼굴들은 아니었다.

"아침 일찍 오느라 수고했네."

"아니우다. 응당 저희가 도와드려야맙시."

숙모가 차린 아침을 인부와 함께 들었다.

"어머니, 저 와쓰다."

형규였다. 고등학교 교사인 그가 학교를 쉬고 오리라고는 생각지도 못했다. 그가 서울에서 대학 다닐 때 몇 차례 만난 적이 있지만 졸업 후로는 처음이었다.

"학교는 어떵허영 왔냐게."

"오늘 하루 월차 내쓰다."

"어서 방으로 들라게. 아침 차리마."

형규가 방으로 들어와 숙부에게 문안인사를 올리고 두 사내에게도 인사를 건넸다. 형규는 그들과는 아는 사이 같았다. 형규가 마저 식사를 마치자 모두가 자리에서 일어났다. 숙모가 식사의 뒤치다꺼리를 마치곤 제물을 형규 차 트렁크에 실었다. 숙부가 모는 트럭 조수석에 두 사내가 올라탔다. 나와 숙모는 형규 차에 올랐다. 숙부가 먼저 차를 출발시켰다.

금오름 기슭에 어머니는 묻혀 있다고 했다. 묘지까지는 차가 진입할 수 없었다. 숙부와 두 사내가 연장들을 나누어 들고, 형규와 나는 제물을 들고 한길을 벗어나 산길을 올랐다. 그렇게 걷기를 십여 분, 무릎 위까지 올라오는 억새풀과 칡넝쿨 그리고 갈퀴풀들로 뒤덮여 있어서 길은 아예 사라지고 없었다. 숙부도 감히 발을 들여놓을 엄두가 나지 않는지 멈칫했다. 하지만 숙부가 이내 낫을 꺼내들어 덤불을 쳐내며 성큼성큼 앞으로 나아갔다. 숙부 뒤를 두 인부와 형규가 따르고 그 뒤를 나는 숨을 헐떡이며 쫓아갔다. 내 뒤를 숙모가 힘들이지 않고 따라왔다.

덤불 속을 빠져나가자 산발한 듯한 잡초가 무성한 평지가 나타났다. 군데군데 무덤을 파헤친 구덩이들이 보였다. 눈여겨보지 않으면 무덤인지 알 수 없을 정도로 내려앉은 무덤 열댓 기가 엎디어 있었다. 비석도 상석도 없는 무덤들은 한 기만 빼곤 하나같이 사람의 손을 탄 흔적이라곤 없었다. 숙부는 손을 탄 흔적이 보이는 무덤 앞으로 다가가 짐을 부렸다. 어머니의 무덤이었다.

"그땐 경황이 없어 묘자리 고르는데 신경쓰지 못했다."

숙부는 변명하듯 밀했다. 나는 울컥했다. 증권시 애널리스트인 나는 고향을 등진 후 딱 한번 세미나에 참석하기 위해 서귀포에 왔을 때 시간을 내 어머니의 묘를 찾아보려고 했지만 그 위치를 알 수가 없어 성묘를 하지 못했다. 나는 눈치 채이지 않게 어머니 묘를 향해 합장하곤 고개를 숙였다.

숙부의 지시에 따라 형규가 봉분 앞에다 돗자리를 깔고 숙모가 준비한 제물로 제상을 차렸다. 바람에 돗자리 자락이 들썩거리자 인부 한 사람이 돌을 주어다 언저리에 얹어놓았다. 산신제와 제를 올릴 차례였다. 먼저 내가 절을 하고 분향과 헌작을 했다. 숙부가 축문을 내게 내밀었다. 얼떨결에 받아든 나는 유택이 나라에 수용되어 어쩔 수 없이 선산으로 옮겨 모시고자 하오니 놀라지 마시기 바랍니다,라고 읊조렸다. 이 일대를 지나는 산록도로를 뚫기 위해 시에 수용되면서 벌어진 일이었다. 공고시한까지는 며칠 남아 있지 않았다. 시한이 끝나는 대로 도로공사에 들어가기로 되어 있었다. 그래서 더는 이장을 미룰 수가 없던 거였다.

이제 파묘 차례였다.

"형, 파묘하기 전에 사진부터 찍어."

형규가 내게 일렀다. 나는 어머니의 묘를 스마트폰에 담았다.

오랜 세월로 가라앉은 묏등에 인부들이 올라가 서슴없이 삽을 들이댔다. 첫 삽질에 떼가 푸슬푸슬 떨어져 나갔다. 뗏장을 걷어내는 삽질이 마치 내 살 속을 파고드는 것 같았다. 봉분을 걷어낸 인부가 아래로 파들어갔다. 어제 내린 비로 물진 무덤은 예상보다 쉽게 제 몸을 열어주었다. 두 인부의 손에 의해 무덤을 파들어간 지 한 시간 남짓 만에 40년 버티어냈던 봉분은 고스란히 파헤쳐졌다. 인부들이 모종삽과 빗자루를 챙겨들고 구덩이 속에 웅크리고 앉아 조심스레 거무스름한 흙을 걷어내자 결 고운 황토 속의 유골이 드러나기 시작했다. 냉기가 내 등 뒤를 훑어내렸다. 나는 진저리를 치면서 자세를 바로 했다.

"육탈이 안 된 유골을 보면 마음이 아픈데 다행이다."

염려했던 것보다 유해의 육탈 상태가 좋은 편인지 숙부가 불쑥 말했다.

인부들이 유골 조각을 하나하나 집어내 칠성판 위에 흩어지지 않게 조각조각 맞추었다. 얼추 유해의 모습이 갖추어지자 한지에다 수습하고 삼베 끈으로 일곱 매듭을 지어 묶었다.

작업을 끝낸 인부 한 사람이 담배를 피워 물고 입을 뗐다.

"이곳에 흩어져 있는 묘가 열댓 기가 넘을 텐데 이장해간 묘가 몇 군데 안되우다. 임자가 안 나타나면 결국 도자로 밀어버릴거라맙시."

"형, 사진 찍어야지."

형규가 재촉했다.

나는 개장 후 유해를 수습한 뒤의 구덩이를 휴대폰에 담았다.

유해를 염하고 나서 선산을 향해 출발했다.

새로 이장해갈 묘자리는 선산에 있는 아버지의 묘 옆이었다. 의도치 않은 아버지와의 대면이었다. 숙부가 미리 포클레인을 임차해서 굴토작업과 둘레석까시 대충 쌓아둔데다 횡대와 떼를 마련해두었기에 손이 갈 일은 그리 많지 않았다. 토지신에게 후환이 없게 굽어 살펴달라는 축문과 함께 제를 올렸다. 인부들이 구덩이에 들어가 시신을 하관하고 나서 횡대를 덮었다. 나는 인부로부터 삽을 받아들어 시토를 퍼넣곤 도로 삽을 그에게 건넸다. 인부들의 손놀림이 빨라졌다. 성분을 끝내고 꾹꾹 봉분을 밟아준 다음 마지막으로 둘레석을 손보는데 세 시간도 채 걸리지 않았다.

"생각보다 빨리 끝나쓰다 예."

숙모가 한마디 거들었다.

"자, 한 잔씩 하게나."

숙부가 인부들에게 술잔을 권했다.

"떼가 잘 자랄거우다."

인부 한 명이 덕담을 건네왔다.

"삼우제까지 마치고 올라가라게."

숙모가 나에게 다짐해왔다. 나는 삼일휴가를 내고 내려왔기에 내일 올라가야 했다.

"이장해도 삼우제를 지내나요?"

나는 누구에게랄 것도 없이 물었다.

"이장도 장사 지내는 것과 똑같아맙시."

또 다른 인부가 말해주었다.

나는 삼우제까지 남아야 할지 망설여졌다. 아무튼 보상금 수령을 위한 수속을 먼저 밟기로 했다. 형규가 인부 두 명에게 인우보증을 서달라고 부탁하며 '인우보증서'라고 쓰인 종이를 내밀었다. 인부 두 명은 사전에 이야기가 되어 있었는지 가타부타 않고 자필서명을 해주었다.

"수고 많으셨습니다. 고맙습니다."

나는 숙부댁을 나서기 전에 형규가 일러준 대로 미리 마련한 봉투를 인부들에게 내밀었다. 한사코 받기를 마다했다. 내민 손이 쑥스러웠다. 그런 내가 민망하게 보였던지 숙부가 인부들에게 받으라고 거들었다. 그제야 두 사람은 마지못해 받았다. 뒷갈망을 끝내고 연장들을 빠짐없이 챙겼다. 석양에 일행의 얼굴이 구릿빛으로 물들었다.

"이제 내려감세."

숙부가 앞장서서 길가에 세워둔 차를 향해 내려가기 시작했다. 모두가 그 뒤를 따랐다.

*

나는 숙모가 차려준 아침을 들고 여덟 시에 숙부댁을 나섰다. 숙모가 내 등 뒤에 대고 삼우제엔 꼭 참석해야 한다고 재차 다짐을 해왔다. 일주도로에 위치한 버스 정류장에서 15분쯤 기다린 끝에 제주시행 시외버스에 올라탔다. 한 시간 남짓 주행 끝에 제주 시외버스터미널에 내렸다. 나는 택시를 잡아타고 시청 도로공사과부터 찾았다. 담당공무원을 찾자 개장 신고증과 개장 관련 증명사진, 재적증명과 인우보증서 그리고 보상금 수령을 위한 거래은행 예금계좌 사본을 첨부하여 제출하라고 했다.

나는 담당 공무원에게 사진을 인화하기 위해 근처에 사진관이 있는지를 물었다. 그는 시청 정문을 나서면 길 건너 맞은편에 사진관이 있다고 알려주었다. 서둘러 사진관으로 향했다. 나는 휴대폰을 사진관 기사에게 내밀며 봉분을 헐기 전의 사진과 개묘 후의 사진을 각 2장씩 인화해달라고 부탁했다. 30분 남짓 기다린 다음 사진을 받아든 나는 다시 시청 도로공사과로 돌아가 개장신고서를 작성하고 준비한 서류를 첨부하여 주민등록증과 함께 담당자에게 내밀었다. 그는 보상금이 지급되는 데는 약 두 달이 걸릴 것이라고 했다.

도로공사과를 뒤로 한 나는 시청 중앙 로비 안내센터 앞을 지나가다 게시판에 붙은 '4·3 평화화합을 위한 화해·상생의 길'이라는 심포지엄 포스터를 보았다. 나는 부지불식간에 그 앞으로 다가갔다. 장소는 4·3 평화기념관 회의실, 시간은 오늘 오후 2시로 되어 있었다. 어제 저녁 형규가 헤어지기 전에 기왕 내려온 김에 삼우제도 치러야 하니 시청 도로공사과에 신고처리하고 나서 4·3 평화화합을 위한 심포지엄을 방청해보는 것도 좋을 것이라고 하며 주제가 '기억의 전수'라고 알려주었다. 그는 역사는 잊고 싶은 기억을 통해 우리를 부르지만 잊고 싶은 기억이 없는 곳엔 역사도 없다고, 역사가 사라지지 않게 하기 위해, 또한 재발을 막기 위해 잊고 싶은 기억을 불러내야 한다고 덧붙이기까지 했다. 고등학교 역사교사로 봉직하고 있는 그다운 말이었다.

나는 잠시 망설였다. 예정대로라면 오후 5시 30분 비행기로 서울로 올라가야 했지만 삼우제까지 어쩔 수 없이 남아 있어야 했다. 남은 시간을 어떻게 때울까 했던 터라 심포지엄을 방청해볼까 하는 생각이 문득 들었다. 하지만 나는 화합이 가능키나 한 것인지 의구심을 지울 수 없었다. 그런데도 모처럼의 기회이니 만큼 방청해보는 것도 나름 의미 있겠다는 생각이 들었다.

정오가 가까워지고 있었다. 점심식사를 하고 나서 택시를 타고 4·3평화공원으로 가면 얼추 2시가 될 듯싶었다. 나는 방향을 틀어 시청 후문 쪽으로 나갔다. 고만고만한 식당들이 보였다. 나는 '자리물회 개시'라는 쪽지가 붙은 식당으로 들어가 자리물회로 점심을 때웠다. 제주를 떠나기 전 먹어보았던 물회 맛과는 사뭇 달랐다. 식당을 나선 나는 4·3평화기념공원을 향해 출발했다.

내가 4·3평화기념관 전시실 초입에서 제일 먼저 마주한 건 바닥에 눕혀진 아무 글도 새겨져 있지 않은 비석이었다. 그것은 이름짓지 못한 4·3의 역사적 위상을 상징적으로 보여주는 전시물이었다. 백비 앞에는 분단의 시대를 넘어 남과 북이 하나가 되는 통일의 그날, 진정한 4·3의 의미를 새길 수 있으리라는 설명이 붙어 있었다. 나는 그것을 본 순간 저 백비에 글귀가 새겨지기까지 얼마나 더 많은 시간이 걸릴지 아득하기만 했다.

나는 정신을 수습하고 묘역으로 다가가 묘비들을 살펴보았다. 몰일이 한날 한시로 되어 있는 묘비들이 나를 사로잡았다. 망자는 제각각인 생명이었을 텐데 무엇으로 저들의 죽음을 구별할 것인지 막막했다.

나는 2시 5분 전에 심포지엄 회의장으로 들어가 뒤쪽 빈자리에 자리잡았다. 단상 뒤 벽면에 '4·3 평화화합을 위한 화해·상생의 길'이라는 펼침막이 걸려 있었다. 단상 테이블에는 발제자와 패널들이 사회자와 함께 자리하고 있었다.

시간이 되자 사회자가 먼저 심포지엄에 대한 취지를 설명하고 나서 토론회를 진행시켰다.

심포지엄의 주제 발제자는 탐라문화연구소 수석연구원이었다. 그는 '4·3에 대한 기억의 형성, 전수, 재현되는 사회적 과정'*이라는 주제로 입을 열었다. 그는 그동안의 구술, 증언, 문헌, 자료 등을 종합적으로 분석한 결과 경찰, 군인, 서북청년단, 좌익무장대 그리고 제주도민 등의 기억의 재구성에서 기억이 서로 다르다는 점을 강조했다.

경찰은 제주도민의 죽음의 책임이 군인이나 서북청년단에 있다고 기억하고, 군인은 반대로 경찰을 주민학살의 책임자로 기억한다고 했다. 특히 군인들은 제주 출신 군인과 육지 출신 군인을 구분하고 나아가 일본군 지원병 출신 군인을 분리한 뒤 이들에게 학살의 책임을 떠넘긴다고 했다. 서북청년단 또한 군인과 경찰에게 진압의 책임이 있지 자신들은 제주 지역의 정치적 싸움에 이용당했다고 억울해했고 좌익무장대는 자신들은 공산주의자가 아니었고 도망다니며 대피한 피해자일 뿐이라고 회고한다고 했다.

따라서 기억 속에서 이들 모두는 누군가에게 이용당했거나 스스로도 공포에 떨었던 피해자였다는 것이었다. 하지만 제주도민들은 이들 모두를 가해자로 기억하는 동시에, 특히 함께 살던 이웃의 밀고자도 학살자로 기억한다고 했다. 이들의 엇갈리는 기억에서 보다시

---

*『기억의 정치』(권기숙 지음, 문학과지성사)를 원용, 재해석·재편집하였음.

피 가해자조차도 피해자로서의 사회적 기억을 형성하고 있다고 설명했다.

또한 대량학살이 어떻게 이뤄졌는가에 대해 '우리'와 '그들'을 구별하는 경계 짓기, '그들'을 인간이 아닌 존재로 비하하는 비인간화, 모든 개인을 조직의 명령에 복종하게 만드는 조직화, 공격을 기계적, 반복적인 일상의 일로 바꾸는 일상화 등의 단계적 과정을 통해 4·3의 대량학살이 일어났다고 분석했다.

특히 당시의 경계 짓기가 '죄인'이라는 꼬리표와 관련된 것이었다고 지적하는 대목도 눈길을 끌었다. 국가에 대한 죄인은 가족까지 처벌해야 하고 이를 단죄하는 것을 충성인 것으로 받아들여지던 정서가 대량학살을 가능케 한 정신적 토양이었다는 것이었다.

가해자나 피해 당사자들의 기억이 자신의 위상에 따라 어쩌면 이렇게 다를 수 있는지가 놀라웠다. 그렇다면 4·3 참극이 일어났는데도 피해자만 있을 뿐 가해자가 누구인지 가려낼 수 없다는 것이 되고 만다. 문제는 의도했든 안 했든 이러한 상황을 초래하게 만든 자가 누구인지를 밝혀내는 일이 미제로 남아 있는 셈이었다.

발제자는 결론적으로 역사에서의 망각은 문제의 해결을 미룰 뿐 해결되지 않은 역사는 언젠가는 해결해달라고 요구하게 되어 있다면서, 4·3은 과거의 사건이지만 앞으로도 우리 사회에서 일어날 수 있는 일이라며 제대로 된 기억의 전수만이 잘못된 기억의 화산을 예방하는 필수조건이라고 강조하는 것으로 끝을 맺었다.

뒤이어 사회자의 지시에 따라 패널들의 입장 개진으로 이어졌다.

제일 먼저 재향군인회를 대표해서 나온 사람이 말문을 열었다. 지금의 4·3을 바라보는 시각은 1980년대 당시 민주화운동이라는 사회적 분위기에 편승해 정치적 이데올로기로 왜곡되어진 면이 강하다고 강조하고 나서 4·3은 남로당 세력이 일으킨 것이므로 4·3이 대학살이라고 하지만 포로로 잡았다가 양민들은 풀어주었고 희생을 극소화하려고 하였기에 나치의 유대인 학살과 크메르 루쥬의 학살과는 다르다는 점을 강조하며 공비들이 내려온 것도 봉기라고 미화하고, 자유 수호의 충정으로 나섰던 군인·경찰의 진압을 싸잡아 학살이라고 해서는 화합이 되겠는가, 게다가 공비들에게 희생당한 유가족들의 열패감을 누가 책임져주겠는가, 행여나 과거 군인·경찰의 명예가 손상되어지는 일어나서는 안 될 것임을 강조했다.

다음은 유족회 쪽이었다. 그 당시 희생자들의 행동은 그 상황 속에서 살아남기 위해서 처신했을 뿐 봉기를 일으키려는 의도는 없었다, 4·3특별법이 제정되면 모든 일이 잘 풀릴 것으로 기대했으나 4·3 국가추념일 지정조차 지지부진한 상태다, 과거사를 내려놓고 미래를 위해 화해하자는 것은 전형적인 피해자 부재의 화해가 될 수밖에 없다, 억울한 영혼의 명예를 회복하는데 왜 그렇게 말이 많은지 답답한 심정이다,라며 4·3의 진상이 올곧게 밝혀지고 명예회복이 되는 날까지 노력을 기울여 달라고 호소했다.

양측 모두 시각편차에 의한 피해의식에 사로잡혀 65년이 넘게 흘렀는데도 아직까지 유족들에겐 현재진행형으로 그 시대로부터 여전히 자유롭지 못했다.

화합의 길은 멀게만 느껴졌다. 재향군인회 쪽은 반공선전 이데올로기에서 단 한 발자국도 벗어나지 않고 있었다. 그들을 가해자로 바라보는 유족회의 단선적 태도도 자칫 그들의 삶 전체를 부정하는 것이 될 수도 있었다. 4·3은 여전히 제 이름을 찾지 못한 채 아직도 폭동, 사태, 사건, 봉기, 항쟁으로 남아 있었다.

내가 외면했던 시간이 아우성치는 듯했다. 나는 더 이상 무관심으로 있을 수 없었다. 이제 4·3은 나에게 사건으로 남아 있어서는 안 되었다. '우리'와 '그들'을 구별하는 경계짓기, 그들을 인간이 아닌 존재로 비하시킨 자들의 배후가 누구인지를 규명하는 일이 남겨진 과제였다. 화해는 내 자신부터 시작이라는 생각이 들었다. 그렇다면 숙부부터 만나야 했다. 나는 심포지엄이 끝나기도 전에 회의장을 빠져나왔다. 이참에 숙부와의 화해를 하지 않으면 다시는 기회가 올 것 같지 않았다. 화해의 실마리는 배후가 누구인지에 대한 숙부의 생각이 어떠한지 여쭈어보는 것이 될 수 있었다.

공원 정문을 향해 서둘렀다. 나는 택시 승차장에 대기 중인 택시를 잡아타고 기사에게 명월리로 가달라고 부탁했다.

해설

자이니치在日, 디아스포라의 초상

김나정/ 소설가

> 아모두 그에게 수심水深을 일러준 일이 없기에
> 흰나비는 도모지 바다가 무섭지 않다.
>
> 청靑무우 밭인가 해서 나려갔다가는
> 어린 날개가 물결에 저려서 공주公主처럼 지쳐서 도라온다.
>
> 삼월三月달 바다가 꽃이 피지 않아서 서거푼
> 나비 허리에 새파란 초생달이 시리다.
> ― 김기림 「바다와 나비」

  조동선 소설집은 '자이니치在日'의 초상을 담아낸다. 일본에 거주하는 동포를 뜻하는 자이니치란 용어는 재일조선인이나 재일한국인 등 국적을 뜻하는 말을 지우고, 일본에 머물고 있다는 의미만을 담아낸다. 이는 한국·북한·일본 세 나라 어디에도 온전히 속하지 못하는 그들의 정체성을 보여주는 말이기도 하다. 자이니치는 어디에서 속하지 않기에 끝없이 '너는 어느 쪽이냐'라는 질문과 마주하게 되며, 이는 '나는 누구인가'라는 실존적 물음에 닿는다.

  소설집 제목인 『닿을 수 없는 나라』는 이러한 자이니치의 상황을 함축적으로 보여준다. 인물들은 자신을 온전히 받아줄 공간, 정체성의 확고한 기반을 찾고자, 지난한 노력을 기울이지만 정치적 상황 등의 외부적 요인에 의해 좌절된다. 이쪽에서 밀어내고 저쪽에선 받아주지 않는 상황에 부닥치게 되는 것이다.

이 소설집은 풍문이나 조각으로 떠돌던 '디아스포라 자이니치의 역사'를 곡진하게 담아낸다. 일제강점기, 일명 '내지內地'로 건너간 조선인 가운데 해방이 되어도 돌아오지 못한 사람들이 있다. 고국에 돌아간들 먹고살 길이 막막했거나 해방 공간의 극심한 혼란 속에서 남쪽도 북쪽도 택할 수 없기에 일본에 머물기를 택한 것이다. 1952년 샌프란시스코 조약이 발효되면서 이들은 일본 국적을 상실하게 되고, 일본정부는 이들이 외국인이라는 이유로 다양한 차별을 정당화한다. 이들에겐 참정권이 없었고 공무원이나 교원이 될 수 없었으며, 외국인등록증을 휴대해야 했으며 무엇보다 사회적 멸시에 시달려야 했다. 못마땅하면 너희 나라로 돌아가라는 말을 듣지만, 이들이 돌아갈 고국은 남과 북으로 갈라졌고 복잡한 정치적 상황은 이들에게 덫이 된다. 자이니치는 북한이 낙원으로 가는 길처럼 내건 '북송'에 말려들거나, 남한정부에 의해 간첩으로 몰리는 등 정치적으로 이용되기도 했다. 받아줄 나라가 없는, 자이니치는 그림자를 지닌 유령처럼 국경과 국경 사이를 부유하는 디아스포라로 살아왔다.

청소년기를 일본에서 보내고 1967년 귀국해 줄곧 디아스포라의 의식에 갇혀 살았다는, 작가는 자이니치가 형성된 역사적 맥락, 그들이 치러낸 정치적 상황, 문화적 충돌을 폭넓게 담아내며, 이들이 겪은 소외와 정체성의 혼란을 곡진하게 그려낸다.

만남과 헤어짐이 교차하는 많은 낯선 얼굴들 틈에서 철규는 스스로를 유폐시켜온, 결국은 외톨이로 남을 수밖에 없는 자신의 처지에서 제 본디의 모습을 보았다. 그에게는 늘 떠남만이, 모두로부터 떨어져 나와 있다는, 무엇에도 끼이지 못했다는 처연한 느낌만이 따라붙었다. 누나와의 이별이 그랬고, 자신의 영주귀국 또한 좀처럼 익숙해지지 않는 생활환경 때문에 돌아옴이 아니라 낯선 곳에 떨궈진 느낌만이 강했다. 부산으로 내려감 또한 떠남이었다. 여태까지의 삶이 떠밀려온 것이라고 하는 게 옳을지도 몰랐다. 그는 매상 떠남을 떨쳐버리지 못하고 끌어안고 살아온 셈이었다. 그러나 지금은 아내와 두 아이가 조국을 등지고 떠나는데도 불구하고 따라갈 수 없었다. 이 땅에 정착하기 위한 그의 몸부림이었고, 확인이기도 했다. 그것은 또한 오기였다.

—「분기선 앞에서」

인간의 얼굴을 한 역사

자이니치가 겪은 일들과 그들이 처한 상황을 '인물'의 시점으로 담아내는 이 소설집은 역사와 문학의 만남을 도모한다. 자이니치의 역사는 소설이라는 문학의 형태로 구체화되는 것이다. 작가는 자이니치를 둘러싼 역사적 맥락이나 사회적, 정치적인 상황을 인물이란 그릇에 생생하게 담아낸다. 죽음으로 봉인된 인물의 사연을 추적하거나 벼랑 끝까지 몰린 인물의 내면에 파고들거나, 선택을 종용당하는 인물을 내세워 자이니치들이 겪어낸 세월에 인간의 얼굴을 입힌다.

역사의 소용돌이에 휘말린 사람들의 내면을 보여주며 그들이 어떤 갈등에 시달렸으며 어떠한 고통을 겪었는지를 들려준다.

「닻을 내리다」는 삿포르행 비행기에서 만난 죽은 사람의 이야기에서 출발한다. 소설은 한때 그와 연인이었던 '나'의 시점으로 전개된다. 죽음을 출발점으로 삼아 한 사람이 겪어낸 세월을 추리소설처럼 추적해나간다. 겉으로 드러난 이력은 이토록 간략하게 정리된다.

> 그의 내력에 대해 아는 것이라곤 재일교포로 부모와 헤어져 단신 영주귀국했다는 것, 정보부와 안기부에 각각 한번씩 연행되어가 치도곤을 당했다는 것, 교수 재임용 탈락으로 부산의 신설 대학으로 자리를 옮겨간 것, 가족들이 미국으로 이민을 갔다는 것, 그게 전부였다.
>
> ─「닻을 내리다」

이력서에 적힌 사실만으로 그 사람을 충분히 알게 되는 것은 아니다. 이러한 사실에 숨겨진 인물의 '진실'은 무엇일까. 그에게 니가타에서 자진 입북한 누이가 있었다. 숨겨야 할 비밀이었으며 마음을 짓누른 부채였다. 그는 정부가 발표한 담화문을 믿고 주변 사람들의 만류에도 불구하고 누이의 존재를 밝히고자 했다. "하지만 담화문만을 믿고 북한주민 접촉신청을 한 것은 결과적으로 돌이킬 수 없는 실수"가 되어, 당국에 연행되어간 그는 사회주의적 자본축적 이론에 바탕을 둔 논문을 빌미로 추궁당하게 된다. 피붙이의 존재를 인정하는 것, 자기 생각을 밝히는 글을 쓰는 것, 이처럼 자연스럽고 당연한 일들이 족쇄가 되어 그를 옭아맸다.

　가족이 그를 두고 미국으로 떠나버리자 홀로 남겨진 그는 암에 걸려 숨을 거뒀다. 죽은 뒤의 얼굴은 더 편안해보인다. 그는 이제 더는 무언가를 숨길 필요도 없고 더는 속지 않아도 되는, 죽음이란 나라에 안착한다는 의미로도 읽힌다. 하지만 한 사람의 삶은 죽음으로 완결되지만은 않는다. 관찰자 '나'는 그가 생전에 꿈꾸었던 생태적인 삶의 모색을 이어받게 된다. 한 사람의 삶과 죽음을 기록한다는 것은, '시간'의 흔적이 남긴 것들에 대해 골똘히 고민한다는 의미가 있다. 소설은 인물의 사연과 내면에 집중하여, 녹록지 않았던 삶의 조건과 그 속에서 마음이 그린 궤적들을 따라간다.

　「닿을 수 없는 나라」는 부산항에 발이 묶인 남자의 이야기로, 자이니치가 놓인 자리를 압축해 보여준다. 정해진 시간까지 한국에서 일본으로 활피 조개를 공수해야 하는데 폭풍 예보로 배는 항구에 발이 묶였다. 이쪽과 저쪽의 재촉에 시달리며 한 치 앞의 미래도 내다보지 못하고, 어떠한 결정도 내릴 수 없는 무력한 상황은 자이니치가 놓인 상황을 상징적으로 보여준다.

　"막연한 상태에서 무언가를 기다려야 한다는 것처럼 끔찍한 고통도 없었다."

　이러한 유예가 영원히 계속될 것 같은 느낌은 인물을 압박해 들어온다. 열리지 않는 문 앞에서 받아들여지기만을 무작정 기다려야 하는 처지는 답답하다. 어디에든 속하려면 자격을 갖춰야 한다는데, 그 자격은 '나'가 아닌 상대의 판단에 온전히 맡겨야만 한다. 나는 여기에 속할 수 있을까. 소속감에 대한 갈망은 끊임없이 자신의 자격 요건을 따지는 질문을 불러온다. 나는 과연 거기에 속할 수 있을까. 나의 무엇이 배제의 요인이 되는 것은 아닐까. 이런 자기 검열로 마음을 놓을 때가 없다. 어디에도 내려앉지 못하고 허공에서 둥싯거린다. 불안이 가시질 않는다. 자이니치는 '장소상실'에 시달린다. 자신이 속한 곳이나 있어야 한다고 생각되는 곳이 어딘지를 알 수 없으니, 끝없는 불안감에 시달리게 된다.

영주귀국 이후의 행적들을 찬찬히 돌이켜보아도 책잡힐 만한 일이 없었다. 눈에 보이지 않는 무엇인가가 시시각각 자신을 조이고 있다는 느낌만이 강하게 그를 사로잡았을 뿐이었다. 그 느낌은 점차 두려움으로 바뀌었고 나중에는 공포로 거의 숨이 막힐 듯했다.

—「닿을 수 없는 나라」

역사의 소용돌이에 휘말린 이들은 구체적으로 어떤 일들을 겪었으며, 그들의 마음은 어떤 풍랑에 휘말렸는가. 숫자와 사실의 나열인 역사의 연대기에 숨은 절규와 상흔이 드러난다. 어디에도 온전히 속하지 못한 자의 불안, 선택을 종용당하는 자의 공포, 내몰린 자가 겪어낸 슬픔을 한 사람의 이야기로 그려낸다. 읽는 사람의 마음에 성큼 다가오게 만든다.

자이니치의 역사는 소설이 되어 살과 피를 얻고 숨 쉬게 된다. 헤겔은 『미학에 대한 강의』에서 역사와 문학의 관계를 다음과 같이 서

술한 바 있다. "역사적 사실 또는 사회적 현상의 총괄 개념으로서 사실은 예술가의 형성력을 통해 예술 작품으로 승화된다. 사실은 작가를 통해 명료하게 나타나고 눈에 띄게 고정된다." 문학을 통해 역사에 대한 두터운 이해가 도모된다. 일제강점기에서 조국을 떠나야 했던 상황부터 분단체제가 일으킨 대립과 갈등까지 근현대사가 얼마나 사람들에게 깊은 상흔을 남겼는지를 보여준다. 겉으로 드러난 사실 안쪽에 숨은 인간적 진실이 모습을 드러낸다. 이런 극적인 터짐의 순간을 위해 작가는 인물을 더는 미룰 수 없는 상황에 직면하게 만든다.

이 소설집에는 유난히 '죽음'과 관련된 의례들이 빈번하게 등장한다. 장례식이나 이장移葬 등의 의례는 죽음을 계기 삼아, 한 세월을 정리한다는 의미를 내포한다. 부모세대의 죽음을 치러내는 것은 한 시대를 정리하고 보내주는 것이다. 누군가의 죽음은 마침표이며 장례식은 쉼표이자 출발점이 된다. 끝은 시작을 부른다. 죽음을 둘러싼 이야기는 배웅하는 이야기며 새로운 것을 맞아들이는 자리이기도 하다. 죽음을 떠나보내는 이들은 과거를 떠올리며, 지금의 자리를 둘러보고 앞으로는 어떻게 살아야 할 것인가를 생각하게 된다. 이전 세대가 겪은 일들을 정리하며 앞으로 나아갈 길을 모색하는 것이다.

또한 장례식이나 이장 같은 의례는, 가족 관계에 대해 들여다보는 계기가 된다. 가족사와 사회문화사는 겹친다. 아버지, 어머니의 죽음은 한 시대의 종언을 알리는 상징적 사건으로 해석된다. 그들이 사라졌다 한들, 그들의 기억을 받아 안은 자식세대는 남아 있다. 부모의 삶은 자식세대에서 스며들게 마련이다. 한 사람은 시간의 축적물로, 이전 세대의 역사가 쌓여 있다. 이전 세대부터 무엇이 상속되었는지, 무엇은 버려야 하고 어떤 건 간직해야 하는지 묻는 자리이기도 하다.

「까마귀 떼울음」에서 '나'는 아버지의 자살 소식에도 찾지 않았던 고향을, 어머니의 이장 때문에 찾아가게 된다. 공간의 이동은 시간의 이동을 부른다. 그동안 멀리했던 고향에 가면, 가족과 연관된 과거와 마주해야 한다. 장례식장은 갈등의 장으로 이제껏 묻어두었던 갈등이 터지는 무대가 된다. 죽음이란 끝 앞에서 이제껏 피했던 질문들은 더는 외면하거나 미룰 수 없는 문제가 된다. 아버지는 왜 그렇게 살 수밖에 없었느냐는 질문의 답은 그가 겪어온 세월을 통해 얻어야 한다. 그 사람의 역사가 실마리가 된다.

> "그때 적에 토벌대든 산폭도든 연루되지 않은 집이 있기라도 했습니까. 살아남기 위해 어느 편이든 가담할 수밖에 없지 않았습니까. 할머니와 아버지도 그 문제로부터 자유롭지 못하지 않습니까."
> (…)
> 그때 나는 그렇듯 아버지의 의젓한 모습을 처음 보았다. 나는 비로소 알 것 같았다. 아버지의 옛적의 거친 성정은 당신의 태생에 대한 자괴감을 견디는 안간힘이었다는 것을.　　　　　—「녹낭」

한 사람이 놓였던 자리를 바라보는 것은 그를 이해하는 단초가 된다. 피해자가 가해자가 되는 메커니즘이 어떻게 작동했는지를 분석하여 드러낸다. 이러한 구조를 이해해야만 비극적인 반복을 막을 수 있다. 무엇보다 이 소설은 역사에 휘말린 사람의 죽음을 안타까워하지만 이미 죽었으니 용서하자는 차원에 머물지 않는다. 죽음으로 모든 것이 묻히지 않는다.

> **누이는 물질로 관절통을 앓아 뇌선을 하루 세 첩씩 상습 복용하는 어머니를 끔찍이 생각해 웬만한 집안 살림을 도맡아했다. 그때까지만 해도 누이가 어린 시절 아버지로부터 깊은 상처를 받은 줄은 알지 못했다.**
> **(…)**
> **귀국 후의 아버지는 누이 앞에서는 무기력하기만 했다. 아버지와의 재회에 대해서 나는 마치 며칠 전에 헤어졌다가 다시 만난 사람을 대하듯 무심한 태도를 취했지만 누이는 아예 아버지를 무시하는 태도로 나갔다.**
> ―「녹낭」

가족이라고 해서 모두 같은 입장을 보이는 것은 아니다. '나'는 아버지를 이해하고 가장의 자리를 물려받는다고 생각하지만 아버지의 폭력에 시달렸던 누이는 그를 용서하지 못한다고 말한다. 국가주의는 가부장제와 궤를 맞추며, 여성은 이러한 상황에서 이중의 식민지가 되어 고통을 받아왔다. 이러한 다양한 입장들의 공존은, 죽은 사람을 단순히 역사의 피해자로 머물게 하지 않는다.

> "그것은 어디까지나 아버지의 아픔이잖아. 할머니의 아픔을 생각해

서라도 가족들에게 어떻게 그런 짓을 할 수가 있겠어. 자신의 아픔을 가족에게 내림한다는 게 말이 되냐구."

"그래도 어머니는 아버지를 받아들이고 있지 않니."

"어머니는 아버지의 아내니까 그럴 수도 있겠지. 하지만 자식인 나는 그럴 수 없어."

누이의 목소리엔 결기가 묻어났다.

"너도 알겠지만 아버지의 아픔이 개인적인 아픔만이 아니잖니. 어쩌면 우리 제주 사람 모두의 아픔이기도 해. 그렇게 생각하면 아버지를 용서할 수 있지 않을까."

"그건 오빠 생각이구. 난 그럴 수 없어."

누이의 어조는 전에 없이 단호했다. ―「녹낭」

한 시대는 끝났지만 그 시대의 영향은 여전히 남아 있다. 정직하게 바라본다는 것은, 섣부른 미움이나 화해를 거부한다는 것이다. 죽음이란 한계 상황은 과거와 현재를 겹치며 남은 것과 버려야 할 것에 대한 사유를 가능케 한다. 자이니치의 상황은 과거에만 국한된 것이 아니라 현재에도 지속되고 있다. 일제강점기가 끝나고 많은 시간이 흘렀지만, 부모의 영향을 받은 자식세대에게도 여전히 이어지고 있다. 그 물려받은 것들을 비판적으로 바라봐야만 새로운 삶을 도모할 수 있다.

「벚꽃 속으로 숨다」에는 일본으로 유학을 간 '나'는 자이니치에게 거리를 두려고 한다. 정치적 이슈 때문에 지난한 삶을 살았던 아버지의 말 때문이었다. 부모의 삶은 레퍼런스가 되어 삶에 영향을 끼친다. 하지만 '나'는 치마저고리를 입었다는 이유로 핍박당하는 조총련계 여학생들과 마주하게 된다. 아버지의 충고를 내재화한 인물은 굳이 치마저고리를 고집하는 여학생들을 이해할 수 없다.

> **그들의 교복에 일본인들의 시선이 모아질 수밖에 없었다. 이곳에 영주하는 처지에서 어린 여학생들에게 입힐 교복을 굳이 '조센징' 티를 내게 하는 치마저고리로 정해야만 했을까. 그렇잖아도 위화감을 돋우게 마련인데, 경직된 이념이 혐오스러웠다. 나는 그들의 피해를 자업자득이라고 여겼다.**
> ―「벚꽃 속으로 숨다」

하지만 나는 불이익을 감수하면서 자신들의 정체성을 드러내는 여학생들 앞에서 부끄러움을 느끼게 된다. "나는 왜 저들처럼 많은 일본인들 앞에서 떳떳하게 '한국인'임을 드러낼 수 없을까, 하는 자괴심"은 변화의 출발점이 된다.

역사에 내몰려 어쩔 수 없는 선택을 했다고 말하지만, 따지고 보면 '보신'에만 급급했던 것은 아니었을까. 다른 삶은 거울을 들이민다. 부끄럽게 만드는 인물을 통해 자신을 돌아보게 된다. 정체성에 관한 질문은 앞으로 어떻게 살아갈지를 묻는 것이다. 더는 달아날 수 없고, 이전 세대의 유산을 운명인 양 짊어지며 사는 것을 거부한다.

「닿을 수 없는 나라」에는 감옥에서도 전향을 거부한 사람들을 등장한다. "그들은 한결같이 전향을 거부했다. 그것은 굳은 신념에 따른 의지와의 투쟁이었다. 생명을 걸고 지켜야 할 신념 때문에 그 대가를 치를 뿐이었다. 끝까지 신념을 지키고자 하는 그들의 의지를 보며 되려 수웅은 절망을 느꼈다. 수웅은 그들과 입장이 다른 처지임을 스스로에게 타일렀다. 그에게는 지켜야 할 신념도, 전향을 할 만한 사상도 없었다."

하지만 지켜야 할 무엇도 가지지 못한 줏대없음은 끝없이 상황에 휩쓸리게 하는 요인이 되지 않았을까, 란 인식에 싹트게 된다.

8년 동안 분단된 조국에서 생활하면서 저절로 체득할 수 있었던 인식이었다. 그리고 이제 정면으로 그것을 직시해야 할 순간이 다가온 것이다. 그는 가파른 벼랑 끝에 위태롭게 서 있는 자신을 똑똑히 보고 있는 듯했다.

—「닿을 수 없는 나라」

사이의 존재, 디아스포라

「닿을 수 없는 나라」에서 인물은 바다에 묶여 오도가지 못하는 상황에 부닥친다. 유예된 상황은 인물이 자신이 어쩌다 이런 상황에 놓이게 되었는지를 더듬는 계기가 된다. 멈춘 시간에 갇혀, 그는 자신이 겪은 일들을 되짚는다. 영구귀국을 결정한 뒤, 수사기관에 끌려가 조사받던 시간이 떠오른다. 폭풍우에 붙잡혀 오도가도 못하니 다시 밀실에 갇힌 것 같아서다. 수사관들은 그의 행적을 들이밀며 너는 어느 쪽에 속한 자냐고 거듭 물었다. 태풍이라는 자연재해 앞에서 속수무책이듯, 이미 수사관들이 짜놓은 각본에 따라 움직여야 하는 그는 꼭두각시에 불과했다. 감옥에 갇혀 강제로 전향서를 썼다.

> **세상과 격리된 10년이 스스로의 의지와는 상관없이, 다만 어떤 자의 필요에 의해 차압되었다는 사실은 그가 아무리 접어 생각해도 도저히 용납할 수 없었다. 그는 내가 왜 그런 수모와 불이익을 당해야 했는가 하고 수없이 되물었다. 절망 끝에 얻은 대답은 항상 같았다. 섣불리 영주귀국을 한 자신의 경박함과 어리석음을 뼈가 저리게 탓할 뿐이었다. 현실문제를 외면하고 너무나도 감상적인 시각으로만 조국을 바라본 것을 되풀이 후회하면서 그는 결심했다.** ─「닿을 수 없는 나라」

자신을 필요로 한다는 회사에 들어갔으나, 자본의 논리에 휘말려 시달린다. 여전히 누군가의 감시 속에서 자신을 옭아매는 포승줄은 여전하다는 자학에서 벗어나질 못한다. 세상은 안팎으로 감옥이었다. 평생을 우리에 갇힌 짐승이 되어 살아왔다. 전향했다는 죄책감에서 헤어나올 길이 없다. 그는 자신을 옭아맨 거미줄에서 벗어나기 위해, 밀항을 도모한다. 하지만 밀항에 성공한다 해도 감옥에서 벗어나는 것은 아니다.

> **밀항에 성공한다 해도 영주권을 잃은 '조센징'에 불과한 그는 외국인 등록증조차 없는 밀입국자로 숨어살아야 하는 신세일 게 뻔했다. 설령 자수해 인도주의에 호소한들 체류기한 연장을 수없이 되풀이해야 하**

는 수모를 겪을 것이었다. 보이지 않는 감시의 눈초리에 시달려야 하는 이 땅에서의 처지와 무엇이 다를 것인가. 그는 둘로 나뉘어 치열하게 싸움을 벌이고 있는 두 소리, 서로 다른 색깔로 자신을 잡아끌려는 소리의 뒤엉킴으로 머릿속에 터져나갈 것 같았다.

— 「닿을 수 없는 나라」

어디로도 달아날 길이 없다는 자각이 찾아든다. 갈팡질팡하며 선택을 종용당하던 삶이 주마등처럼 펼쳐지고, 그는 좁아진 선택지 속에서 정말로 중요한 것이 무엇인지를 보게 된다.

그는 무엇에 쫓기는 사람처럼 다급해졌다. 어느 쪽이든 선택해야 할 마지막 기회였다. 늙은 아버지와 어머니의 애처로운 눈이, 딸애의 해맑은 얼굴이, 이 부장의 완강하던 눈빛이 두서없이 떠올랐다. 그들이 내뻗는 팔들 앞에서 어쩔 줄 몰라 당황해하는 그의 귓전에 다시 강진규의 절규가 파고들었다.

— 「닿을 수 없는 나라」

그는 자신이 발붙인 터전을 지키겠다는 어부 강진규의 목소리를 떠올린다.

'이 땅은 우리들의 피와 살잉기라요. 어느 누가 자신의 피를, 살을 버릴 수 있능교? 우리가 지켜야지예.'

자이니치는 늘 선택을 해야 하는 처지에 내몰렸다. 너는 어느 쪽이냐는 답변을 강요당하곤 했다. 그 선택지는 '국적'으로 갈음되었다.

그러나 그런 선택지 자체에 문제가 있던 건 아닐까. 이도 저도 아니었다는 걸 충분히 경험하면, 이 선택지를 버리고 경계 너머의 것을 보게 되는 순간이 도래한다. 「닿을 수 없는 나라」의 주인공은 상상의 공동체인 '국가'가 아니라 발을 딛고 살아가는 '땅'과 바다를 택한다. 다른 세계가 열린다.

너머의 다른 '우리'

자이니치 디아스포라는 경계에 서 있다. 어느 쪽에서도 분명히 속하지 못한다는 불안에 시달리지만, 반면에 양쪽 모두에 거리를 두고 바라볼 수 있는 위치에 서 있기도 하다. 경계에 선 사람은 앞뒤와 옆을 두루 볼 수 있다. 무엇보다 경계에서 선택을 종용당한 존재, 그 선택의 허망함을 충분히 맛본 존재는 경계 '너머'를 볼 수 있다. 저 너머로 역사에 휘둘려 고통받은 제주 사람들이 보인다. 저 너머로, 개발 대상이 되어 파괴된 자연이 모습을 드러낸다. 고통받은 '우리', 함께 살아갈 터전인 환경에 관심을 기울이는 '우리'가 만들어진다. 다른 범주의 '우리'가 탄생한다.

국가와 국가를 나누는 경계는 지도 위의 선으로만 선명하다. 맨눈으로는 보이지 않는다. 나라를 선택하는 것이 아닌, 다른 선택이 가능하지 않은가. 선택지를 '국가'에 국한하란 법은 없다. 꼭 어떤 국가의 국민이 되어야만 온전한 인간으로 살 수 있을까. 국적은 인간을 구성하는 요소 중 일부에 지나지 않는다. '우리'라고 했을 때 이 우리의 범주를 '국민'으로 국한시키지 않을 수 있다. 이 소설집에는 자이니치를 비롯해 제주 4·3의 역사가 등장한다. 역사의 격랑에 휩쓸려가 고통받았다는 이유에서 그들은 연결된다. 시간과 공간을 넘어서, 고통으로 이어진다.

이 소설집에 등장하는 '생태학적 상상력'에도 주목할 필요가 있다. 환경재해는 그동안 인간들이 쌓아왔던 문제의 결과물이다.

> "근년 들어 남해안 일대에서 해마다 발생되는 적조는 주로 장마 때 낙동강 하류에서 흘러드는 폐수와 마산 창원공단에서 흘러나오는 공업용 폐수가 결정적 요인으로 작용하는 듯합니다."
>
> ―「닿을 수 없는 나라」

가혹한 역사의 퇴적으로 고통받은 인간과 파괴당하고 외면당한 시간으로 고통받은 자연은 닮은꼴이다. 국가와 민족만이 공통분모로 묶인 '우리'를 만들어내는 것이 아니다. 고통과 그것을 되풀이하지 않겠다는 결심에서 다른 '우리'가 탄생한다. 장소상실에 시달리던 인물은 '장소'를 만들어냄으로써 다른 삶을 도모한다. 이전 세대가 겪은 일들을 직시하고 다른 세상을 만들어낼 가능성이 열린다.

『닿을 수 없는 나라』는 국가를 넘어선 공동체의 실현은 가능할까. 누구와 연대하며 무엇에 속해야 하느냐는 질문과 마주보게 한다. 자이니치 디아스포라는 '너머'의 다른 '우리'를 만들어간다. 경계에 선 존재는, 경계를 지워나간다. 더 넓어진 세상이 열린다.

"여기까지 오는 데에 오랜 세월이 걸렸군. 하지만 이제 시작일 뿐이야."

―「닻을 내리다」

수록 작품 발표 지면

— 닻을 내리다, 『학산문학』 2001년 가을호
— 벚꽃 속으로 숨다, 『앞선문학』 1995년 9월호
— 닿을 수 없는 나라, 『동서문학』 1991년 여름호
— 녹낭, 『계간문예』 2005년 겨울호
— 분기선 앞에서, 『학산문학』 1996년 겨울호
— 까마귀 떼울음, 『한국소설』 2016년 2월호

작가의 말

1991년에 등단해 한 권의 소설집을 내는 데 30여 년이 걸렸다. 스스로 생각해도 너무 게으르다는 생각이 든다.

나는 청소년기를 일본에서 보냈고, 1967년에 귀국해서도 줄곧 디아스포라 의식에 갇혀 살아온 나날이었다. 그로 인해 현실을 버티는 데 많은 어려움을 겪을 수밖에 없었다. 그런데다 나태한 성격으로 무엇 하나 집중하지 못해 불완전연소의 삶을 이어왔다.

오래 전에 발표한 소설들을 묶은 탓에 시의성과 요즘의 감수성과는 상당한 낙차가 있음을 시인하지 않을 수 없다. 그런데도 소설들을 묶어내는 만용을 부려보기로 했다.

2025년 가을 영종도에서
조동선

조동선 소설집
닿을 수 없는 나라

지은이_ 조동선
펴낸이_ 조현석
펴낸곳_ 북인
디자인_ 푸른영토

1판 1쇄_ 2025년 12월 07일
출판등록번호_ 313 - 2004 - 000111
주소_ 121 - 842 서울 마포구 서교동 460 - 34, 501호
전화_ 02 - 323 - 7767
팩스_ 02 - 323 - 7845

ISBN 979-11-6512-513-4 03810
ⓒ조동선, 2025

이 책은 2025년 인천광역시와 인천문화재단의 후원을 받아 '2025 예술창작생애지원' 사업에 성정되어 발간되었습니다.

이 책의 글과 그림에 관한 저작권은 저자와 출판사에 있습니다.
저자 허락과 출판사 동의 없이 내용의 일부를 인용, 발췌를 금합니다.